MAIN

LE BONHEUR
EN PROVENCE

Peter Mayle

LE BONHEUR
EN PROVENCE

ROMAN

*Traduit de l'anglais
par Jean Rosenthal*

NiL Éditions

TEXTE INTÉGRAL

TITRE ORIGINAL
Encore Provence
ÉDITEUR ORIGINAL
Alfred A. Knopf, Inc., New York

ISBN original : 0-679-44124-7
© by Escargot Productions, Ltd.

ISBN 2-02-047196-5
(ISBN 2-84111-152-0, 1re publication)

© NiL Éditions, 2000, pour la traduction française

www.seuil.com

Pour Jennic avec amour, *comme toujours*[*]

Retour en Provence

À peine avais-je posé le pied sur la terre du Luberon, que le spectacle d'un homme occupé à laver ses caleçons au jet me fit comprendre les différences, culturelles et autres, qui existent entre l'ancien et le nouveau monde.

Par un matin frisquet du début de l'hiver le *chtunpchtump, chtunpchtump* d'une lance à haute pression retentissait dans le village. En approchant de la source sonore, je vis une corde à linge entièrement occupée par une rangée de caleçons multicolores. Violemment attaqués, ils tressautaient sous la force du jet d'eau comme des cibles dans un stand de tir. Solidement campé à bonne distance, hors de portée d'éventuelles éclaboussures, l'agresseur équipé d'une casquette, d'une écharpe et de chaussons munis d'une fermeture Éclair qui montaient jusqu'à la cheville, avait adopté la position du soldat au combat : les pieds écartés, aspergeant sans merci, l'averse balayant tout sur son passage. Les caleçons n'avaient pas une chance.

Nouvelles impressions

Ma femme, les chiens et moi étions de retour en Provence depuis quelques jours, après quatre ans d'absence. Nous avions passé une grande partie de ce temps en Amérique, où nous avions retrouvé le confort familier d'une langue exempte – enfin presque – du problème délicat des convenances mondaines et de la précision des genres. Nous n'avions plus à réfléchir aux subtilités qui font qu'on emploie le *vous* ou le *tu* selon son interlocuteur, pas plus qu'à nous précipiter sur le dictionnaire pour vérifier le genre de tout ce qui vous tombe sous la main : une pêche, un péché, un comprimé d'aspirine, une aspirine, allez vous y retrouver ! On parlait anglais, même si notre oreille était un peu rouillée et si les fioritures linguistiques à la mode nous échappaient.

Les hommes mesurant moins d'un mètre soixante-dix n'étaient plus considérés comme petits mais « victimes d'un challenge vertical » ; on ne sortait plus d'une pièce, on l'évacuait ; l'économie subissait régulièrement des « impacts », comme la carrosserie de voiture soumise aux tests de résistance ; les grands esprits « hallucinaient » alors que naguère ils étaient simplement surpris ; les gens intelligents ne changeaient plus d'avis, ils opéraient un important « recalibrage tactique ».

Les percées d'un abominable jargon juridique dans le langage quotidien faisaient des ravages et reflétaient le goût croissant pour la procédure élevée au rang de sport national. « Excédentarité » tout comme « réservationner » n'étaient que deux modestes exemples de barbarismes courants. J'observais que les Américains cultivés, importants, ceux dont les médias recherchent les commentaires, ne se contentaient pas de terminer un propos mais préféraient en « voter la clôture » et j'ai le pénible pressentiment qu'avant longtemps on retrouvera cette affectation chez les garçons de café. Je peux déjà entendre : « Avez-vous atteint la clôture de votre whisky ? » (Cela, après que vous aurez passé quelque temps à « positionner » votre menu.) On nous a appris à renoncer à notre habitude désespérément démodée de nous concentrer et d'essayer à la place d'utiliser notre « focus ». Chaque jour apportait d'excitantes découvertes lexicologiques. Nous étions néanmoins immergés dans une version de notre langue maternelle et nous aurions donc dû nous sentir tout à fait chez nous.

Tel n'était pas le cas, et ce n'était pas faute d'être bien accueillis. Presque toutes les personnes que nous rencontrions se montraient à la hauteur de la réputation des Américains : amicaux et généreux. Nous étions installés dans une maison non loin de East Hampton, à l'extrémité de Long Island, une région du monde qui, neuf mois par an, est paisible et d'une grande beauté. Nous nous vautrions dans le confort de l'Amérique, dans l'efficacité et l'extraordinaire diversité de choix qui s'offraient à nous, et nous nous étions adaptés aux coutumes indigènes. Nous avions appris à connaître les vins de Californie. Nous faisions nos courses par téléphone. Nous conduisions posément. Nous prenions des vitamines et nous nous rappelions de temps en temps de penser au cholestérol. Nous nous efforcions de regarder la télévision. J'avais renoncé à emporter des cigares au restaurant mais je les fumais furtivement à la maison. Il y eut même une période où nous buvions huit verres d'eau par jour. Autrement dit, nous faisions de notre mieux pour nous adapter.

Cependant quelque chose nous manquait. Ou plutôt, beaucoup de choses nous manquaient, des sensations, des odeurs et des sons, qui nous paraissaient tout naturels en Provence, depuis le parfum du thym dans les champs jusqu'à l'animation étourdissante des marchés dominicaux. Nous éprouvions ce qu'il faut bien appeler le mal du pays.

On considère généralement comme une erreur de revenir en un lieu où on a été heureux. On sait que la mémoire sélectionne, qu'elle fait ses choix sentimentaux, qu'elle trie ce qu'elle veut garder, qu'elle regarde le passé avec des lunettes roses : les bons moments deviennent magiques, les mauvais moments s'effacent et finissent par disparaître pour ne laisser qu'un souvenir vague et enchanteur de journées ensoleillées, du chant des cigales et du rire des amis. Était-ce vraiment comme ça ? Cela serait-il de nouveau comme ça ?

Il n'y avait évidemment qu'une façon de s'en assurer.

Pour quiconque arrive en France en venant directement d'Amérique, le choc le plus éprouvant pour l'organisme est celui de la circulation : dès la sortie de l'aéroport, nous fûmes happés dans un chaos à haute tension, menacés de tous côtés par une horde de petites voitures pilotées, semblait-il, par des voleurs venant d'attaquer une banque et pressés de s'enfuir. Le Français au volant, comme on ne tarda pas à nous le rappeler, voit dans chaque véhicule qui est devant lui un défi, quelque chose à dépasser par la droite ou par la gauche, dans un virage sans visibilité, au moment où les feux passent au rouge ou quand des panneaux conseillent la prudence. On tient la limitation de vitesse à cent trente kilomètres à l'heure sur autoroute comme une intolérable atteinte à la liberté individuelle.

Il n'y aurait pas lieu de s'en alarmer si l'équipement, qu'il soit humain ou mécanique, était à la hauteur de ces performances. Mais quand un bébé Renault vous dépasse en hurlant, ses pneus touchant à peine la chaussée, on ne peut s'empêcher de penser que les petites voitures n'ont jamais été conçues pour franchir le mur du son. On n'est pas plus en confiance si d'aventure on jette un coup d'œil à ce qui se passe derrière le volant : c'est un fait bien connu, le Français ne peut pas aligner deux phrases sans que ses mains se mettent de la partie. Il faut que les doigts s'agitent pour souligner un propos. Que les bras se lèvent pour exprimer le désarroi. Bref, il faut un chef pour orchestrer la conversation. C'est un spectacle très distrayant quand les protagonistes discutent dans un bar, mais vous frôlez la crise cardiaque quand vous l'apercevez dans votre rétroviseur à cent cinquante kilomètres à l'heure

C'est un soulagement de s'engager sur les départementales où on peut circuler à la vitesse d'un tracteur en prenant le temps de comprendre certains des éléments graphiques du paysage. Depuis ma toute première visite en Provence, j'aime les panneaux publicitaires aux couleurs fanées, les bleus, les ocres et les crèmes décolorés par le soleil de soixante-dix ou quatre-vingts étés, peints sur les murs des granges et des cabanons isolés, des invitations à goûter des apéritifs que nos grands-pères ne buvaient déjà plus, ou bien une marque de chocolat ou d'engrais.

Depuis quelques années, ces antiques fresques ont cédé la place à des messages moins pittoresques, et hélas de plus en plus nombreux. Bourgs et villages ont désormais deux noms, un français, un provençal.

Ménerbes s'appelle aussi Ménerbo; Avignon : Avignoun; Aix : Aix-en-Prouvenço. Si le lobby provençal de la signalisation routière poursuit ses activités, imaginez ce que donnerait : *Contrôles radar fréquents* ou bien *Passages d'avions à basse altitude* ou même *Bienvenue au Big Mac* adaptés dans la langue poétique de Frédéric Mistral.

Instructifs, persuasifs, éducatifs, possessifs, cloués à des arbres, juchés sur des poteaux au bord d'un champ, fixés à des clôtures, collés sur du béton, les recommandations sont partout : ils présentent les caves, le miel, l'essence de lavande, l'huile d'olive de la région ainsi que les restaurants et les agences immobilières. La plupart sont une invitation à la pause récréative. Mais quelques-uns vous mettent en garde contre les chiens méchants et l'un d'eux – mon préféré – est particulièrement décourageant. Je l'ai vu dans les collines de haute Provence, attaché au tronc d'un arbre au bord d'un sentier qui se perd dans une campagne sauvage et apparemment inhabitée. On peut y lire : *Tout contrevenant sera abattu, les survivants poursuivis.* Son auteur doit avoir un solide sens de l'humour.

Sur la place des Lices, à Saint-Tropez où se tient chaque semaine le marché, un panneau émaillé vissé sur une palissade rappelle, en gros caractères pour que nul n'y échappe, qu'il est absolument interdit de s'arrêter pour se soulager dans les parages. On ne peut imaginer cela ailleurs qu'en France, il est en tout cas impensable à East Hampton, ville connue pour ses vessies tempérées et sévèrement disciplinées.

Il faut reconnaître que le Français urine de façon improvisée. Il répond au moindre appel de la nature, peu importe l'endroit où il se trouve. Les villes et les bourgades proposent mille coins discrets. À la campagne, des centaines de kilomètres carrés inoccupés et des millions de buissons assurent l'intimité du *pipi rustique*. Mais, apparemment, l'intimité est le cadet de ses soucis. J'en ai vu un dont la silhouette se découpait sur un rocher, comme un cerf aux abois, si près du bord de la route qu'il m'a fallu donner un coup de volant pour éviter de lui couper le sifflet. Et sans le moindre embarras. Si d'aventure vous croisez son regard au passage, il vous répondra d'un petit signe de tête courtois. Mais, selon toute probabilité, il continuera à regarder le ciel, pour compter les nuages tout en se soulageant.

De tels avis d'interdiction ne sont pas légion. En France, la politesse envers les étrangers est remarquable : l'attitude n'est pas nécessairement amicale mais toujours courtoise et une matinée de courses est marquée par d'agréables manifestations de bienvenue, ce qui n'est pas le cas dans tous les pays. En Angleterre, nombre de commerçants mettent un point d'honneur à se comporter comme si vous étiez transparent, peut-être parce que vous n'avez pas été officiellement présenté. Ils sont très à cheval sur le protocole. En Amérique, pays de la décontraction endémique, c'est l'inverse, le client doit répondre à une batterie de questions sur sa santé et son état général, suivies, si on n'y met pas le holà, par un flot de commentaires et d'interrogations sur son ascendance, sa descendance, sa tenue vestimentaire, l'origine de son chapeau et ce petit accent pointu si bizarre. Les Français, me semble-t-il, ont trouvé un heureux équilibre entre la familiarité et la réserve.

Sans doute la langue y est-elle pour quelque chose : elle se prête aux expressions bien tournées, même pour exprimer des problèmes rudimentaires. Non, monsieur, vous ne vous êtes pas comporté à table comme un animal : vous souffrez simplement d'une *crise de foie*. La personne assise dans le coin a-t-elle laissé échapper une flatulence ? Assurément pas. C'est la sonorité élégiaque du *piano du pauvre*. Quant au ventre qui menace de faire gicler les boutons de votre chemise, eh bien, ce n'est rien de plus qu'une *bonne brioche*. Sans oublier le célèbre sous-titre d'un classique du western :

LE COW-BOY : « Gimme a shot of red-eye. »

SOUS-TITRE : « *Un Dubonnet, s'il vous plaît.* »

Pas étonnant que le français ait été choisi pour la diplomatie et la gastronomie. Cette passion nationale pour la « grande bouffe » ne se traduit pas comme on pourrait s'y attendre par une flopée de grassouillets, bien en chair, de Bibendum roulant d'un repas au suivant, du moins pas en Provence. Oh, bien sûr, il en existe des spécimens de ces mammouths de la table, mais ils sont peu nombreux. Les hommes et les femmes que je vois chaque jour sont de façon exaspérante plus minces qu'ils ne le méritent. Certains experts disent que c'est le résultat d'un bienveillant cocktail de gènes, aidé par un métabolisme hyperactif stimulé par de hautes doses de café et de vives altercations sur la politique française.

J'ai étudié les deux tribus et je peux vous dire que les Français ne grignotent pas. Ils croqueront éventuellement l'extrémité d'une baguette fraîche (si elle est chaude, il est pratiquement impossible de résister) en sortant de la boulangerie, alors que les Américains semblent être en manque permanent : pizzas, hot-dogs, nachos, tacos, chips, sandwiches, énormes récipients de café, seaux de deux litres de Coca (sans sucre, évidemment) et Dieu sait quoi d'autre sur le pouce, se succèdent au fil du jour et le soir, hop ! en route pour le cours d'aérobic.

L'abstinence du Français est récompensée dès qu'il se met à table. Et c'est bien là ce qui stupéfie les étrangers. Comment un organisme peut-il engloutir deux repas sérieux par jour sans se transformer en ballon humain et sans passer de vie à trépas à cause d'artères empesées de cholestérol ? Les portions en France sont relativement modestes, certes, mais leur défilé est incessant et elles concernent souvent des plats à faire pâlir les médecins américains : rillettes de porc bien grasses, pâtés agrémentés d'un filet d'armagnac, champignons enveloppés dans une croûte luisante de beurre, patates cuites dans de la graisse de canard – et je ne cite là que les amuse-gueule qui annoncent le plat principal. Lequel, évidemment, doit être suivi de fromage ; mais pas trop, car il y a encore le dessert.

Et qui pourrait envisager un repas sans un verre ou deux de vin ? Il y a quelques années, des chercheurs soucieux de notre santé ont révélé ce que les Français savent depuis des siècles : un peu de vin rouge est bon pour la santé. Quelques-uns sont allés plus loin. Afin d'expliquer rationnellement ce qu'on a fini par appeler le paradoxe français, ils découvrirent que les Français boivent dix fois plus de vin que les Américains. C'est le vin qui maintient les Français en forme et en bonne santé, surtout s'il est accompagné d'une belle tranche de foie gras, dixit la faculté.

J'aimerais croire que c'est aussi simple mais je suis convaincu, sans une once de preuve scientifique, que les produits utilisés dans la cuisine française contiennent moins d'additifs, de conservateurs, de colorants et de nouveautés chimiques qu'aux États-Unis. Je crois aussi qu'une nourriture dégustée autour d'une table est bien plus bénéfique pour celui qui l'absorbe que des aliments avalés au-dessus d'un bureau, debout à un comptoir ou au volant d'une voiture. Et je crois que manger dans la précipitation est pire pour le système digestif que le foie gras. Il n'y a pas longtemps, certains restaurants new-yorkais garantissaient le déjeuner en trente minutes ; ce fut l'engouement, car les cadres supérieurs très occupés pouvaient ainsi inviter deux victimes différentes en l'espace d'une heure. Si ce n'est pas là la pire recette pour provoquer hypertension et indigestion, je veux bien avaler mon portable.

En Provence, on ignore le culte du temps. Il m'a fallu une semaine ou deux pour m'incliner et ranger ma montre dans un tiroir. Mais si l'on n'attache pas une grande importance à la ponctualité, on sait savourer voluptueusement le moment : le temps d'un repas, d'une conversation au coin d'une rue, une partie de boules, le choix d'un bouquet de fleurs, le café en terrasse. On réhabilite les petits plaisirs et l'absence de précipitation – parfois exaspérante, souvent délicieuse et au bout du compte contagieuse. Une course qui n'aurait dû me prendre qu'un quart d'heure et dont je suis revenu deux heures et demie plus tard m'a enchanté. Je n'avais absolument rien fait d'important pendant ce temps, mais j'en avais apprécié chaque minute.

Et la gaieté ? A-t-elle à voir avec la lenteur ? Les Français n'ont pas la réputation d'être joyeux – c'est plutôt le contraire. Bien des étrangers ont tendance à définir l'humeur de la nation tout entière d'après leurs premiers contacts avec le garçon de café parisien : ils ne savent pas encore qu'il est tout aussi ronchon et distant avec ses compatriotes – et sans doute aussi avec sa femme et son chat – qu'il l'est avec le touriste. Mais allez vers le Sud et la différence est frappante. Il règne là-bas une atmosphère de bonne humeur, malgré des problèmes sociaux considérables : un taux de chômage élevé et la guillotine financière de l'impôt sur le revenu.

Les journaux regorgent ces temps-ci d'articles consacrés à ces jeunes hommes d'affaires français qui quittent Paris pour profiter du boom en Angleterre. Mais si ce genre d'ambition existe en Provence, il n'est guère apparent. Tout le monde en convient, les temps pourraient être meilleurs et chacun espère que ce sera le cas. En attendant, la philosophie du haussement d'épaules est de rigueur.

C'est une philosophie que je conseille au visiteur car la vie en Provence ne manque pas de piment et le génie national de la complication n'est jamais bien loin. La logique sur laquelle elle repose m'a toujours échappé. Prenez, par exemple, le problème de la décharge municipale. Elle est installée à un endroit discret, fréquemment débarrassée, conçue pour accepter des débris de toutes sortes et de toutes tailles, exception faite d'un camion abandonné : bref, c'est à tous égards une admirable installation. Un avis officiel bien en vue au-dessus des poubelles proclame : *Les objets encombrants devront être déposés deux jours après le dernier mercredi de chaque mois.*

Un matin, je restai planté là, pensant qu'une fois de plus mon français me faisait défaut. Mais non. J'avais bien lu : *deux jours après le dernier mercredi de chaque mois.* Pourquoi ne pas dire alors le dernier vendredi de chaque mois ? Se tramait-il un projet – à n'en pas douter encore une absurdité conçue par les bureaucrates de Bruxelles – pour changer le nom de vendredi en un vocable plus dynamique et politiquement plus excitant ? Eurodi, peut-être. J'étais en train de me demander s'il n'y avait pas là quelque surprise pour l'an 2000 quand une petite camionnette arriva. Le conducteur descendit et examina l'avis. Il me regarda. Je le regardai. Il contempla une nouvelle fois le panneau, secoua la tête et haussa les épaules.

Peu de temps après, on retira l'avis. Tout le monde avait continué de se débarrasser des vieux réfrigérateurs, bicyclettes et téléviseurs quel que soit le jour sans se soucier des instructions. L'amour des Français pour les panneaux n'a d'égal que le plaisir qu'ils prennent à ne pas en tenir compte.

Autre devise nationale : lutter à tout instant pour éviter que votre argent ne tombe entre les griffes des autorités. Chaque ville provençale a aujourd'hui des zones de stationnement à l'écart des rues. Mais ces zones, distinctement signalées par de nombreux panneaux et donc faciles à trouver sont ignorées puisqu'elles sont payantes, *peuchère* ! Les rues, en revanche, sont obstruées par les voitures qui témoignent d'une belle imagination en matière de stationnement illicite. Il est habituel de voir des véhicules garés avec deux roues sur le trottoir ou bien fourrés dans des impasses, ne laissant que quinze centimètres de chaque côté pour circuler. On est témoin de cascades miraculeuses, les caractères s'échauffent, les klaxons retentissent et les querelles éclatent. Et tout ça pourquoi ? Parce que la municipalité a l'audace et la cupidité non dissimulée de faire payer cinq francs l'heure de stationnement dans la zone officielle.

Mais – c'est du moins ce que m'assure mon amie Martine qui se gare régulièrement là où nul autre n'oserait stationner – ce n'est pas simplement une question d'argent. C'est le principe. Le *parking payant* est un affront au tempérament français et il convient donc de lui résister, même si cela vous oblige à tourner une demi-heure à travers la ville en quête d'une place. Le temps, après tout, ne coûte rien. Toute considération morale et financière mise à part, il y a aussi l'immense satisfaction que l'on éprouve à trouver un coin vraiment exceptionnel. J'ai vu un jour un homme garer sa petite Peugeot en marche arrière dans une boutique en réfection. Tout en s'éloignant, il se retourna pour jeter un dernier regard à sa voiture délicatement enchâssée dans ce qui serait un jour une vitrine et il lui fit un petit signe de tête : un instant de communion entre l'homme et la machine. Comme si, ensemble, ils avaient remporté une victoire significative.

Pour moi, ces moments qui constituent le tissu de la vie quotidienne définissent le caractère de la Provence tout autant que l'histoire ou que le paysage. Et, s'il me fallait choisir un unique exemple de ce qui m'a le plus manqué en Amérique, ce serait un marché : rien d'extraordinaire, seulement l'habituel rassemblement d'éventaires qui s'étalent chaque semaine dans toutes les villes d'Apt à Vaison-la-Romaine.

Ils ont pour l'œil un charme immédiat, ces marchés, avec les explosions de fleurs et de légumes aux couleurs vives, leurs panneaux écrits à la main, les étals installés à l'ombre d'antiques platanes ou blottis contre des murs de pierre encore plus anciens. On pourrait croire à un décor de carte postale pour la saison touristique destiné à être démonté à la fin de l'été. Mais vous les trouverez aussi bien en janvier qu'en août car c'est la population locale qui les fait vivre. Le touriste n'est qu'un petit plus : il est bienvenu mais pas essentiel.

Marchands en plein vent et clients se connaissent car faire les courses est une activité pleine de flegme et quasi mondaine. On admire le sourire tout neuf du vieux Jean-Claude tandis qu'il choisit du fromage et l'on discute de la consistance qui conviendrait le mieux à son dentier récemment posé. Un brie serait trop collant. Une mimolette, trop dure. Peut-être le mieux serait-il du beaufort en attendant que la nouvelle dentition ait eu le temps de se mettre en place. Les tomates inspirent à Mme Dalmasso la plus profonde méfiance. Il est trop tôt dans la saison pour qu'il s'agisse de tomates locales. D'où viennent-elles ? Pourquoi leur lieu d'origine ne figure-t-il pas sur le panneau ? Après une brève enquête

– jeu de nez et de mains, lèvres froncées –, elle brave tous les dangers et en achète une livre. Un barbu regagne son éventaire, un verre de rosé à la main et un biberon dans l'autre. Le biberon est pour le bébé sanglier qu'il a adopté, un petit marcassin dont le groin noir frémit à l'odeur du lait. La fleuriste rend sa monnaie à ma femme, puis plonge sous son étal pour réapparaître avec deux œufs fraîchement pondus qu'elle lui tend dans une feuille de journal. À l'autre bout de la place, la terrasse du café se remplit. Dominant le sifflement et le chuintement de la machine à espresso, la voix vibrante d'enthousiasme d'un animateur de Radio Monte-Carlo annonce le concours de cette semaine. Quatre papis assis, alignés sur un muret de pierre, attendent que le marché se termine et qu'on évacue enfin la place pour les laisser jouer à la pétanque. Un chien vient s'asseoir auprès d'eux. Il ne lui manque qu'une casquette pour leur ressembler, avec leur bouille ridée.

Dès que les marchands commencent à remballer, il y a comme un frémissement d'impatience. Il y a du déjeuner dans l'air et il fait assez chaud aujourd'hui pour manger dehors.

Notre séjour de l'autre côté de l'Atlantique eut pour nous deux conséquences. Nous sommes désormais les experts du village pour tout ce qui touche à l'Amérique et on nous consulte régulièrement au sujet d'événements qui se passent à Washington et à Hollywood (aujourd'hui, c'est presque la même chose) comme si nous connaissions personnellement politiciens et vedettes de cinéma. La seconde, c'est que, dans une certaine mesure, on nous rend responsables de la propagation des coutumes tribales américaines, ce qui nous condamne souvent au doigt accusateur de M. Farigoule.

Gardien autoproclamé de la culture française et de la pureté de la langue, Farigoule peut se mettre dans tous ses états à propos de sujets qui vont du *fast-food* aux *casquettes de base-ball* qui ont commencé à faire leur apparition sur les têtes des Français. Je me souviens d'un jour d'automne où il sauta de son tabouret de bar pour me coincer; il était manifestement très soucieux, l'heure était grave.

– *C'est un scandale*, lança-t-il pour commencer.

Suivit un flot de commentaires désobligeants sur l'influence pernicieuse des importations transatlantiques dans la vie rurale française. Farigoule est un homme de très petite taille, presque une miniature, et quand il est agité, il a tendance à sautiller sur la pointe des pieds pour souligner ses propos. Il bondit d'indignation comme une balle de tennis. Je levais et baissais la tête au rythme de ses soubresauts.

– *Alowine*, répondit-il. Est-ce que nous avions besoin de ça? Le pays qui a donné naissance à Voltaire, à Racine et à Molière, le pays qui a donné la Louisiane aux Américains. Qu'est-ce qu'ils nous donnent en échange? *Alowine*.

Je ne savais absolument pas de quoi il parlait mais, au ton de sa voix et au rictus qui plissait ses lèvres, c'était une catastrophe majeure, un désastre de la même envergure que la réapparition du phylloxéra dans les vignobles ou l'arrivée de Disneyland dans les environs de Paris.

– Je n'ai rien vu de spécial, dis-je.

– Comment ça? Ils sont partout, *les potirons mutilés*, à Apt, à Cavaillon, partout.

Des potirons mutilés, c'était donc ça! Comme Mickey Mouse et le tomato ketchup, « Halloween » était arrivé en France, enfonçant un clou de plus dans le cercueil de la culture.

Après lui avoir présenté mes plus plates excuses, je me rendis jusqu'à Apt pour voir ça de mes propres yeux.

24

Farigoule, comme d'habitude, avait exagéré, mais on apercevait en effet dans une ou deux vitrines des décorations d'Halloween : c'était la première fois que j'en voyais en Provence. Je me demandai si on avait officiellement informé la population de cette nouveauté au calendrier des festivités et si les gens savaient ce qu'ils étaient censés faire. Quelques questions posées au hasard dans les rues d'Apt ne provoquèrent que de l'étonnement : le potiron n'était synonyme que de potage.

Qui donc avait eu l'idée d'introduire Halloween en Provence ? Fallait-il avertir des dangers que courraient toutes les bandes d'enfants qu'on laisserait la nuit sonner aux portes des fermes ? Les chiens n'en feraient qu'une bouchée. Par chance, la presse locale ne fit mention d'aucun bain de sang. *Alowine*, pour cette année du moins, semblait être une de ces fêtes qui n'attirent personne.

La France a déjà bien assez de traditions, comme nous le redécouvrions mois après mois. Il y a le mois de mai qui commence par un jour férié et qui en égrène quelques autres pour nous préparer au mois d'août où le pays tout entier est *en vacances*. Il y a un festival permanent de la bureaucratie marqué par une véritable tempête de paperasseries. Chaque saint a sa fête patronale, chaque village sa fête annuelle. Et toutes les semaines, à la demande générale, il y a la réjouissance du déjeuner dominical.

Le dimanche est un jour à part, un jour pas comme les autres, même si l'on n'a pas passé la semaine dans un bureau. Les bruits changent. Durant la semaine, c'est le chant des oiseaux et le grondement des tracteurs ; le dimanche matin, ce sont les aboiements des chiens de chasse et le crépitement de fusillades lointaines : le chasseur provençal aime exercer son droit de défendre la patrie contre l'invasion des lapins dévoreurs et des grives acharnées.

Il affronte cette année un défi plus sérieux que jamais, celui des sangliers mutants. Personne ne semble très bien savoir comment c'est arrivé, mais la population de sangliers s'est multipliée avec une rapidité spectaculaire. Selon une théorie communément admise, les sangliers – qui normalement n'ont qu'une unique petite portée par an – se sont accouplés avec leurs cousins plus prolifiques, les porcs domestiques, et leur progéniture menace d'envahir vignobles et vergers. On retrouve partout leurs cartes de visite : sillons creusés dans la terre par des bêtes en quête de nourriture, potagers piétinés, murs de pierre poussés de guingois.

Un dimanche, le secteur autour de notre maison fut bouclé dans le cadre d'une battue au sanglier. À intervalles réguliers le long du chemin de terre, les chasseurs avaient garé leurs camionnettes, le nez tourné vers les buissons. Des silhouettes en treillis de camouflage, armées, immobiles et sinistres, attendaient tandis que leurs chiens tournaient en rond, revenaient sur leurs pas, les clochettes de leurs colliers tintant, en lançant des aboiements rauques d'excitation. J'avais l'impression d'être tombé sur une chasse à l'homme ou en pleine guerre.

La première victime apparut au moment où j'approchais de la maison. Un chasseur se dirigeait vers moi, le soleil juste derrière lui et, de loin, je ne distinguais que sa silhouette. Le canon d'un fusil pointait au-dessus d'une épaule et il tenait dans ses bras quelque chose d'assez volumineux, quelque chose avec des pattes qui pendaient mollement au gré des pas de l'homme.

Il s'arrêta en arrivant à ma hauteur. Le chien de chasse noir et feu qu'il portait tourna vers nos chiens un œil lugubre et le chasseur, non moins consterné, me dit

26

bonjour. Je m'enquis de la santé de l'animal. Avait-il été sauvagement attaqué dans les taillis par un porcelet de grande taille, par un sanglier traqué protégeant son territoire ?

– *Ah, le pauvre*, dit le chasseur. Il a passé tout l'été au chenil et ça lui rend les pattes sensibles. Il a couru trop loin ce matin. Il a les coussinets endoloris.

À onze heures et demie, la route était de nouveau vide. L'armée s'était retirée pour se regrouper, changer d'armes et d'uniformes. Les treillis de combat et les fusils furent remplacés par des chemises propres, des couteaux et des fourchettes pour que chacun fût prêt à donner l'assaut à la table.

Le déjeuner dominical, à toute époque de l'année, est mon repas préféré. La matinée se passe sans qu'on soit dérangé par le travail, on peut faire la sieste dans l'après-midi sans aucun remords. J'ai l'impression qu'il règne dans les restaurants une atmosphère bon enfant, presque une ambiance de fête. Et je suis convaincu que les chefs se donnent plus de mal, sachant que les clients sont venus pour savourer leur cuisine plutôt que pour discuter affaires. Pas de doute, la nourriture a meilleur goût le dimanche.

Il existe une douzaine de bons restaurants dans un rayon de vingt-cinq minutes en voiture autour de la maison : gâtés par cette abondance, nous pouvons choisir un endroit qui convient au temps. Le *Mas Tourteron*, avec sa grande cour ombragée et une collection de chapeaux de paille pour tenir au frais la tête des clients, offre ce qui se rapproche le plus d'un repas au paradis par plus de trente degrés. En hiver, il y a l'*Auberge de l'Aiguebrun* : une grande cheminée, une salle claire, haute de plafond, avec des rideaux blancs et vue sur une vallée privée.

Ce qui les distingue de la plupart des autres restaurants de la région, et d'ailleurs de la plupart des autres restaurants de France, c'est que dans les deux cas, les chefs sont des femmes. La traditionnelle division du travail a toujours placé l'homme devant le fourneau et madame derrière la caisse. Les temps aujourd'hui commencent à changer, même si aucune femme chef n'a encore atteint la renommée d'un Alain Ducasse qui a assez d'étoiles au Michelin pour décorer un arbre de Noël. Les femmes en France sont mieux représentées dans la médecine, ou la politique et les professions juridiques, que dans les cuisines ou les restaurants. Je trouve cela bizarre et je me suis demandé si le chauvinisme n'y était pas pour quelque chose.

Si l'on veut une réponse provocante, il n'y a qu'un homme à consulter sur un problème social aussi délicat : Régis, qui excelle – je crois bien qu'on lui a demandé de représenter la France dans ce domaine –, qui excelle, donc, tant en gastronomie qu'en chauvinisme, et qui ne demande qu'à faire partager au monde ses opinions. Quand je lui ai demandé pourquoi il n'y avait pas davantage de femmes chefs, la réponse a jailli comme une rafale de mitrailleuse : « Ce que vous devez comprendre, c'est qu'en France on considère certaines choses comme trop importantes pour les confier à des femmes. »

Les doctoresses, les avocates et les ministres femmes, Régis trouvait cela curieux mais acceptable. Mais les femmes chefs (et les femmes sommeliers) le rendaient méfiant et le mettaient mal à l'aise. Cela dérangeait le bon ordre des choses.

Il revint sur ses paroles un dimanche d'hiver lors d'un déjeuner à l'*Auberge de l'Aiguebrun*. Après avoir prudemment commencé par un gratin de blettes, il poursuivit sans difficulté apparente par un ragoût d'agneau, suivi d'un petit monticule de fromages assortis et d'une épaisse tranche d'un gâteau au concentré de chocolat nappé de crème anglaise – tout cela préparé par une femme.

Nous étions devant le restaurant et j'attendais qu'il reconnaisse s'être trompé. Pas question. Il se contenta d'adapter son chauvinisme aux exigences du moment.

– Il n'y a qu'en France, déclara-t-il, qu'on peut trouver une cuisine comme ça au milieu de nulle part. (D'un geste large, son bras balaya les montagnes qui nous entouraient et le soleil qui déversait ses rayons dans la vallée.) C'est bon d'être de retour, n'est-ce pas ?

Oui, c'est bon d'être de retour.

Le mystérieux meurtre
du beau boucher

La première fois que je rencontrai Marius, ça faillit bien être la dernière. J'aperçus au loin sa haute silhouette, mains dans les poches, arpentant la route qui mène au village. Il entendit le moteur de la voiture et se retourna. Après une ou deux expériences traumatisantes, j'avais appris à me méfier des déplacements imprévisibles des piétons, cyclistes, conducteurs de tracteurs, chiens et poulets désemparés : je ralentis. Heureusement pour nous deux, j'avais le pied sur la pédale de frein quand il bondit devant la voiture, les bras grands ouverts comme s'il voulait l'étreindre. Je stoppai à moins de cinquante centimètres de ses pieds.

Il me salua de la tête avant de faire le tour jusqu'à la portière du passager et de monter dans la voiture.

– *Bieng*, dit-il avec l'accent qui m'était familier. Vous allez au village ? Ma Mobylette est en réparation.

Il me demanda de le déposer devant le café. Mais, quand nous fûmes arrivés, il ne donnait aucun signe de vouloir descendre de la voiture, apparemment fasciné par la collection de petite monnaie que je gardais dans le vide-poche pour alimenter les parcmètres.

– Vous n'auriez pas dix francs, par hasard ? Pour un coup de téléphone ?

Je lui désignai la petite monnaie. Il tria soigneusement les pièces, en prit une de dix francs, me gratifia

31

d'un grand sourire et disparut dans le café sans même jeter un coup d'œil à la cabine téléphonique plantée devant le bistrot.

Au cours des semaines suivantes, un rituel s'instaura. Marius apparaissait à l'horizon, au détour de la route ou errant dans le village, réclamant en ouvrant grands les bras que je le transporte. Sa bicyclette à moteur était toujours en réparation et il avait besoin de passer un nouveau coup de fil. Très vite, nous renonçâmes à ces formalités sans intérêt. Je me contentais de laisser deux pièces de dix francs dans le vide-poche auprès du levier de vitesse, et Marius les fourrait dans sa poche. C'était un arrangement efficace et civilisé qui nous convenait à tous les deux puisque aucun de nous n'aimait parler d'argent.

Il fallut bien deux ou trois mois avant que notre relation passe de la basse finance à une dimension plus mondaine. Un matin, j'allai au bureau de poste et je trouvai Marius lancé dans une vive discussion concernant un morceau de papier qu'il ne cessait de tendre vers la préposée, assise derrière le comptoir. Elle s'obstinait à secouer la tête et à repousser le papier. Cet échange était accompagné de nombreux haussements d'épaules et pour finir d'une de ces grimaces avec un gros soupir où les lèvres sont retroussées en un pli dédaigneux : une moue que les Français affectionnent pour manifester leur désapprobation ou leur désaccord. Et puis, le silence. La négociation avait de toute évidence tourné court.

La préposée trouva avec mon arrivée un prétexte idéal pour mettre un terme à la discussion et se pencha devant Marius pour me souhaiter le bonjour. Quand il se retourna et m'aperçut, un sourire vint remplacer son expression maussade et il me donna une claque sur l'épaule.

– Je vais vous attendre dehors, annonça-t-il.

Il m'y attendait, vociférant. Cette femme, au tempérament acariâtre et peu serviable, cette courge avait refusé de lui encaisser un chèque de 500 francs – un instrument financier parfaitement valable, qu'il brandissait pour que je l'examine moi-même.

Je suppose qu'à une certaine époque, le chèque avait pu être valable, mais il était maintenant sale et froissé, les mots et les chiffres effacés au point d'être quasiment illisibles. Ç'aurait été très courageux de se séparer d'une somme d'argent en échange d'une relique aussi peu convaincante. D'ailleurs, assurai-je à Marius, je n'avais pas 500 francs sur moi.

– *Tant pis*, dit-il. Dans ce cas, vous pouvez me payer un verre.

J'ai beaucoup de mal à résister à ce genre d'effronterie, peut-être parce que j'en manque moi-même : deux minutes plus tard, Marius et moi étions installés à une table au fond du café. Toutes nos rencontres précédentes avaient eu lieu dans la voiture et je regardais plus la route que mon voisin. Aujourd'hui, je découvrais un beau spécimen de visage ravagé par les intempéries : un teint rougeaud, des sillons là où d'autres visages auraient eu des rides, des rides là où d'autres joues auraient été lisses. Mais le regard était brillant, et Marius avait une abondante chevelure taillée en brosse, hérissée et grisonnante. Je lui donnais dans les soixante ans. Il tira de la poche de son blouson militaire une grosse boîte d'allumettes de cuisine et alluma une cigarette. Je constatai que la première phalange de son index gauche manquait, sans doute un sécateur lui avait-il échappé lors de la taille des vignes.

La première gorgée de vin rouge descendit, ponctuée d'un petit frémissement de satisfaction, et il se mit à me poser des questions. Je parlais français comme un Allemand, m'annonça-t-il. Il fut donc surpris quand je lui confiai que j'étais anglais : tout le monde sait que l'Anglais, à l'étranger, préfère se cantonner aux limites familières de sa propre langue, n'élevant la voix que pour rectifier un malentendu avec les indigènes. Marius porta les mains à ses oreilles en souriant, son visage disparaissant dans un amas de plis.

Mais que faisait donc ici un Anglais en plein hiver? Quel genre de métier est-ce que j'exerçais? C'était une question qu'on m'avait souvent posée et la réponse ne manquait jamais de provoquer une des deux réactions suivantes : soit la commisération, car l'écriture est une occupation d'une précarité notoire, soit de l'intérêt teinté du respect que les Français continuent d'éprouver pour quiconque s'adonne aux arts. Marius appartenait à la seconde catégorie.

– *Ah*, dit-il, *un homme de lettres*. Mais sûrement pas pauvre, conclut-il en tapotant son verre vide.

On renouvela nos rafraîchissements et l'interrogatoire se poursuivit. Quand j'expliquai mes thèmes favoris, Marius se pencha en avant, fermant à demi les yeux pour se protéger de la fumée de sa cigarette, l'image même d'un homme qui a des renseignements confidentiels à vous communiquer.

– Je suis né ici, fit-il en agitant un bras dans la direction approximative de son lieu de naissance, quelque part en dehors du café. *Boudiou*, il y en a des histoires que je pourrais vous raconter. Mais une autre fois.

Marius avait d'autres engagements. Apparemment il y avait ce jour-là un enterrement au village et il ne manquait jamais pareille cérémonie. Il aimait le rythme mesuré du service funèbre, la solennité, la musique, le spectacle des pleureuses dans leurs plus beaux atours, juchées sur leurs talons hauts. Et si d'aventure il s'agissait d'inhumer un vieil ennemi, il jubilait. Il appelait ça la victoire finale, une preuve de ses facultés supérieures de survie. Il tendit la main pour me prendre le poignet et consulter ma montre. Il était temps de partir. Les histoires devraient attendre.

J'étais déçu. Écouter un bon conteur provençal, c'est assister au numéro d'un homme passé maître dans l'art de la galéjade, de l'enjolivement verbal, d'un prince de la pause lourde de sens, du roi de l'expression bouleversée et du rire qui vous secoue le ventre. Il parvient à mettre en scène l'anecdote la plus banale : le passage au garage, la préparation d'un poulet, la découverte d'un nid de guêpes sous le toit. Traités par la personne qui convient, ces petits moments peuvent prendre une résonance dramatique plus adaptée à la Comédie-Française qu'au bistrot de village.

Lorsque j'eus l'occasion de revoir Marius, il était penché sur sa Mobylette sur le bas-côté de la route, la tête penchée et l'oreille aux aguets comme s'il attendait qu'un murmure lui réponde. « Plus une goutte », me dit-il en se repliant à l'intérieur de la voiture. Mais je pourrais le conduire au garage chercher un *bidon* de mélange, *non* ? Et puis, je pourrais aussi lui offrir un verre car ç'avait été une matinée éprouvante. Comme toujours, on sentait chez Marius la certitude que je n'avais de mon côté aucun projet impératif susceptible de m'arracher à mes devoirs de dépanneur.

Nous nous installâmes au café et je lui demandai s'il avait apprécié son dernier enterrement.

– *Pas mal*, dit-il. C'était le vieux Fernand. (Il se tapota l'aile du nez.) Vous savez, on dit que c'était un des cinq maris. Vous avez dû entendre l'histoire.

Comme je secouais la tête, il se tourna pour demander une carafe de vin puis commença. De temps à autre il me jetait un coup d'œil pour souligner son propos ou pour voir si j'avais bien compris mais, la plupart du temps, son regard restait perdu dans le lointain, à la recherche de ses souvenirs.

Pour on ne sait quelle raison, déclara-t-il, il existe souvent une affinité entre les bouchers et les femmes, une intimité particulière qui va bien au-delà de la simple transaction d'un gigot de mouton. Allez donc savoir pourquoi ? C'est peut-être le spectacle de toute cette chair, bien rose, avec le claquement qu'elle fait sur le billot, la promesse d'un morceau de choix. Quelle qu'en soit la raison, il n'est pas rare de voir une relation privilégiée se développer entre boucher et cliente. Et, lorsque le boucher est jeune et beau garçon, s'ajoute le plaisir de flirter un peu au-dessus des côtes d'agneau. Les choses ne vont généralement pas plus loin : un ou deux moments bien innocents, juste de quoi faire briller l'œil d'une femme.

En général, mais pas toujours. Pas dans le cas d'Arnaud. Voilà bien des années, il était arrivé au village, ayant repris le fonds de commerce du vieux boucher, un homme maussade et renfrogné et qui lésinait sur sa viande. Le *téléphone arabe* fonctionna vite et le talent d'Arnaud fut reconnu. Il transforma la petite boucherie, repeignant, remplaçant les antiques garnitures, installant un éclairage moderne. C'était une joie d'être accueilli par l'éclat étincelant du verre et de l'acier, par l'odeur bien propre de la sciure fraîche sur le carrelage et le sourire du jeune propriétaire.

Avec ses cheveux noirs gominés et ses yeux bruns, il était lui-même très novateur. Mais ce qui le distinguait de la plupart des autres hommes de son époque, c'étaient ses dents. En ce temps-là, les dentistes à la campagne étaient rares, leurs cabinets éloignés et leurs techniques relevaient plus de l'extraction que des soins. Il était donc peu fréquent de voir un adulte sans un écart ou deux dans la bouche, et les dents qui avaient survécu étaient souvent dans un triste état. Mais les dents d'Arnaud étaient d'une stupéfiante perfection : blanches, régulières, elles étaient toutes là. Les femmes qui le rencontraient pour la première fois repartaient éblouies en se demandant pourquoi un aussi *beau garçon* restait célibataire.

Arnaud plaisait et il le savait, mieux, il jouait de son charme, c'était un homme d'affaires et, si son sourire faisait prospérer la maison, il souriait. *C'est normal.*

Il faut dire aussi que c'était un bon boucher. Sa viande était bien coupée, ses andouillettes et ses boudins dodus et généreusement remplis, ses pâtés riches et consistants. Il coupait généreusement, et les morceaux pesaient souvent quelques grammes de plus que ce qu'on avait demandé ; jamais moins. Il faisait même cadeau des os à moelle. Cadeau ! Lorsqu'il tendait les paquets de papier rose ciré soigneusement plié sur lequel figuraient son nom et une tête de vache joviale, son sourire radieux l'illuminait.

Sa popularité ne fit que croître. Les hommes du village mangèrent plus de viande que du temps du vieux boucher. Lorsqu'ils en faisaient la remarque, leurs épouses acquiesçaient. « Oui, disaient-elles, le nouveau boucher est bien meilleur. Le village a de la chance de l'avoir. » Et certaines d'entre elles, face à leur mari, se surprenaient à penser au jeune Arnaud d'une façon qui n'avait pas grand-chose à voir avec la qualité de sa bavette d'aloyau. Ah, ces épaules ! Et ces dents !

Les ennuis commencèrent à la fin du mois de juin, avec le début de la vraie chaleur. Le village était établi sur le flanc d'une colline et les bâtiments de pierre construits plein sud semblaient absorber le soleil et l'emmagasiner pour la nuit. On fermait les volets pour se protéger de la lumière éblouissante et de la température qui ne cessait de grimper, mais il était difficile de fermer les volets des commerces. Arnaud modifia ses méthodes de travail pour les adapter au climat. Il débarrassa la vitrine de tout ce qui était périssable, remplaçant les habituels étalages de saucisses et de morceaux tout coupés par un panneau informant sa clientèle que la viande était conservée au frais, au fond de la boutique.

Début juillet, Arnaud avait adopté une tenue plus pratique que le pantalon de toile et le chandail de coton. Il n'avait conservé que son long tablier blanc qui lui couvrait presque tout le torse et venait lui battre les jarrets et ne portait là-dessous qu'un vieux short de cycliste, qui lui moulait les hanches et les fesses.

Les affaires devinrent florissantes. On demandait fréquemment les morceaux accrochés derrière le comptoir car, pour les atteindre, Arnaud devait se retourner en tendant le bras, exposant aux regards des clientes un dos et des jambes bien musclés. Les expéditions vers le secteur frais étaient également très prisées : elles permettaient une rare proximité avec un jeune homme séduisant et quasi nu.

Les clientes d'Arnaud changeaient elles aussi. Les robes légères virevoltaient sur les cuisses, les pommettes roses, l'œil vif, elles laissaient à leur suite des fragrances de parfum. Le coiffeur se frottait les mains. Quant aux maris – ceux qui le remarquaient étaient moins nombreux que le pastis du dimanche matin, et d'ailleurs, leurs femmes avaient pour eux ce petit surplus d'attentions qu'un rien de culpabilité provoque toujours.

Juillet arriva, les jours se succédaient, accablants de chaleur. Chiens et chats se toléraient, partageant les zones d'ombre, trop anéantis pour se quereller. Dans les champs, les melons arrivés à maturité étaient plus juteux que jamais, et les grappes dans les vignes étaient tièdes. Le village assoupi étouffait dans un cocon d'air brûlant.

Ce fut une période difficile pour le boucher. Un nouveau venu – même originaire d'à peine trente kilomètres de là – est traité par les autochtones avec une courtoisie réservée mais ce n'est pas pour autant qu'il sera invité à trinquer chez ses voisins. En dépit de ses yeux noirs et de ses muscles d'athlète, Arnaud était en période de probation et restait un étranger, esseulé.

Levé dès potron-minet, il lavait le carrelage de la boucherie, répandait la sciure fraîche, débarrassait la vitrine des mouches mortes, disposait les pièces de viande, aiguisait ses couteaux et avalait une tasse de café avant que ses premières clientes n'arrivent juste avant huit heures. Les après-midi s'écoulaient lentement mais, en début de soirée, c'était le coup de feu. Il parvenait rarement à fermer avant sept heures. Commençait alors le torrent grisâtre de la paperasserie qu'il fallait endiguer : les recettes de la journée, les factures des fournisseurs, les formulaires officiels du code sanitaire, les récriminations du Crédit Agricole. Pas de quoi réjouir un homme tout ça. Ce qu'il lui fallait, Arnaud se le disait souvent, c'était une femme.

Il en trouva une début août ; celle d'un autre.

Plus jeune que la plupart de ses clientes, elle avait quinze bonnes années de moins que son mari. Son mariage avait bénéficié de l'énergique volonté des deux couples de parents dont les immeubles occupaient des pentes voisines au pied du village. Quoi de plus satisfaisant qu'une union du sang et de la terre, des familles et des propriétés ? On fixa une date pour le mariage et on encouragea les deux intéressés à s'aimer un peu.

Le nouveau mari, homme placide aux ambitions modestes, découvrit que le mariage lui convenait. Il ne

39

dépendait plus de sa mère. Il avait quelqu'un pour lui faire la cuisine, le raccommodage et réchauffer son lit. Un jour il aurait en héritage les deux vignes. Ils auraient des enfants. La vie était plaisante et il était satisfait.

Mais sa jeune épouse songeait à l'avenir et n'y voyait qu'une vie de travail et d'ennui.

L'événement survint un après-midi, sans qu'un mot fût échangé. Le boucher lui enveloppait une pièce de rumsteck, ils étaient si proches que chacun pouvait sentir la chaleur du corps de l'autre. L'instant d'après, ils étaient en haut, dans le petit appartement, baignés de sueur, leurs vêtements épars sur le plancher.

Plus tard, elle se glissa hors de la boutique, le rouge aux joues, le souffle court, l'esprit ailleurs. La viande était restée sur le comptoir.

La circulation des nouvelles et des potins est une spécialité villageoise. Ils s'infiltrent, tournent autour de la fontaine, ricochent sur le mur de l'église, sont amplifiés par les commères du marché. Nul secret n'a résisté à la vélocité de la curiosité féminine. Très vite, Arnaud observa une légère excitation chez ses clientes : teint vif, vivacité des propos, mains qui s'attardaient, doigts qui effleuraient les siens. Après la première amante qui vint régulièrement en fermant la porte derrière elle et retournant le panneau qui annonçait ainsi *Fermé*, d'autres suivirent, choisissant leur heure. Arnaud perdit du poids mais prospéra.

On ne sait pas très bien qui le premier alerta les maris. Peut-être une des plus vieilles femmes du village, dont la joie dans l'existence était la dénonciation. Peut-être une des épouses déçues, de ne jamais avoir grimpé précipitamment l'escalier jusqu'à la petite chambre à coucher. Mais, inévitablement, soupçons et rumeurs s'amplifièrent jusqu'à gronder aux oreilles des maris.

Des accusations fusèrent dans le secret des lits conjugaux. Les dénégations ne furent pas convaincantes. Un mari finit par se confier à un autre et celui-ci à un troisième. Ils découvrirent qu'ils étaient tous membres du même club des cocus.

Cinq d'entre eux se réunirent un soir au café : trois fermiers, le facteur et un assureur que son travail entraînait souvent loin de chez lui. Ils s'installèrent à la table du fond, prirent un jeu de cartes pour tromper l'ennemi et, les cartes étalées devant eux, laissèrent libre cours à une saine fureur qui s'alimentait au pastis. Les voix montaient, le facteur, moins imbibé que les autres, eut un sursaut de prudence et proposa une nouvelle rencontre dans un lieu plus discret.

On approchait de la fin de septembre et la chasse était ouverte. Ils convinrent qu'une chasse au sanglier serait propice à trouver le moyen de remettre au pas ce jeune blanc-bec aux mains rouges et aux quadriceps indécents. Le dimanche suivant ils arrivaient dans les collines avec leurs fusils et leurs chiens.

Quelques minutes après le lever du soleil, la chaleur était déjà intense, on se serait cru en juillet. Lorsque nos compères atteignirent la crête du Luberon, leurs fusils et leurs cartouchières pesaient lourd sur leurs épaules, et ils avaient les poumons en feu. À l'ombre d'un cèdre géant, ils firent circuler une bouteille. Aucun bruit, si l'on excepte les clochettes des chiens qui furetaient, personne : les hommes pouvaient parler en paix.

Rosser les femmes ou s'attaquer au boucher ? Crénom, il y allait de leur honneur !

Une bonne correction, quelques os cassés, sa boutique démolie. Peut-être, dit l'un, mais il nous reconnaîtrait et on aurait la police aux trousses. Il y aurait des questions, et on aurait l'air de couillons en plus d'être cocus. Les hommes se remettent d'une correction. Les femmes compatiraient et tout recommencerait. La bouteille passa de main en main. L'un d'eux dit enfin ce qu'ils pensaient tous. Une solution définitive. En dehors de cela, point de salut. D'une façon ou d'une autre, le boucher devait s'en aller. Alors seulement leurs existences redeviendraient ce qu'elles étaient avant que ce jeune bouc vienne semer le déshonneur.

Le facteur, le plus raisonnable de la bande, était d'avis de lui parler. Peut-être pourrait-on le persuader de partir ? Quatre têtes esquissèrent un geste de dénégation. Où était le châtiment là-dedans ? Où était la vengeance ? Où était la justice ? Ils seraient la risée du village. Ils vivraient jusqu'à la fin de leurs jours en butte aux plaisanteries, comme cinq mauviettes avec des cornes et pas de tripes qui restaient sans bouger tandis que leurs femmes sautaient dans le lit d'un autre homme.

La bouteille était vide. Un des hommes se leva et la posa sur un rocher. Il prit son fusil et introduisit une cartouche dans la culasse, visa puis fit voler la bouteille en éclats. « Voilà ce qu'on fait », dit-il. Il regarda les autres et haussa les épaules. *Voilà.*

On convint de tirer à la courte paille pour décider qui allait exécuter la sentence. Quand ce fut fait, les hommes redescendirent de la montagne pour le déjeuner dominical.

L'exécuteur attendait la conjonction d'une nuit sans lune. Une giclée de gros plombs aurait suffi pour arrêter un éléphant, et tuer un homme à bout portant, mais pour plus de sûreté, il avait chargé son fusil avec deux cartouches de chevrotine. Il dut maudire le temps qu'il fallut au boucher pour descendre l'escalier en entendant frapper à sa porte avec insistance.

Il tira les deux cartouches sans barguigner, le canon de son fusil enfoncé contre la poitrine du boucher, et il n'attendit pas de le voir s'écrouler. Le temps que les lumières commencent à s'allumer dans les maisons voisines, il était déjà au pied du village, trébuchant dans les vignes pour rentrer chez lui, ni vu ni connu.

À l'aube, le premier gendarme arriva. Une demi-douzaine de personnes étaient déjà plantées dans la flaque de lumière qui s'étalait devant la boucherie, horrifiées, fascinées, incapables de détourner leurs regards du cadavre ensanglanté qui gisait sur le seuil. En moins d'une heure, un peloton de gendarmes d'Avignon était là pour les faire circuler, emporter le corps et s'installer dans un bureau de la mairie afin d'entamer de longs interrogatoires. Tout le village y passa.

Ce fut un moment difficile pour les cinq maris, qui mit à l'épreuve leur sens de la solidarité et de l'amitié. Leur seule protection était le silence, le silence absolu. Ne pas desserrer les dents, comme dit l'un d'eux, et personne ne saurait jamais. La police croirait à une vieille histoire, un ennemi venu d'ailleurs régler un vieux compte.

Des jours passèrent, puis des semaines – des semaines sans un aveu, des semaines sans même un indice. Personne ne savait rien. Le village entier était solidaire d'un principe sacro-saint : on ne discute jamais des affaires du village avec des étrangers en uniforme. Tout ce que la police parvint à établir, ce fut l'heure approximative du décès et le fait que le meurtrier avait utilisé un fusil de chasse. On interrogea tout homme qui possédait un permis de chasse, on examina soigneusement chaque arme. Mais, contrairement aux balles, la chevrotine ne laisse pas de traces identifiables. Les coups fatals auraient pu provenir d'une douzaine de fusils de la région. L'enquête finit par s'enliser, puis par s'arrêter complètement pour devenir un dossier de plus dans les archives. Le village se remit au travail avec les vendanges qui, tout le monde en convenait, étaient d'une exceptionnelle qualité cette année-là.

Un autre boucher arriva, un père de famille venu d'Ardèche, enchanté de reprendre des locaux si bien équipés. Il fut agréablement surpris d'être accueilli avec une chaleur inhabituelle par les hommes du village.

– Et ça s'est terminé comme ça, dit Marius. Ça doit faire près de quarante ans maintenant.

Je lui demandai si l'on n'avait jamais découvert l'identité du meurtrier. Après tout, il y avait au moins cinq personnes au courant et, comme il l'avait lui-même précisé, garder un secret dans un village, c'était comme essayer de tenir de l'eau au creux de la main. Mais il se contenta de sourire en secouant la tête.

– Le jour où on a enterré le boucher, tout le monde est venu, ajouta-t-il. Ils avaient tous leurs raisons. (Il termina son vin et s'étira sur sa chaise.) Eh oui ! Il y avait du monde à cet enterrement. Jusqu'où l'amour peut mener *peuchère* !

Le critique gastronomique
du *New York Times*
fait une découverte stupéfiante :
la Provence n'a jamais existé !

La lettre était d'un certain Gerald Simpson, de New York. Il était étonné par un reportage qu'il avait découpé dans le journal. L'article était d'une lecture attristante : il décrivait la Provence comme une région de paysans matois, où la cuisine était infecte. Et c'était là ce qui surprenait Simpson. « Je ne me souviens pas du tout que c'était comme ça, écrivait-il, quand j'étais là-bas en vacances. Ce n'est pas comme ça non plus dans vos livres. Qu'est-il arrivé ? Est-il possible que le pays ait autant changé en quelques années ? »

Je relus l'article une seconde fois et, en effet, la Provence était décrite comme sans attrait et bien mal servie par ses restaurants et par ceux qui les approvisionnaient. J'avais déjà reçu ce genre de prose, œuvres de journalistes en quête de ce qu'ils croient être un « angle différent ». Ils sont avides de dénicher la « réalité » qui se cache derrière les cartes postales où s'étalent des champs de lavande ensoleillés et des visages souriants. Donnez-leur un visiteur désenchanté, un commerçant revêche ou un mauvais repas et ils rentrent chez eux heureux : ils tiennent leur article. Je suis rarement d'accord avec ce qu'ils écrivent, mais c'est de bonne guerre. Nous avons chacun nos idées sur la Provence et les miennes ne sont véritablement pas celles de gens venus passer une semaine ou deux, en août qui plus est, le mois le plus chargé et le moins caractéristique de l'année.

La chronique qu'on m'avait adressée, « Mon année en Provence en août dernier », avait paru le 22 avril 1998 dans un des quotidiens les plus distingués et les plus influents du monde, le *New York Times*. Il était signé Ruth Reichl, dont le nom, j'en suis certain, provoque un *frisson* d'appréhension quand il résonne dans les cuisines des restaurants de Manhattan ; et plus encore à l'époque où elle était critique gastronomique du *Times*, poste qu'elle n'occupe plus mais qui était encore le sien cet avril-là. Phare de connaissances gastronomiques dans un monde plongé dans l'obscurantisme, capable de faire et de défaire les réputations culinaires, bref, une femme qui connaît son affaire, comme pourrait dire un de ces vieux paysans matois.

Un des talents évidents de Reichl comme critique gastronomique était, à n'en pas douter, d'aller sans perdre un instant au cœur des choses. Elle parvint au cours de sa visite au mois d'août à examiner, étudier, évaluer et condamner toute une région de France – délicate attention ! – tout en trouvant le temps de passer de mauvaises vacances.

Et quel catalogue de déceptions ! Dès le tout premier petit déjeuner : baguette exécrable, croissants pires encore, café amer. Un petit tour au marché ne lui permit pas de dénicher une seule tomate mûre, sans parler des pêches, dures comme des pierres. Les haricots verts avaient un air fatigué et rien ne serre plus le cœur d'un critique gastronomique que le spectacle d'un haricot vert fatigué. Et son cœur se serrait encore et encore. Aucune des pommes de terre n'avait été cultivée en France. Pas un boucher n'avait de l'agneau. Bref, c'était un enfer pour un fin gourmet comme elle et ses visites au supermarché, où elle était obligée de faire ses courses les jours où il n'y avait pas de marché, ne contribuèrent en rien à apaiser son mécontentement. Là aussi, les aliments étaient à la limite du comestible. La viande et les légumes, une catastrophe. Les fromages étaient fabriqués en usine. Le pain emballé dans du plastique. Et, horreur des horreurs, la sélection de vins rosés occupait à elle seule plus d'espace que le rayon de céréales, de gâteaux secs et de biscuits salés du magasin D'Agostino en bas de chez elle. Imaginez une chose pareille ! Plus de vin que de biscuits ! On ne saurait trouver symptôme plus révélateur d'une société en pleine décrépitude.

D'autres révélations suivaient, mais examinons plus en détail la première partie de cette triste litanie. À n'en pas douter, on peut trouver en Provence des aliments sans intérêt, mais les trouver partout où on regarde laisse supposer de la part de l'observateur une grande négligence ou une totale ignorance des ressources locales. De telles lacunes seraient compréhensibles chez le touriste moyen, mais Reichl est tout sauf une touriste moyenne. Elle consacre toute sa vie professionnelle à découvrir de bons produits. Elle a sûrement de nombreuses relations dans les milieux gastronomiques et journalistiques. Elle ne manque certainement pas d'amis ou de collègues en France qui auraient pu lui dire qu'en Provence, comme dans le reste du monde, il faut savoir où aller. Personne ne lui a donc donné quelques bonnes adresses ? En a-t-elle demandé d'ailleurs ? N'a-t-elle pas lu les excellents ouvrages de Patricia Wells, son homologue de l'*International Herald Tribune*, critique gastronomique qui possède une connaissance approfondie de la Provence ? Il semble bien que non.

Impossible de dénicher une belle tomate mûre et de l'agneau ? Déceptions que nous n'avons jamais connues durant les années que nous avons passées en Provence ! On pourrait mettre cela sur le compte de la malchance, ou peut-être était-elle arrivée trop tard au marché ou chez le boucher, quand le meilleur a déjà été vendu ? En août, c'est comme ça. Quant à l'abominable supermarché, là encore, semble-t-il, Reichl a été soit mal conseillée, soit pas conseillée du tout. Assurément il existe des supermarchés où l'on trouve du fromage d'usine et du pain enveloppé dans du plastique, je ne vois pas l'intérêt d'en parler. Les grandes surfaces sont précisément conçues pour vendre des aliments produits en série, dont beaucoup sont tenus par la loi d'arriver sous emballage plastique. Mais tous les supermarchés ne sont pas identiques. Nombre d'entre eux en Provence ont du fromage frais, fabriquent eux-mêmes leur pain, même si la sélection de gâteaux secs peut ne pas être à la hauteur du choix des magasins D'Agostino.

À vrai dire, la plupart des cuisiniers sérieux que nous connaissons n'utilisent les supermarchés que pour s'approvisionner en produits de base. Ils achètent leur viande, leur pain, leur huile, leur vin et autres denrées dans de petites boutiques spécialisées, comme le faisaient leurs mères. Et s'ils habitent à Avignon ou dans les environs, ils font leurs courses aux Halles, un des marchés les mieux fournis qu'on puisse espérer trouver en France ou ailleurs. Il a lieu sur la place Pie, en plein centre-ville : pas loin, d'ailleurs, de l'hôtel où était forcément descendue Reichl.

Depuis vingt-cinq ans, ce marché offre un débouché permanent aux fournisseurs locaux, et les quarante éventaires présentent un choix étourdissant de viande, de volailles, de gibier, de pains, de fromages, de charcuteries, de fruits, de légumes, d'herbes, d'épices et d'huile – sans parler d'un étal de poissons long d'une dizaine de mètres. Il ouvre à six heures chaque jour de la semaine pour fermer à midi. Mais au mois d'août, il est difficile de se garer à Avignon et c'est peut-être pour cette raison que le marché n'est pas évoqué. Dommage.

48

Peu importe. À défaut d'inspiration ou de l'envie de faire des courses, il reste les restaurants locaux. Avignon en compte plusieurs qui soutiennent favorablement la comparaison avec d'excellents établissements new-yorkais – *Hiely*, *L'Isle Sonnante* ou *La Cuisine de Reine*, pour n'en citer que trois – mais, je ne sais comment expliquer ce phénomène, ils ont tous réussi à échapper à l'œil de Reichl. On a préféré nous parler d'un menu far-felu – lu mais non goûté – et ne comprenant que des plats à base de tomates. (Espérons qu'elles étaient mûres.) Voilà qui a probablement encouragé sa remarque sur les médiocres tables des grandes villes. Il y a de quoi vous faire désespérer de survivre à un séjour en Provence.

Mais voilà que, sans illusions et affaiblis par la faim, nous tombons sur la plus extraordinaire des révélations. La voici noir sur blanc, soutenue par l'autorité considérable du *New York Times* : « Je rêvais d'une Provence qui n'a jamais existé. »

Comme on peut l'imaginer, cette phrase me frappa avec la violence d'une tomate pas mûre reçue entre les deux yeux. Où avais-je donc vécu toutes ces années ? Et que dire de ces autres auteurs égarés ? La Provence qu'ont connue et dont ont parlé Daudet, Giono, Ford Madox Ford, Lawrence Durrell et M.F.K. Fisher, la Provence que je connais n'existe pas. Elle n'a jamais existé. C'est le fruit ensoleillé de notre imagination, un fantasme romancé.

Malheureusement, une des personnes en partie responsable de cette monumentale supercherie est un fils de la Provence – hélas, encore un de ces écrivains qui se laissent emporter par leurs chimères –, Marcel Pagnol. Reichl a pour lui la plus vive admiration et elle tient à nous la faire partager : « La Provence à laquelle je suis le plus attachée, c'est celle du grand cinéaste Marcel Pagnol. Son univers est un monde aux images en noir et

49

blanc, un peu rayées, dans lequel des hommes s'amusent dans des cafés à cacher des cailloux sous des chapeaux et attendent qu'un passant donne un coup de pied dedans. »

Cette vision pourrait être comparée à celle d'un touriste s'attendant à voir l'Amérique d'aujourd'hui ressembler aux décors d'un film de Frank Capra. J'eus l'impression qu'il me fallait enquêter un peu, et les résultats sont indiscutables. Je dois signaler, en toute équité, que le jeu du chapeau est un spectacle populaire qui a disparu tout comme la guillotine. Des recherches poussées aux archives de la mairie du village où j'habite ne m'ont pas permis de retrouver la trace d'un seul exemple de chapeau frappé à coups de pied en public. Quand j'ai demandé au doyen du bar du village s'il s'était jamais amusé à donner des coups de pied dans des chapeaux, il m'a regardé d'un drôle d'air, a pris son verre et a changé de table. Même dans les villages les plus reculés de Haute-Provence, où l'on pourrait s'imaginer tomber sur une bande oubliée de botteurs de chapeaux, on n'a guère de chance de trouver dans les cafés des hommes ayant d'autres distractions que la conversation, les cartes ou la pétanque. Après la mauvaise nourriture, encore un rêve brisé !

Il existe néanmoins des gens qui visitent la Provence et qui semblent capables d'aller au-delà de vagues idées reçues et de prendre un grand plaisir à goûter ce qui existe bel et bien. Malheureusement, ce sont des touristes, et ils ne sont pas les bienvenus dans le monde de Reichl. Elle préfère les endroits qui, pour reprendre ses propres mots, ne sont pas pittoresques ni « touristiques ». Bien sûr les touristes, ce sont toujours les autres ; jamais nous. Nous, nous sommes différents. Nous sommes des *voyageurs*. Intelligents, bien élevés, cultivés... une bénédiction pour les destinations que nous avons élues, un ravissement pour nos hôtes. J'ai toujours trouvé cette vision fort répandue aussi condescendante et blessante qu'inexacte. Si on voyage loin de chez soi pour son plaisir, on est un touriste, quel que soit le déguisement dont on pare la chose. Pour ma part, je me considère comme un éternel touriste. Certains de mes meilleurs amis sont des touristes. Le tourisme apporte une substantielle contribution à l'économie locale et assure de quoi vivre à bien des gens de talent – parmi lesquels plusieurs cuisiniers – qui sinon devraient peut-être chercher un autre travail pour joindre les deux bouts.

Prenons, par exemple, les deux seuls bons restaurants que Reichl ait réussi à dénicher dans toute la Provence : l'*Auberge de Noves* et le *Bistrot du Paradou*. Tous deux sont excellents, comme elle le dit, et à juste titre populaires auprès des touristes. Parviendraient-ils à préserver leur niveau de qualité s'ils devaient compter sur une clientèle purement locale ? J'en doute fort.

D'ailleurs, même en décrivant le *Bistrot du Paradou* qu'elle privilégie, elle conclut sur une note négative. La cuisine était bonne, l'ambiance charmante, et pourtant : « Je sentais qu'il y avait dans tout cela quelque chose d'irréel, une ingénieuse tentative pour faire revivre l'esprit de Marcel Pagnol. » Bonté divine ! Qu'est-ce qui a bien pu provoquer cette remarque ? Un rassemblement de botteurs de chapeaux sur le parking ? L'arrivée pour déjeuner de Charles Aznavour ? Ou bien le fait que le bistrot n'existe que depuis quinze ans et pas depuis quinze générations ? En tout cas, voilà une démonstration étayant la théorie d'une Provence inexistante.

Les prochaines vacances, Reichl nous annonce enfin qu'elle les prendra en Italie, ce paradis des rêves, et j'espère pour elle qu'ils se réaliseront tous : des garçons de café chantant quelques mesures de Puccini, de robustes paysans écrasant le raisin de leurs pieds violacés, de somptueux repas de *pasta* faite main. *Buon appetito, signora!*

Mais je m'adresse maintenant à mon correspondant, M. Simpson, et aux âmes courageuses qui envisagent peut-être encore un voyage en Provence. Voici quelques bonnes adresses – pour prouver, je l'espère, que tout n'est pas perdu. Elles couvrent une région assez étendue, ce qui risque de vous faire passer quelque temps en voiture, le nez sur une carte. Mais la campagne est magnifique et ce que vous découvrirez vaudra le détour. Je précise qu'il s'agit là de choix personnels, découvertes faites au fil des ans et, comme d'habitude, au hasard de mes déplacements. Il ne s'agit en aucun cas d'une liste exhaustive et organisée. Une dernière mise en garde : les adresses ont la fâcheuse habitude de changer, alors, avant de vous mettre en route, il serait plus sage de consulter l'annuaire ou le syndicat d'initiative local.

Les marchés

Je n'ai jamais trouvé façon plus agréable de faire les courses que de passer deux ou trois heures sur un marché provençal. La couleur, l'abondance, le bruit, les marchands en plein vent parfois excentriques, le mélange des senteurs, l'offre ici d'une lichette de fromage, là d'une bouchée de pain grillé à la tapenade, tout cela contribue à transformer une corvée en une joyeuse distraction.

Un intoxiqué peut visiter chaque jour un marché différent durant plusieurs semaines et la sélection que voici est loin d'être complète. Mais elle suffit, à mon avis, à montrer qu'il n'existe pas en Provence de journée sans marché.

Lundi : Bédarrides, Cadenet, Cavaillon, Forcalquier.
Mardi : Banon, Cucuron, Gordes, Saint-Saturnin-d'Apt, Vaison-la-Romaine.
Mercredi : Cassis, Rognes, Saint-Rémy-de-Provence, Sault.
Jeudi : Cairanne, Nyons, Orange.
Vendredi : Carpentras, Châteauneuf-du-Pape, Lourmarin, Pertuis.
Samedi : Apt, Arles, Manosque, Saint-Tropez.
Dimanche : Coustellet, L'Isle-sur-la-Sorgue, Mane.

Les vins

Nous abordons ici un sujet délicat. Un des changements essentiels qui se sont produits dans le Luberon au cours des quelques dernières années est l'amélioration considérable de la qualité des *petits vins*. Certains vignobles locaux produisent des vins en constante progression : peut-être pas aussi charpentés ni aussi nuancés que les grands cépages de Châteauneuf-du-Pape, mais bien faits, faciles à boire et peu coûteux. Il en existe des douzaines et c'est là le problème. Il faudrait une soif plus grande que la mienne pour les goûter tous et je suis persuadé que j'ai laissé passer plusieurs trésors. De nouvelles recherches sont en cours quotidiennement. En attendant, voici quelques-uns de mes vins préférés.

Château La Canorgue, à Bonnieux.
Les rouges et les blancs sont bons et on y trouve un rosé fumé d'une merveilleuse pâleur dont l'essentiel est acheté par les restaurants du pays. Pour être sûr d'en avoir une caisse ou deux, il faut aller au château en mars ou en avril.

Domaine Constantin-Chevalier, à Lourmarin.

On ne sait par quel miracle, deux hommes et leurs tracteurs parviennent à soigner quelque vingt hectares de vignobles. Les vins, notamment les rouges, commencent à récolter des médailles et à figurer sur les cartes des vins des restaurants. Si cela continue, il y a de bonnes chances pour que l'effectif passe à trois personnes.

Domaine de la Royère, à Oppède.

C'est le seul vignoble de ma connaissance où le vigneron est une femme et qui connaît vraiment bien son métier. Anne Hugues transforme les grappes de raisin en vins excellents tandis que son mari confectionne un marc superbe, puissant et d'une trompeuse douceur. Roulez prudemment après dégustation.

Château La Verrerie, à Puget-sur-Durance.

C'est un vieux vignoble replanté et complètement rajeuni par un homme d'affaires amateur de vin avec l'aide de Jacky Coll, un des architectes du vin le plus accompli de la région. Son tour de main a produit quelques rouges exceptionnels.

Domaine de la Citadelle, à Ménerbes.

C'est une des plus grandes propriétés de la région et le siège d'un musée du tire-bouchon. On y trouve également une vaste et intéressante gamme de côtes-du-luberon. Les séances de dégustation ont tendance à se prolonger et à prendre une tournure conviviale.

La Cave du Septier, à Apt.

Ce n'est pas un vignoble, mais une boutique tenue par Hélène et Thierry Riols, qui connaissent tout ce que je souhaiterais savoir sur les vins de Provence. Laissez-vous guider et buvez ce qu'ils recommandent. Naturellement, comme ce sont des négociants en vin responsables, ils ont aussi en stock toutes sortes de superbes bouteilles de bordeaux et de bourgogne. Mais, comme elles viennent de régions étrangères, nous n'allons pas nous en préoccuper ici.

L'huile d'olive

Les huiles d'olive provençales les plus en vogue sont sans doute celles qui proviennent de la vallée des Baux, et si d'aventure vous passez à proximité de Maussane-les-Alpilles juste après la cueillette des olives, vers la fin de l'année, vous pourrez vous procurer ces huiles à la petite coopérative de Maussane. Mais elles partent rapidement et les visiteurs estivaux auront sans doute davantage de chance plus au nord, en Haute-Provence.

Ici, à la lisière de Mane, vous trouverez Oliviers & Co, un magasin offrant un remarquable échantillonnage d'huiles d'olives cueillies à la main en provenance de tout le bassin méditerranéen, Italie, Grèce, Sicile, Corse, Espagne, ainsi que certaines des meilleures huiles du pays. Visitez la boutique munis d'une baguette car vous pouvez goûter avant d'acheter. (On fournit des cuillères à dégustation en porcelaine, mais rien ne vaut la combinaison d'une bonne huile avec du pain frais.) Et, pendant que vous y êtes, prenez donc du savon à l'huile d'olive dont on dit qu'il confère au teint un bel éclat méditerranéen.

Le miel

Chaque marché a son éventaire de miel et peut-être tomberez-vous un jour sur mon vendeur de miel préféré,

M. Reynaud. « Mes abeilles, vous dira-t-il, sont venues d'Italie pour confectionner ce miel. » Je ne sais pas pourquoi, je trouve cette formule très impressionnante et il y a donc toujours un pot de miel Reynaud à la maison.

Mais si vous vouliez voir de quoi sont capables les abeilles locales, rendez-vous au Mas des Abeilles, sur le plateau de Claparèdes, au-dessus de Bonnieux. Vous y trouverez du miel parfumé à la lavande, au romarin ou au thym, du vinaigre de miel, de la gelée royale, une succulente moutarde au miel. En prime, on a une vue à vol d'abeille sur le mont Ventoux et le Luberon.

Le pain

Comme pour presque tout ce qui est comestible en France, on rencontre des divergences d'opinions marquées, souvent exprimées avec virulence, concernant la texture, voire la forme idéale de votre pain quotidien. La fougasse, la boule, le pain fendu, le restaurant, le pain de campagne, le pain au levain : chacun a ses ardents défenseurs. Les boulangeries font l'objet des mêmes jugements hautement subjectifs et ces recommandations sont donc purement affaire de goût personnel.

Boulangerie Georgjon, à Rognes.
Dès l'instant où vous pénétrez dans le magasin, vous êtes accueilli par l'odeur peut-être la plus appétissante, chaude et moelleuse. Outre le pain, le boulanger prépare aussi ses propres biscuits aux amandes, deux types de croissants différents et des tartes au glaçage séduisant et fruité. Tout cela est délicieux.

Boulangerie Testanière, à Lumières.

Le pain a ici une consistance dense, il est un peu plus dur à mâcher que la baguette normale. Les habitants du pays en raffolent et, si vous n'arrivez pas de bonne heure le dimanche matin, les rayons seront vides.

Boulangerie Arniaud, à Rustrel.

Le décor n'a guère changé depuis 1850. Pas plus, j'imagine, que le goût du pain... solide, nourrissant et satisfaisant comme doit l'être tout pain. Une fougasse frottée d'huile et de sel marin croquée avec des tomates fraîches constitue un vrai repas.

Auzet, à Cavaillon.

Cette boulangerie propose plus de variétés que je ne pouvais en imaginer. Les Auzet, père et fils, offrent une carte impressionnante de pains et, s'ils ne sont pas trop occupés, vous conseillent sur ce qu'il faut manger avec.

Les fromages

La Provence n'est pas une région de verts pâturages et une vache est, dit-on là-bas, aussi rare qu'un inspecteur des impôts aimable. Mais la chèvre prospère dans la broussaille et les montagnes, et les fromages de chèvre offrent une étonnante variété. Frais, ils sont légers, doux et crémeux. Ils deviennent plus fermes avec l'âge, plus forts quand on les a fait mariner dans de l'huile aromatisée d'herbes ou roulés dans du gros poivre noir, ou garnis de sarriette sauvage. On les trouve pas plus gros qu'un dé à coudre – les petits crottins – ou en parts dodues comme le camembert de chèvre, mais d'ordinaire, en disques d'environ deux centimètres et demi d'épaisseur sur sept et demi de large, souvent enveloppés dans des feuilles de châtaignier séchées nouées avec du raphia. Les fermiers des environs de Banon, en Haute-Provence, produisent le fromage le plus connu, mais ils ont de dignes concurrents dans tout le Vaucluse.

Geneviève Molinas, à Oppède, fabrique toute la gamme : frais ou secs, au poivre, à la sarriette, à la cendre (cuit dans les braises) ou en camembert.

Non loin de là, à Saignon, se trouve la ferme-auberge *Chez Maryse* où on peut acheter les fromages de Maryse Rouzière et déguster aussi sa cuisine.

Et puis, aux Hautes-Courennes, à Saint-Martin-de-Castillon, vous pourrez probablement goûter pour la première fois le *cabrichon*.

Pour un choix plus vaste de fromages, il y a l'excellente Fromagerie des Alpes de Cavaillon où la vache et la brebis sont représentées aussi bien que la chèvre. Les fromages sont conservés dans d'excellentes conditions et les propriétaires se feront un plaisir de vous guider dans votre choix.

Les chambres d'hôtes

Il y a très peu de grands hôtels dans la campagne provençale et, si les actuelles interdictions de construire demeurent en vigueur, il est peu probable qu'il y en ait jamais. Mais de plus en plus de maisons particulières proposent un logement simple et confortable, un dîner fort convenable et l'occasion de rencontrer les Français chez eux. En voici trois exemples

À Bonnieux, il y a *Le Clos du Buis*, qui appartient aux Maurin. Au-dessous de Ménerbes, Muriel et Didier

Andreis ont récemment ouvert *Les Peirelles* et, à Saignon, Kamila Regent et Pierre Jaccaud ont aménagé une vieille maison au centre du village. Ne vous attendez pas à trouver un service de chambres ; ni un bar. Mais vous bénéficierez d'un accueil amical, vous ne repartirez pas le ventre vide et vos hôtes pourront vous guider vers d'autres bonnes adresses de la région, des restaurants aux vignobles.

Les restaurants

Il y a là de quoi emplir un livre et il a d'ailleurs été écrit pas un chroniqueur gastronomique professionnel, Jacques Gantié. Le *Guide Gantié* [1] décrit *750 bonnes tables* d'un bout à l'autre de la Provence. Lisez-le et dégustez.

En relisant cette liste, je constate d'énormes lacunes. Je présente mes excuses au lecteur. Où est le prince des bouchers, le fournisseur de truffes auquel on peut se fier, le charcutier aux saucisses extraordinaires ? Où faut-il aller pour trouver un melon sans égal ou l'escargot le plus succulent, le petit gris de Provence ? Qui a la tapenade la plus savoureuse ? Sans aucun doute, ces spécialistes de la gastronomie existent qui consacrent leur existence à faire de nos repas des événements mémorables. Mais la Provence est vaste et cela ne fait qu'une dizaine d'années que je l'explore. Plus je passe de temps ici, plus je prends conscience de mon ignorance.

Il y a une chose pourtant que je sais : c'est que, si vous êtes disposé à passer un peu de temps à regarder et à écouter, votre appétit en sera récompensé. Je reconnais

1. *Guide Gantié 1999* : Provence, côte d'Azur, ROM, 1999.

que les ingrédients et les saveurs qui constituent la cuisine provençale sont particuliers, qu'ils ne sont pas du goût de tous. Il se trouve que je les aime et, à l'infime exception des tripes que je n'ai jamais pu aborder avec un véritable enthousiasme, j'ai trouvé bien peu de raisons de me plaindre. Dire qu'il est impossible de bien manger ici est une absurdité. Dire qu'il faut y consacrer un peu de temps et d'effort est tout à fait vrai. Mais, j'en ai toujours été convaincu, c'est ainsi qu'on apprécie et qu'on savoure vraiment la bonne chère.

Comment faire son village

Je me souviens m'être exclamé un jour qu'il pleut à peu près autant en Provence qu'à Londres, même si c'est sous la forme d'averses plus concentrées. Ce que je voyais tomber par la fenêtre, à ce moment-là, correspondait à une livraison pour six mois : un rideau gris qui descendait en oblique, tambourinant sur les tables en fer de la terrasse et dégoulinant des chaises pour ruisseler sous la porte et s'arrêter pour former de petites flaques sales sur le sol carrelé.

La femme derrière le comptoir alluma une nouvelle cigarette et exhala la fumée vers son reflet dans le miroir accroché au-dessus de la rangée de bouteilles, tout en repoussant ses cheveux derrière ses oreilles et en travaillant une moue à la Jeanne Moreau. La bonne humeur forcée de Radio Monte-Carlo livrait une bataille perdue d'avance. Le café, en général à moitié rempli en début de soirée par les ouvriers des chantiers locaux, ne comptait que trois clients mouillés. J'étais l'un des trois, nous étions prisonniers du mauvais temps et attendions que l'averse cesse.

– Il ne pleut jamais comme ça dans mon village, entendis-je l'un d'eux déclarer. Jamais.

L'autre, d'un reniflement, rejeta cette curiosité météorologique.

– L'ennui avec ton village, lança-t-il, c'est les égouts.

– *Bof.* Ça vaut mieux que d'avoir un maire qui est toujours soûl.

Cet étalage de micropatriotisme se poursuivit, chacun défendant son village et dénigrant celui de son compagnon. Injures et calomnies se succédèrent. Le boucher vendait de la viande de cheval travestie en aloyau. Le monument aux morts était si mal entretenu que c'en était un scandale. Les lampadaires étaient les plus laids de France, les habitants les plus revêches, les éboueurs les plus paresseux.

Tous ces propos et de bien pires encore furent échangés ainsi entre les deux hommes avec une surprenante absence de passion. Les désaccords en Provence donnent lieu d'ordinaire à des discussions vives et animées : on élève les bras et la voix, on invoque les ancêtres, on frappe sur les tables, on bombe le torse. Mais tout ce que j'entendais – jusqu'à une remarque tout à fait désobligeante concernant l'épouse du facteur – se situait sur le mode du murmure plutôt que du rugissement. Les deux hommes auraient pu être des professeurs d'université débattant d'un point délicat de philosophie. La seule explication que je pus trouver, c'est que la pluie avait rafraîchi leur ardeur.

Quand je sortis du café pour courir jusqu'à la voiture, ils étaient toujours là, en pleine prise de bec, bien déterminés à se disputer. Je connaissais les deux villages qui faisaient l'objet de cette querelle tribale et, pour un étranger comme moi, sans lueur particulière sur le goût du maire pour l'alcool ni sur les errements de la femme du facteur, ils ne donnaient pas l'impression d'être des antres de vice et d'incurie. En apparence, du moins, il n'y avait rien ni dans l'un ni dans l'autre pour alimenter une discussion prolongée. Mais, après m'en être ouvert à divers amis et connaissances au cours des jours suivants, je constatai que les villages inspirent à l'évidence des sentiments fortement partisans.

L'incident le plus banal peut tout déclencher. Il suffit de la moindre offense, réelle ou imaginaire : une rebuffade à la boulangerie, un ouvrier prenant son temps pour déplacer son camion qui bloque une ruelle, le regard noir d'une vieille femme sur votre passage, autant d'exemples prouvant qu'un village est *fermé*, froid et peu accueillant. D'un autre côté, si les habitants se montrent amicaux, causants et plutôt expansifs, attention. Tout cela ne sert qu'à dissimuler la curiosité et, avant même que vous vous en soyez aperçu, le détail de vos activités sera étalé sur le tableau d'affichage de la mairie.

La simple situation d'un village peut, aux yeux de bien des gens, le condamner sans aucun recours pour ses habitants. Trop élevé, il n'a aucune protection contre le mistral, cause bien connue de mauvaise humeur et de divers troubles légers de la personnalité. Trop bas, les rues baignent perpétuellement dans une pénombre glaciale qui, comme vous le diront les experts du village, est responsable des épidémies hivernales de grippe, voire d'affections plus graves. Tenez, il y a à peine cinq cents ans, la population a été presque exterminée par la peste. *Beh oui*.

Les problèmes se poursuivent avec l'architecture – « Tout a été gâché par la salle des fêtes qu'ils ont construite ! » –, avec l'absence de magasins ou le contraire, aucun endroit où se garer ou bien un parking qui domine le village, une invasion de Parisiens ou des rues désertes. Autrement dit, comme on l'a maintes fois répété, le village idéal, ça n'existe pas.

Une des consolations qu'apportent les hivers provençaux, brefs mais souvent d'un froid mordant, c'est que les journées sont plus calmes. Les visiteurs sont partis, attendant le retour du temps chaud. Les tâches domestiques se bornent à alimenter le feu et à combler les vides de la cave à vins après les ravages de l'été. Le jardin où le sol est dur comme de la pierre est endormi, la piscine est couverte de sa bâche humide et les mondanités du Luberon sont limitées, dans notre cas, à un déjeuner dominical de temps en temps. On a le temps de réfléchir aux mystères de la vie et c'est ainsi que je me suis surpris à songer au village idéal, au point de le construire dans ma tête.

Il en existe de nombreux fragments, même s'ils sont mal commodément répartis dans d'autres villages : j'ai donc dû voler ceux qui me plaisent pour les rassembler. La plupart des habitants que j'imagine existent aussi. Mais, en les transplantant, il m'a paru plus juste de les déguiser et j'ai changé les noms pour protéger les coupables. Le nom du village serait Saint-Bonnet-le-Froid. Saint-Bonnet est un des saints les plus négligés du calendrier religieux et il ne semble même pas avoir de fête. Je lui en ai donc attribué une (qui appartient officiellement à saint Boris) : le 2 mai, juste au moment où l'été commence.

Saint-Bonnet est situé en haut d'une colline à une dizaine de minutes de notre maison, assez près pour que le pain soit encore tiède quand je reviens le matin de la boulangerie. Mais pas trop proche car, même dans la perfection imaginaire de ce village idéal, les langues vont bon train. Par curiosité plus que par malice, on jase sur tous les aspects de la vie quotidienne et, comme nous sommes des étrangers, il est normal qu'on nous observe plus attentivement que les autres. Dans leur progression annuelle du rose vers le bronzé, nos invités feront l'objet d'un examen aussi approfondi que les cartes postales qu'ils envoient chez eux. On notera notre consommation de vin, révélée par les bouteilles vides : avec admiration ou consternation, mais on la notera. On aura tôt fait de constater le penchant de ma femme pour les chiens abandonnés; si bien qu'elle se retrouvera bientôt avec des chiots en excédent, ou des beagles de race trop vieux pour chasser. De l'achat d'une nouvelle bicyclette à la peinture des volets, rien n'échappe aux regards des villageois. Nous y reviendrons.

Un des éléments essentiels de tout village convenablement équipé, c'est une église. Je songeai tout d'abord à l'abbaye de Sénanque, près de Gordes, qui est magnifique mais un peu intimidante et, décidai-je finalement, beaucoup trop grande. Il me fallait quelque chose aux dimensions plus modestes, encore que d'un intérêt historique similaire : mon premier larcin serait donc de voler l'église de Saint-Pantaléon. Elle est petite et magnifique, avec des tombes creusées dans la roche sur laquelle se dresse l'édifice du xie siècle. Les tombes sont vides à présent et – comme elles étaient faites pour accueillir des gens de la taille qu'on avait au xie siècle – elles paraissent très petites. Les géants d'aujourd'hui n'y tiendraient pas et il leur faudrait un cimetière séparé, plus spacieux. Suivant la tradition, il jouirait de la plus belle vue du village, en vertu de la théorie selon laquelle les occupants ont toute l'éternité pour l'apprécier.

Mais il y aurait d'autres vues pour le reste d'entre nous, presque aussi belles, vers l'ouest pour les couchers de soleil et vers le nord sur le mont Ventoux. Les champs au pied de la montagne sont fertiles, presque luxuriants, avec des vignes, des oliviers et des amandiers; la crête en été semble prématurément blanchie par la neige. Il ne s'agit pas en fait des vestiges d'un blizzard inattendu : elle est en pierre calcaire nue et décolorée ; mais quand les rayons du soleil viennent la baigner le soir, elle a la douceur rosée d'un coussin. Et il n'y a pas de meilleur endroit pour voir décliner la lumière et les ombres ramper peu à peu au flanc de la montagne que la terrasse du café du village.

Si un Français s'avisait de vous énumérer les nombreuses contributions de son pays à la vie civilisée (et il n'en faut pas beaucoup pour le persuader de le faire), le bistrot figurerait sans doute quelque part en bas de la liste. C'est une institution avec laquelle le Français a grandi, une commodité qu'il prend pour acquise. Il y a toujours un bistrot. Mais demandez aux visiteurs venus d'Angleterre et d'Amérique ce qui les séduit en France et, tôt ou tard – après les paysages, la culture, la cuisine ou quoi que ce soit d'autre qui les intéresse particulièrement –, la plupart d'entre eux diront, non sans nostalgie : « Évidemment, les Français ont bien de la chance d'avoir des bistrots. »

C'est vrai, les Anglais et les Américains ont leurs bars, leurs cafés et leurs petits restaurants, ils ont même leur propre version, aux accessoires choisis avec soin, de l'authentique bistrot français, avec affiches d'apéritifs des années 1920, cendriers Ricard jaunes, sandwiches-baguettes et œufs durs disposés sur leurs arceaux. Mais c'est en France qu'on trouve le vrai bistrot, cette combinaison si particulière de sonorités, de traditions et de services, avec une atmosphère qui a évolué au long des siècles. Ce n'est pas le décor qui fait le bistrot. Il y a manifestement des variantes : les *Deux Magots* à Paris n'ont semble-t-il pas grand-chose de commun avec un bistrot de village dans le Luberon. Et pourtant il y a une ou deux similitudes fondamentales.

D'abord, on vous laisse tranquille : parfois, je dois le reconnaître, plus longtemps que vous ne pourriez le souhaiter si le garçon est d'une humeur de dogue. Toutefois, dès l'instant où vous avez commandé, vous avez loué votre place pour aussi longtemps que vous le souhaitez. Personne ne rôdera autour de vous en attendant que vous commandiez autre chose ou que vous partiez. Vous pouvez lire un journal, écrire une lettre d'amour, rêvasser, préparer un coup d'État ou utiliser le bistrot comme bureau et vaquer à vos affaires sans qu'on vous dérange. J'ai connu un Parisien qui arrivait chaque matin à *La Coupole* à neuf heures sonnantes avec sa serviette et qui passait la journée entière à l'une des tables du devant, donnant sur le boulevard du Montparnasse. Je l'ai toujours envié d'avoir un bureau avec des serveurs et un bar long de quinze mètres. En ce temps-là, avant le téléphone portable, les bistrots prenaient des messages pour leurs habitués, leur trouvaient des excuses ou arrangeaient des rendez-vous suivant leurs instructions. Certains, je l'espère, le font encore, car l'idée d'avoir un service de messagerie téléphonique qui vous fournit aussi des rafraîchissements mérite de survivre.

Un autre merveilleux agrément de tout bon bistrot, quelle que soit sa taille, c'est la variante vieillotte et non électronique de distraction gratuite. Restez assis assez longtemps en faisant semblant de lire et vous aurez droit à un spectacle de variétés d'amateurs. La troupe sera essentiellement locale, avec de temps en temps des invités-surprises. (Ce sont les visiteurs qui restent assis poliment en attendant qu'on les serve. Les habitués sont plus enclins à clamer leurs « Deux pastagas Léon », en franchissant le seuil ; ou alors, quand ils ont vraiment leurs habitudes, un grognement et un signe de tête suffiront pour qu'on leur apporte leur petit verre.) Si, comme c'est mon cas, vous trouvez les gens plus intéressants qu'à la télévision, alors c'est ici, comme une mouche sur le mur du bistrot, qu'il faut se poster pour les observer.

Les premiers arrivés, alors que le sol est encore humide du coup de serpillière matinal, sont les maçons. Leurs voix ont cet accent rauque que donnent les cigarettes et la poussière de centaines de démolitions. Leurs vêtements et leurs chaussures ont déjà l'air d'avoir fait toute une journée de travail. Ils ont des mains charnues aux doigts vigoureux et à la peau râpeuse comme du papier de verre à force d'avoir manipulé des blocs de pierre de cent kilos. Ils ont le visage rouge en hiver, boucané en été. Chose étonnante, ils sont presque toujours de bonne humeur, malgré les conditions de travail pénibles et souvent périlleuses qui sont les leurs. Lorsqu'ils repartent, emportant leur bruit avec eux, le bistrot semble anormalement silencieux.

Mais ils sont bien vite remplacés par les membres des professions libérales, impeccables dans leur veste et leur pantalon bien repassé, leur serviette chargée pour toute une journée de bureau à Cavaillon ou à Apt. Ils offrent un triste contraste avec les maçons turbulents. Ils consultent fréquemment leur montre, prennent des notes sur des petits blocs de ce qui semble être du papier millimétré et, après chaque bouchée, ils époussettent sur leur revers les miettes de croissant. On devine que leurs bureaux sont impeccablement rangés.

La première femme de la journée est la propriétaire d'un salon de coiffure du bourg voisin. Elle a les cheveux coupés court et de la couleur à la mode, quelque part entre le henné foncé et l'aubergine. Elle a dû passer beaucoup de temps à les ébouriffer jusqu'à ce qu'elle en soit satisfaite avant de sortir. Son teint a un éclat qui fait honneur à la maison Lancôme et, pour une heure aussi matinale, elle a le regard étonnamment vif et éveillé. Elle commande un café *noisette* avec un soupçon de lait, tenant la tasse du bout de ses doigts aux ongles aubergine, tout en lisant un grand reportage dans *Gala* et en regrettant de ne pas avoir entre ses mains la chevelure de la duchesse d'York.

Son départ, sur ses petits pieds aux escarpins scintillants, annonce le début d'un intermède. Il est encore trop tôt pour les boissons alcoolisées, si l'on excepte le camionneur qui livre le ravitaillement de bière. Après avoir déchargé ses barils, il en prendra un verre, mais seulement pour s'assurer qu'elle est à la bonne température. Puis, s'essuyant la bouche du revers de la main, il s'en ira dans un grondement de moteur. Le bistrot se prépare à accueillir la seconde équipe de la matinée. On débarrasse les tables, on fourbit les verres, on explore toutes les longueurs d'ondes de la radio tout en tentant d'échapper à une attaque assourdissante de rap français.

Et puis les affaires reprennent. Deux personnages, saluant poliment de la tête, font une entrée hésitante et s'asseyent, munis de leurs guides. Ils arborent l'uniforme du touriste prudent : un anorak, en cas de brusque changement de temps, et ces excroissances abdominales destinées à confondre les pickpockets : des bourses de nylon noir attachées à leurs ceintures et lourdes de leurs objets de valeur. Après un moment d'hésitation, ils commandent un verre de vin et trinquent d'un air un peu coupable.

Le milieu de la matinée leur paraît peut-être un peu précoce, mais il ne l'est certainement pas pour le quarteron des vieux du village, totalisant à eux tous plus de trois cents ans, qui les rejoint. On leur apporte de grands verres de rosé et les cartes pour la partie de belote. Les quatre têtes coiffées de casquettes pivotent sur des cous fripés comme ceux d'une tortue pour inspecter les étrangers. Ils appartiennent à la génération de l'avant-tourisme, ces vieux, souvent étonnés par la popularité dont jouit la Provence, parfois agréablement surpris des prix que peuvent atteindre leurs granges abandonnées et leurs bouts de terre improductifs : 250 000 francs pour une ruine, un demi-million ou davantage pour une modeste maison. Plus la petite fortune dépensée pour les installations sanitaires et le chauffage central. *Putaing*, comme le monde a changé.

Pendant que les quatre mousquetaires se penchent sur leurs cartes, il est temps de faire la connaissance d'une des principales attractions du café, *madame la patronne*, une femme d'un certain âge au goût prononcé pour les anneaux d'oreilles de la taille d'un perchoir pour perroquet et des décolletés à vous donner le vertige. Je l'ai volée à un bar de Marseille où je la regardais régner sur son territoire, vêtue d'un pantalon en imitation de peau de tigre ostensiblement collant et prodiguant breuvages, compassion et insultes à un groupe d'habitués. Voilà, me dis-je alors, une femme née pour faire marcher un café. Et, par une heureuse coïncidence, elle se prénommait Fanny.

Ce nom est étroitement lié au terrain de boules installé sous les arbres au bord de la terrasse, encore une attraction dérobée ailleurs. (On peut voir le terrain original à côté du café *Lou Pastre*, à Apt.) Chaque jour, si le temps le permet, les spectateurs – tous des experts – s'installent sur un petit muret de pierre pour commenter les performances des joueurs ; la version du jeu qu'ils pratiquent, c'est la pétanque, inventée, peut-être accidentellement, à La Ciotat voilà près de cent ans. Jusqu'alors, le style du jeu imposait qu'on lance la boule en courant, mais ce fameux jour-là, un des joueurs resta immobile lorsqu'il lança, les pieds joints ou, comme on disait là-bas, les pieds tanqués. Était-ce dû à la fatigue, à la paresse, à un ongle incarné ou à l'arthrite ? Quelle qu'en fût la raison, on prit l'habitude et la nouvelle technique fut dès lors régulièrement utilisée sur le terrain devant le bistrot local.

Qui était derrière le comptoir ? Nulle autre que la Fanny originale, une dame aux charmes non négligeables, d'une nature douce et accommodante. Si, au cours d'une partie, un des joueurs se trouvait au désespoir après une terrible série de malchance, il quittait le terrain, se précipitait vers le comptoir pour y recueillir son prix de consolation : un baiser de Fanny. Avec le temps, cela devint un élément du vocabulaire des boulistes. Aujourd'hui, si on entend un des hommes dire devant le mur des Lamentations : « *Té, il a encore baisé Fanny* », on ne formule pas une observation romanesque mais un commentaire sur l'incapacité du joueur à marquer. Il n'y a pas longtemps, j'ai vu exposé dans une vitrine un ensemble de boules d'une technologie si poussée, si parfaitement équilibrées qu'on les garantissait être « *anti-Fanny* ».

L'influence de la Fanny moderne, la châtelaine de mon bistrot imaginaire, s'étend bien au-delà du comptoir et du terrain de boules. Plus, bien plus qu'un épisodique prix de consolation, elle est ce que le village possède de plus proche d'une psychiatre à demeure, une femme patiemment à l'écoute des rêves et des malheurs de ses clients, toujours prête à prodiguer un encouragement spirituel et alcoolisé. Elle joue aussi le rôle de banquière officieuse, offrant crédit et même modestes prêts à des cas méritants et dignes de confiance. En échange de ces réconforts et de ces services, elle reçoit de généreuses transfusions de ce qui fait le sang du village : les potins. Inimitiés, querelles domestiques, liaisons illicites, gains inespérés au Loto : elle est au courant de tout. Elle prend soin de filtrer la nouvelle avant de la transmettre, pour protéger ses informateurs. Comme une journaliste qui ne fera qu'une discrète allusion à une source proche du Président, elle ne révèle jamais le nom du responsable de la dernière fuite : elle ne va jamais plus loin que « *on dit* ». Mais c'est en général assez pour lancer la rumeur – l'homme invisible de chaque village – qui court dans les rues comme un chien après une balle.

À quelques exceptions près, tous les adultes du village font une halte quotidienne au bistrot. L'un d'eux fait partie des meubles, toujours sur le même tabouret au bout du comptoir, juste à côté de l'entrée, parfaitement placé pour tendre une embuscade aux gens sans méfiance lorsqu'ils pénètrent dans les lieux. C'est Farigoule, l'instituteur à la retraite qui travaille sur un livre (encore que, étant donné sa constante présence au café, on se demande quand) depuis qu'il a renoncé à sa vie d'enseignant voilà huit ans. Le bistrot, c'est sa salle de classe et vous, à moins que vous ne réagissiez très rapidement en franchissant la porte, vous allez être son élève.

Il est une Académie française à lui tout seul, consacré tout entier à la sauvegarde de la langue française. Parmi bien d'autres tragédies modernes il manifeste une bruyante indignation devant ce qu'il appelle la contamination anglo-saxonne de sa langue maternelle. Son actuel sujet d'horreur préféré – je devrais sans doute dire sa *bête noire* –, c'est l'influence maligne et apparemment irrésistible d'Hollywood. Farigoule estime, après mûre réflexion, que l'industrie cinématographique n'est qu'une façade qui dissimule un espionnage culturel dirigé contre la France. Il avouera toutefois être allé voir *Titanic* (plus en raison d'une secrète admiration pour les pommettes de Leonardo DiCaprio, à en croire Fanny, que parce qu'il s'intéresse à l'histoire). Quand on lui a demandé ce qu'il pensait du film, sa critique a été brève et favorable : « Le navire a coulé et presque tout le monde a péri. Très bon. »

Suivant de près Farigoule pour ce qui est de l'assiduité au bistrot, il faut citer Tommi, l'expatrié du village. Originaire d'une lointaine contrée scandinave, il a travaillé dur au long des années pour devenir un Français typique. C'est sans doute le dernier homme du village à fumer des Gauloises sans filtre et il maîtrise la technique du paysan qui consiste à garder les derniers millimètres de mégot vissés au coin de la bouche, si bien que celui-ci oscille de haut en bas sur sa lèvre inférieure lorsqu'il parle. Sa boisson préférée, c'est le pastis, qu'il appelle toujours *pastaga*, et il a constamment sur lui un couteau Opinel dont il se sert pour couper le steak-frites qu'il commande chaque jour à midi, frappant son manche de bois sur la table pour en libérer l'antique lame noircie. Qui pourrait croire qu'il vient d'une bonne famille bourgeoise d'Oslo ?

Tommi s'est promu médiateur – pratiquant une sorte de diplomatie de la navette – dans la vendetta qui oppose depuis fort longtemps les frères Vial, qui possèdent des propriétés mitoyennes dans la vallée au pied du village. Sombres et maigres, avec des têtes de fouines, voilà vingt ans qu'ils ne se parlent plus. Personne ne connaît avec certitude l'origine de la querelle. Une déception à propos d'un héritage, une discussion concernant un point d'eau ou une femme, ou tout simplement une antipathie mutuelle qui s'est transformée en une aimable répugnance. Habituellement les deux Vial s'installent chacun à une extrémité du café, se levant de temps en temps pour confier leurs accusations ou insultes à Tommi qui les transmet avec un haussement d'épaules conciliant, puis qui hoche gravement la tête en écoutant la réponse. Il retourne alors auprès de l'autre frère. C'est ce qu'on appelle dans le pays la valse des trois sages.

Pour se distraire, les habitués du café comptent sur la vie turbulente de Josette, la fille du boulanger dont on peut définir la situation sentimentale à la tenue qu'elle

73

arbore lorsqu'elle franchit le seuil. Si son histoire d'amour du moment est florissante, elle entre d'un pas tranquille sur des chaussures à semelles compensées, vêtue d'une jupe microscopique et balançant au bout d'une main comme un trophée un casque de motard. Juchée sur un tabouret, elle attend l'arrivée à moto de Lothario, tout en chuchotant à l'oreille de Fanny entre deux fous rires et deux gorgées de Perrier-menthe. Mais, pour peu que le grand amour connaisse un déclin temporaire, jupe et talons hauts sont remplacés par un jean et des espadrilles, les rires par des soupirs frémissants et Fanny doit fouiller derrière le comptoir afin de lui trouver une serviette en papier pour étancher ses larmes.

À moins, bien sûr, que le sien ne cesse de battre, lui fournissant ainsi le prétexte d'un autre enterrement, Marius reste insensible aux affaires de cœur. J'aimerais créer pour lui un poste officiel dans la hiérarchie du village : entrepreneur de pompes funèbres, ou responsable local des funérailles. Cela contribuerait peut-être à conférer un semblant d'autorité à son passe-temps favori, mais il lui faudrait plus de subtilité dans ses conversations avec ses futurs clients, notamment avec Jacky, le plus âgé des vieux qui jouent aux cartes à la table voisine.

– *Eh, mon vieux*, comment vous sentez-vous aujourd'hui ?

– *Ça va, ça va*. Je me sens bien.

– Dommage.

Il n'en faut pas plus pour faire prendre ombrage à un homme sensible et l'envoyer mourir ailleurs, mais, avec un peu d'entraînement, je suis convaincu que Marius pourrait masquer son enthousiasme naturel pour ce qu'il appelle la dernière fête. Il devrait renoncer aussi à son projet de lancer l'ultime loterie. Les concurrents, si on peut les nommer ainsi, comprendraient tous les habitants du village ayant plus de soixante-cinq ans. On parierait sur leur longévité et on réglerait les gagnants après l'enterrement, en espèces, sur la pierre tombale. Marius estime que ce ne serait pas là une pratique plus macabre que l'assurance vie et qu'elle présente en outre l'avantage d'un remboursement immédiat.

À ce stade vous avez peut-être remarqué un certain déséquilibre entre les sexes, les clients mâles l'emportant largement sur les clientes. Où sont donc les dames de Saint-Bonnet ?

Les différentes générations évitent le bistrot pour des raisons différentes. Les plus jeunes travaillent et, quand elles ne travaillent pas, elles sont chez elles à faire le ménage, à régler les factures, à coucher les petits et à préparer le dîner de l'aîné des enfants, c'est-à-dire le mari, qui a fait une halte au bistrot avant de se risquer à rentrer.

Les plus âgées du village ne fréquentent pas le café pour deux raisons. La première, c'est Fanny, qu'elles considèrent comme une dragueuse, trop flirteuse et d'un tempérament trop ardent pour leur goût, avec une poitrine un peu trop exposée. La deuxième, c'est qu'elles peuvent s'acquitter bien plus efficacement de leur tâche au comité de vigilance officieux en étant postées sur la petite place à l'entrée du village. Installées sur des chaises devant la maison de leur chef, la veuve Pipon, elles ont tout dans le champ de leur radar : la poste, la boulangerie, le café, le parking, la mairie et l'église. Elles ont renoncé depuis longtemps à faire semblant de prendre l'air, même si certaines d'entre elles ont encore sur les genoux quelque ouvrage de tricot symbolique. Elles sont là pour observer et commenter les affaires de tous.

Le moindre changement dans la routine quotidienne fait l'objet de conjectures. Une jeune femme au foyer

qui achète plus de pain que d'habitude annonce probablement la venue d'invités. Qui sont-ils ? Un mécréant
qui se rend à l'église doit avoir quelque chose de juteux
à confesser. Quoi donc ? Un agent immobilier de la
région arrive au volant de sa Land Rover noire de
mafioso et s'engouffre dans la mairie, des dossiers sous
le bras. Sur la maison de qui essaie-t-il de mettre la
main ? Et puis – ah, *mon Dieu* ! – les touristes. Ces
jeunes filles se promènent en sous-vêtements dans la
rue ! Elles pourraient aussi bien être toutes nues ! Ici, en
plein milieu de Saint-Bonnet-le-Froid, un village respectable ! Faute d'événements majeurs pour titiller leur
curiosité, les vieilles dames peuvent toujours se rabattre
sur les penchants pour la boisson des clients du bistrot,
les amours de Josette – « Elle finira mal, cette petite » –
ou bien sur de vieux cancans non confirmés qui offrent
donc de délicieuses possibilités.

Le comité de vigilance fait partie de la famille que
vous devez être prêt à adopter si vous choisissez de
vivre dans une petite communauté curieuse et c'est un
des inconvénients de la vie villageoise. Nous en avons
fait l'expérience une fois, voilà bien des années, et les
souvenirs de nos premiers jours là-bas sont encore frais
dans ma mémoire. À peine étions-nous installés que les
deux sœurs et vieilles filles qui étaient nos voisines
apparurent sur le pas de la porte et réclamèrent de faire
une tournée d'inspection. Elles regardèrent partout,
voulurent connaître le prix de tout. Quelle chance nous
avions, dirent-elles, d'avoir un téléphone, un des rares
du village. Le lendemain matin, leur frère arriva, passa
les coups de fil qu'il avait accumulés depuis les trois derniers mois et laissa cinquante centimes sur la table
auprès de l'appareil.

Nous avons supporté cela et tout ce qui suivit parce
que nous étions des étrangers tenant désespérément à

ne vexer personne. Après tout, nous avions choisi de vivre avec ces gens. Ce n'étaient pas eux qui nous avaient choisis.

La vie au village nous apprit très vite que ce que vous gagnez en compagnie et en commodité, vous le perdez en tranquillité. À tout moment un visage peut apparaître à la fenêtre, on peut frapper à votre porte, et il n'y a aucun moyen d'y échapper. Vous pouvez vous cacher, mais vous ne pouvez pas vous enfuir. *On sait que vous êtes là.* On le sait parce que vos volets sont ouverts et que personne ne sort d'une maison sans fermer les volets. (Vous pouvez toujours évidemment les duper en fermant les volets et en restant chez vous, mais alors vous passerez votre vie dans le noir.) Vos faits et gestes sont surveillés, votre courrier examiné, vos habitudes discutées et analysées.

Je suis certain que ce n'est pas l'apanage de la France. Allez vivre aux Hébrides, dans le Vermont ou dans un hameau des environs de Munich : vous rencontrerez la même fascination pour les nouveaux venus, et vous resterez des nouveaux venus pendant cinq ou dix bonnes années. Bien des gens manifestement aiment ça, mais j'ai découvert que ce n'était pas mon cas. J'aime aller et venir sans avoir à expliquer tous les cinquante mètres ce que je suis en train de faire. J'aime un peu de discrétion en ce qui concerne ma vie privée. C'est pourquoi, à mes yeux, c'est de loin qu'on apprécie le mieux un village – fût-ce Saint-Bonnet-le-Froid, mon village idéal. Ce sera toujours un endroit formidable pour y passer un moment. Mais je ne voudrais pas y vivre.

Quelques étranges raisons
d'aimer la Provence

Lorsqu'on roule sur les petites routes du Vaucluse, on ne peut s'empêcher de remarquer la forte proportion de véhicules à avoir dépassé le premier éclat de la jeunesse. Avec leurs carrosseries tachetées et rouillées, leurs moteurs aux derniers stades de la bronchite et leurs tuyaux d'échappement bringuebalants, ils semblent tenir le coup aussi longtemps que leurs propriétaires, âmes nobles et généreuses visiblement disposées à supporter les caprices mécaniques de leurs voitures. Quand nous sommes venus vivre ici pour la première fois, je pensais que cette fidélité à la vieille ferraille tenait au caractère frugal des habitants, à leur répugnance à se séparer de tout engin mécanique, si délabré fût-il, qu'on pouvait encore ranimer à l'aide de coups de pied ou de caresses. Là-dessus, nous achetâmes une voiture, et je compris.

La frugalité n'a rien à voir avec l'attachement de l'automobiliste provençal pour sa Citroën de 1971 à bout de souffle ou pour sa Peugeot épuisée qui affiche quatre cent mille kilomètres au compteur. Le problème n'est pas une pénurie de moyens. Si l'on croise sur les routes toutes ces vieilles bagnoles prêtes à rendre l'âme, c'est que l'achat d'une nouvelle voiture est une opération exaspérante, frustrante et qui prend tellement de temps que, pour peu qu'on ait une once de bon sens, on ne souhaite jamais la renouveler. Nous le découvrîmes, il ne suffit pas – enfin pas tout à fait – de posséder un permis de conduire en règle et un chéquier. On demande aussi à l'acquéreur de prouver qu'il existe officiellement. Et n'allez pas croire que vous pouvez faire cela en brandissant votre passeport sous le nez des autorités. On exige d'autres documents (en général l'un après l'autre pour que vous ayez à revenir) pour prouver que votre permis de conduire, votre chéquier, votre passeport ne sont pas d'habiles contrefaçons. Pour des raisons inexpliquées, les factures de téléphone et d'électricité sont considérées comme à l'abri des attentions du faussaire et ces pièces, en même temps qu'une poignée de vieilles enveloppes portant votre adresse, finiront par faire l'affaire. Mais ce peut être une entreprise épuisante, exigeant beaucoup d'énergie et de patience. Ça l'était du moins, quand il nous fallut le faire voilà sept ou huit ans.

Les choses avaient dû changer, me dis-je, quand le moment vint de remplacer notre voiture. Nous étions à l'heure d'une Europe nouvelle, qui s'élance dans un ardent élan d'efficacité et de coopération multinationale, avec des usines qui déversent chaque année des centaines de milliers de voitures. Et ces voitures, il faut bien les vendre. Les capitaines d'industrie sont certainement de mon avis. Et même si ce n'était pas le cas, même si les choses n'avaient pas changé, je ne suis plus un innocent dans ce domaine. J'étais fin prêt, persuadé que le dossier complet que j'avais rassemblé – qui comprenait tous les documents habituels ainsi qu'un formulaire précisant mon groupe sanguin, quelques vieux billets d'avion et une carte de vœux de mon comptable me souhaitant une bonne et heureuse année –, que tout cela constituait des lettres de créance plus que suffisantes. J'étais prêt à tout sauf à ce qui se passa.

Je décidai de soutenir l'industrie locale et d'aller chez un concessionnaire d'Apt. L'agence ne comprenait guère plus qu'un bureau mais celui-ci exhibait tous les signes rassurants de l'efficacité. Un ordinateur ronronnait et hoquetait sur une table, des brochures étaient soigneusement disposées dans des casiers, le parfum d'une carrosserie fraîchement astiquée flottait dans l'air, l'endroit était immaculé. On était parvenu je ne sais comment à glisser deux voitures dans cet espace restreint, et elles étaient si étincelantes qu'on hésitait à les toucher. Voilà, me dis-je, un concessionnaire sérieux. L'Europe nouvelle est là, même au fin fond de la Provence.

Mais où était donc le concessionnaire ? Au bout de quelques minutes, je commençais à me sentir esseulé quand une femme surgit de l'arrière du casier de brochures et me demanda ce que je voulais.

– J'aimerais acheter une voiture, dis-je.

– Ah. *Attendez*.

Elle disparut. Quelques minutes s'écoulèrent. J'entamais la lecture de ma troisième brochure, fasciné par les options tout cuir et par les boîtes à gants télécommandées, j'eus donc à peine un regard pour un homme corpulent en chemise à carreaux, coiffé d'une casquette qui arriva de la cour.

– C'est vous qui cherchez une voiture ? déclara-t-il.

– En effet, lui répondis-je.

J'étais fixé sur le modèle, j'avais sélectionné une couleur et choisi la garniture intérieure. Tout ce qui restait à faire, c'était de préciser le prix et la date de livraison.

– *Ah bon*, fit-il en tirant sur sa casquette. Il vous faut un vendeur, alors.

– Pardonnez-moi, mais je croyais que c'était vous.

– *Beh non*. Je m'occupe du parc d'exposition. Le vendeur, c'est mon fils.

– Alors peut-être pourrais-je parler à votre fils.

– *Beh non*, fit-il en secouant la tête. Il est *en vacances*.

L'homme à la casquette ne pouvait rien pour moi. Son fils, le vendeur, m'assura-t-on, serait de retour dans une semaine environ, en forme et reposé. En attendant, et à titre exceptionnel – avec le prix que coûtaient de nos jours les brochures, on n'en avait pas beaucoup –, on m'autorisa à conserver celle que j'avais pour que je puisse l'étudier chez moi.

C'était là, soit un admirable exercice de vente en douceur, soit un contretemps exaspérant, selon votre degré de patience et votre point de vue. Ou bien, dans mon cas, un clin d'œil aux raisons qui font que j'aime vivre en Provence. On trouve des curiosités partout et le vendeur de voitures le plus réticent du monde n'en est qu'un échantillon.

Avant de quitter Apt, il nous fallait présenter nos respects à une autre curiosité : la gare de la ville. Elle se situe à l'écart de la grand-route qui mène jusqu'à Avignon. C'est un bâtiment de couleur crème édifié durant cette époque de grisante prospérité du XIXe siècle, avant que les trains souffrent vraiment de la concurrence des cars et des avions. Elle est bâtie dans le style bourgeois ferroviaire : de solides étages couronnés par la fioriture triomphale d'une fenêtre dite *œil-de-bœuf*, dont le regard vide fixe tout droit l'hôtel Victor-Hugo juste en face. (Chambres pour le voyageur fatigué à 175 francs la nuit, avec W.-C.)

J'étais en fait venu réserver deux places dans le TGV d'Avignon à Paris. Était-il possible, demandai-je au monsieur installé au guichet des réservations, de lui acheter des billets pour effectuer ce trajet ?

– Bien sûr, dit-il, en tapotant sur son ordinateur pour faire apparaître l'horaire des départs. Ici, ajouta-t-il fièrement, je peux vous donner des billets pour n'importe où en France – et aussi pour Londres par l'Eurostar, mais cela vous oblige à changer de train à Lille. Quelle heure vous conviendrait ?

Je fis mon choix et voulus savoir quand le train partait d'Apt pour assurer la correspondance avec le TGV au départ d'Avignon. Il leva le nez de son ordinateur, fronçant les sourcils, comme si j'avais posé une question d'une extraordinaire stupidité.

– Vous ne pouvez pas partir d'*ici*, annonça-t-il.

– Ah non ?

Il se leva.

– *Venez, monsieur.*

Je le suivis jusqu'à l'arrière du bâtiment où il ouvrit toute grande une porte qui donnait sur le quai désert puis me désigna de la main ce qui avait jadis été la voie. Je cherchai en vain le double étincellement des rails de chemin de fer, les signaux, le panache de vapeur à l'horizon. Hélas, pas moyen, même pour le train le plus déterminé, de franchir les mauvaises herbes hautes de plus d'un mètre qui s'étendaient autour de nous. Les beaux jours ferroviaires d'Apt appartenaient manifestement à un lointain passé. On me précisa toutefois qu'avec un préavis suffisant, un taxi pourrait facilement m'emmener jusqu'à la gare d'Avignon.

Vous pouvez penser ce que vous voulez d'une gare sans train, en tout cas celle-ci est ouverte toute la journée et conserve une certaine activité, si limitée soit-elle. Ce qui la distingue de ces établissements provençaux – ils sont légion – dont les heures d'ouverture et de fermeture suivent un horaire garanti pour confondre et mystifier l'imprudent. Les boucheries, les épiceries, les quincailleries, les marchands de journaux, les antiquaires, les magasins de vêtements et les petites boutiques en tous genres semblent ne se plier qu'à une seule règle cohérente : qu'ils ouvrent à huit heures du matin ou pas avant dix heures, ils ferment leurs portes quoi qu'il arrive à l'heure du déjeuner. À midi les stores descendent pour au moins deux heures, souvent trois. Dans les petits villages, on peut aller jusqu'à quatre heures, surtout quand la chaleur de l'été impose une sieste prolongée.

Juste au moment où vous commencez à discerner un certain schéma dans ce chaos, voilà que les règles changent. Vous partez acheter du fromage dans un magasin que vous avez toujours trouvé ouvert à trois heures sonnantes, et vous voilà devant une vitrine vide, à l'exception d'une pancarte vous avisant d'une *fermeture exceptionnelle*. Votre première pensée est qu'il y a eu un décès dans la famille mais, comme cette période de fermeture exceptionnelle entre dans sa troisième semaine, vous comprenez qu'est survenu un problème presque aussi grave : celui des vacances annuelles. Madame d'ailleurs vous le confirme lorsqu'elle reprend le travail. Pourquoi n'a-t-elle pas précisé sur l'avis ses projets de vacances ? Ah, parce que l'annonce d'une absence prolongée risquerait d'encourager les cambrioleurs. Le vol de fromages, apparemment, est une sinistre possibilité par ces temps de tous les dangers.

Le rituel du commerce rural se complique encore davantage chaque mois d'août, quand les Français quittent par millions bureaux et usines pour savourer les joies de la route et la paix de la campagne. Comme la Provence est une destination d'été fort populaire, la plupart des entreprises locales continuent à travailler dans l'espoir de profiter de la haute saison. Vous n'aurez jamais aucun mal à trouver des provisions, des boissons, des cartes postales, des poteries, des souvenirs sculptés dans du bois d'olivier, ou de l'huile solaire. Mais si d'aventure il vous fallait quelque chose qui sorte un peu de l'ordinaire, qui provienne de ces bureaux ou usines abandonnés là-haut dans le Nord lointain, vous feriez bien de prévoir une longue attente.

Des amis de Paris venus passer le mois d'août dans leur maison de village découvrirent que leur vieille bouilloire électrique avait rendu l'âme. Étant par nature des clients fidèles, ils retournèrent au magasin où ils l'avaient achetée afin de la remplacer. Là, en vitrine, un peu poussiéreuse mais parfaitement neuve, se trouvait exactement ce qu'ils voulaient. Ils avaient déjà sorti leur chéquier en pénétrant dans le magasin.

Le propriétaire se confondit en excuses mais resta sur des positions étonnantes. Son stock de bouilloires était épuisé et, comme l'usine des environs de Paris était fermée pour le mois, il n'en recevrait pas d'autres avant la mi-septembre. *Désolé.*

– Mais monsieur, dirent nos amis, vous avez une bouilloire – une version plus moderne de notre vieil ustensile, le modèle même que nous désirons – dans votre vitrine. Quelle chance ! Nous allons prendre celle-là.

Le propriétaire ne voulut pas en entendre parler. Cette bouilloire devait rester en étalage, expliqua-t-il, pour des raisons publicitaires. Comment, sinon, les gens sauraient-ils que j'ai en magasin cette marque-là ?

Les raisonnements les plus élaborés ne parvinrent pas à l'ébranler. Il déclina la proposition qu'on lui faisait de lui donner la vieille bouilloire pour remplacer l'autre à l'étalage. L'offre de le payer en liquide, un argument généralement convaincant, se heurta à un refus. La bouilloire resta dans la vitrine où, pour autant que je sache, elle continue de ramasser la poussière, modeste symbole des épreuves du mois d'août.

C'est à bien des égards le mois le plus difficile de l'année, et pas seulement parce que le flot des touristes vient considérablement augmenter la population. On peut facilement éviter la foule, mais pas le soleil, et le temps d'août est, comme disent les fermiers, *excessif*, à cause de la chaleur qui s'est accumulée durant la longue sécheresse de juillet. Semaine après semaine, le soleil semble ne jamais se coucher, baignant les collines et les maisons de pierre, faisant fondre le macadam, craquelant la terre, grillant l'herbe, cognant au point de vous rendre les cheveux brûlants au toucher. Puis un jour, traditionnellement vers la mi-août, l'air devient lourd et plus épais, presque sirupeux. Le silence tombe brusquement sur les buissons, le chant des cigales se tait, on a l'impression que la campagne retient son souffle en attendant l'orage.

Ce moment de calme silencieux avant le premier coup de tonnerre, c'est votre dernière chance de parcourir à temps la maison pour débrancher votre fax, votre ordinateur, votre répondeur, votre chaîne stéréo et votre téléviseur. Dès l'instant où l'orage se déclenche et où la foudre ricoche autour de vous, selon toute probabilité le courant va être coupé. Mais avant que cela se produise, il y aura sans doute un violent et ultime spasme électrique – comme un coup vengeur de la nature asséné à la haute technologie – assez puissant pour affoler tout appareil électrique un peu sensible. Nous avons perdu de cette façon deux fax et un répondeur, ce dernier traumatisé au point qu'il est resté frappé d'un incurable bégaiement.

En guise de consolation, nous avons un siège au premier rang pour un des spectacles les plus grandioses de la terre. La vallée joue le rôle d'un monstrueux amplificateur pour les grondements du tonnerre qui tourbillonnent autour de la maison, avant de s'achever dans un fracas qui menace de faire voler en éclats les tuiles du toit. Les éclairs dansent le long de la crête des montagnes et, pendant un ou deux instants éblouissants, chaque rocher, chaque arbre est illuminé, leurs silhouettes se découpant sur le ciel du soir. Les chiens restent à nos pieds, les oreilles plaquées contre la tête, heureux pour une fois d'être à l'intérieur. Nous dînons à la bougie, en nous félicitant d'être protégés par de solides murs de pierre et en regardant l'orage remonter la vallée jusqu'au moment où il disparaît dans un lointain murmure et un dernier scintillement d'éclairs, au loin parmi les collines de Haute-Provence.

L'air devient frais, puis humide, les premières **grosses** gouttes de pluie frappent le sol et on sent monter la grisante odeur de la terre mouillée. En quelques secondes, les gouttes se transforment en torrents. L'eau tombe en un rideau continu des tuiles du toit en surplomb, creusant des canaux dans le gravier de la terrasse, écrasant les plantes, inondant les massifs de fleurs, rebondissant sur la table dehors : deux mois de pluie en une demi-heure. Elle cesse aussi brusquement qu'elle a commencé et nous allons patauger sur la terrasse pour sauver un parasol trempé tombé de son pied.

Le lendemain matin, le ciel est aussi bleu que jamais et le soleil est de retour, faisant monter de la vapeur des champs détrempés. À la fin de la journée, la campagne a retrouvé son aspect desséché, comme si l'orage n'avait jamais eu lieu. Mais, dans la maison, les souvenirs du déluge s'attardent dans les tuyaux, les citernes et les recoins des canalisations. Les inondations souterraines provoquent des gargouillis prolongés. Les robinets d'ordinaire placides sont pris de violentes crises d'éternuement qui leur font cracher des gouttes d'une eau boueuse. Par on ne sait quel déconcertant phénomène, les déchets ménagers – fragments de laitue, poignées de feuilles de thé – se trompent de virage dans les tuyaux et parviennent jusqu'à la cuvette des toilettes du rez-de-chaussée, semant la consternation chez les visiteurs accoutumés aux installations sanitaires moins capricieuses des villes. « Eh bien, disent-ils, nous ne nous attendions pas à *ça.* »

Ce n'est qu'une des nombreuses petites surprises qui font que la vie quotidienne en Provence ne ressemble à rien de ce qui se passe ailleurs. Un dimanche de l'été dernier, ma femme est revenue du marché de Coustellet en secouant encore la tête. Elle avait été attirée vers un des éventaires par une corbeille de fleurs de courgette qui sont délicieuses, soit farcies, soit frites dans une pâte légère : une de nos recettes préférées de fin d'été.

– J'en prendrais bien une livre, annonça-t-elle.

Mais les choses ne sont pas aussi simples. Le marchand arracha un sac en plastique d'un rouleau disposé derrière son étal.

– Bien sûr, madame, dit-il. Des mâles ou des femelles ?

Plus récemment, un de nos invités, un homme enclin à faire des gestes extravagants tout en parlant, renversa sur son pantalon un verre de vin rouge. Le lendemain, il alla le porter chez le teinturier. Madame étala la chose sur le comptoir, scrutant les taches d'un regard de professionnelle et secouant la tête d'un air découragé. Peut-être, déclara-t-elle, pourrait-on faire partir les taches, mais cela dépendait du vin. S'agissait-il d'un châteauneuf ou d'un des rouges plus légers du Luberon ? Stupéfaite à l'idée qu'il ne puisse pas s'en souvenir, elle lui fit alors une brève conférence sur les taches que peuvent laisser divers vignobles, en fonction de leur teneur en tanin : elle semblait prête à passer en revue différents crus quand l'arrivée d'un nouveau client vint la distraire.

Notre ami rentra à la maison fort impressionné. Il nous dit qu'il avait renversé du vin sur son pantalon à travers toute l'Europe et dans plusieurs grandes villes des États-Unis. Mais jamais on ne l'avait soumis à un questionnaire aussi approfondi sur l'appellation du vignoble. La prochaine fois que pareille chose lui arriverait, déclara-t-il, il s'assurerait d'ôter l'étiquette de la bouteille et peut-être d'apporter avec son pantalon quelques notes de dégustation.

Le Provençal adore donner des conseils, vous faire profiter de ses connaissances sans limites, vous remettre dans le droit chemin pour vous éviter toute erreur. En tant qu'étranger qui a eu la témérité d'écrire sur la Provence, je me trouve fréquemment piégé dans un coin, un index accusateur s'agitant sous mon nez pour rectifier mes informations. J'ai fini par apprécier ces échanges culturels, qu'ils portent sur la meilleure façon de déguster un melon ou sur les mœurs nuptiales des sangliers. Et malgré les nombreuses occasions où les arguments probants étaient de mon côté, on n'en tient pas compte, on l'ignore. Mon instructeur ne se laisse pas confondre par les faits et il aura toujours le dernier mot.

Un des crimes à propos desquels je n'ai cessé de récidiver, c'est de mettre un accent aigu sur le *e* de Luberon, un acte bien innocent et témoignant clairement d'un manque d'instruction qui inspire le plus grand mépris au puriste provençal. Des lettres me sont adressées, pour me taper sur les doigts, citant d'autres auteurs comme Jean Giono et Henri Bosco et m'enjoignant à suivre leur excellent exemple dépourvu d'accent. Un jour, M. Farigoule, le professeur de linguistique autoproclamé, me réprimanda pour manipuler ainsi une langue qui n'était pas la mienne. Pour ma défense, je me rabattis sur mes ouvrages de référence.

Je croyais avoir quelques alliés plutôt érudits et distingués. Dans le *Dictionnaire Larousse*, sur les cartes de l'Institut géographique national, dans le *Dictionnaire étymologique des noms de rivières et de montagnes de France* et sur les cartes Michelin du Vaucluse, le Luberon figure avec un accent. Il ne s'agit pas de publications fantaisistes mais de documents sérieux, officiels, préparés par des gens sérieux et officiels. Pour une fois, pensais-je, j'allais avoir le dernier mot.

Mais non. Comme je récitais la liste à Farigoule, je le voyais froncer les lèvres et il se permit un ou deux reniflements d'une dédaigneuse éloquence.

– Alors, conclus-je, voilà. Larousse, Michelin...

– *Bof*, dit-il. Tous des Parisiens. Qu'est-ce qu'ils en savent ?

Ah, les pauvres Parisiens. Ils ont beau être français, on les considère comme des étrangers et donc comme des gens à traiter avec méfiance et par le ridicule. Ils sont connus pour leur arrogance, leur attitude condescendante, leurs tenues à la mode, leurs voitures étincelantes, on les connaît aussi pour vouloir acheter tout le pain de la boulangerie, bref, pour être simplement parisiens. Un terme péjoratif – le *parisianisme* – s'est insinué maintenant dans le langage local pour décrire l'insidieuse et fâcheuse influence de ces énergumènes sur certains aspects de la vie provençale, et on les a même accusés de vouloir s'en prendre à la nature. L'année dernière, une anecdote circulait à propos d'un des propriétaires parisiens de maison d'été dans un des villages les plus chics – surnommé *Saint-Germain sud* –, venu se plaindre du bruit auprès du maire. Leur sieste était gâchée, prétendait-il, par l'insupportable vacarme des cigales. Comment pouvait-on fermer l'œil avec toutes ces créatures frottant de concert leurs pattes bruyantes ?

On pourrait s'imaginer le maire traitant cette plainte comme une crise municipale, mettant de côté des affaires moins importantes afin de mobiliser une escouade de chasseurs de cigales, armés de filets et d'insecticide en aérosol pour patrouiller les buissons sur la pointe des pieds, l'oreille aux aguets et prêts à fondre au moindre frémissement d'un chant d'insecte. Il est évidemment plus probable que le maire gratifia les Parisiens de la réaction provençale classique aux questions sans réponse ou aux demandes ridicules : un grand haussement d'épaules que les experts locaux exécutent comme suit.

Quelques exercices d'assouplissement sont nécessaires avant de mettre en œuvre toute partie importante du corps et vos premiers mouvements devraient ne pas dépasser un froncement de sourcils et une légère inclinaison de la tête sur le côté. Ces gestes indiquent que vous n'arrivez pas à croire à la stupidité, à l'impertinence ou à la simple ignorance dont témoigne ce que le Parisien vient de vous dire. Ensuite une brève période de silence avant que le Parisien renouvelle sa tentative, en répétant sa remarque et en vous regardant avec une certaine irritation. Peut-être vous croit-il sourd ou Belge, donc déconcerté par son accent raffiné. Quoi qu'il ressente, vous avez maintenant toute son attention. C'est le moment de le démolir avec son absurdité par une succession fluide et sans précipitation de mouvements qui constituent le grand haussement d'épaules.

Étape n° 1 : La mâchoire avance tandis que la bouche est tirée vers le bas.

Étape n° 2 : Les sourcils se haussent et la tête avance.

Étape n° 3 : Les épaules se soulèvent jusqu'au niveau des lobes d'oreilles, les coudes serrés, les mains écartées, paumes tournées vers le haut.

Étape n° 4 (facultative) : On laisse un son bref et infiniment dédaigneux – quelque chose entre la flatulence et le soupir – s'échapper des lèvres avant de permettre aux épaules de reprendre leur position de repos.

Ça pourrait presque être un exercice de yoga et j'ai dû l'observer des centaines de fois. Il peut exprimer le désaccord, la désapprobation, la résignation ou le mépris et il met un terme définitif à toute discussion. À ma connaissance, il n'existe pas de contre-haussement d'épaules ni de geste qui y réponde de façon satisfaisante. C'est donc pour ces raisons un geste précieux pour quelqu'un comme moi dont la maîtrise de la langue française est loin d'être parfaite. Un haussement d'épaules au bon moment en dit plus long que plusieurs volumes.

Le dernier dont j'ai été gratifié remonte au jour où je suis allé à Cavaillon, attiré par la nouvelle selon laquelle les toilettes publiques, tout en haut du cours Bournissac, avaient bénéficié d'un minutieux lifting. Je gardais le souvenir d'un édifice discret et dissimulé, humide en hiver, étouffant en été, fonctionnel assurément et qui, sans être vraiment horrible, n'avait rien de décoratif.

Des changements ont eu lieu en effet, spectaculaires et qui frappent l'œil, même de loin. La partie supérieure de l'édifice est désormais surmontée d'un rond-point de terre garni de fleurs aux couleurs vives. Dans ce cadre floral, détournant le visage du soleil, se trouve un nu couché sculpté dans une pierre pâle et lisse. Cette femme à n'en point douter a une signification symbolique, peut-être quelque chose à voir avec les eaux cascadantes et les joies de l'hygiène. Quoi qu'il en soit, c'est une belle et sculpturale adjonction au paysage de Cavaillon, promettant un heureux soulagement à ceux qui s'aventurent dans l'escalier pour profiter des autres améliorations.

Une de celles-ci est d'ordre humain : il s'agit d'un préposé qui, en échange d'un modeste pourboire, dirige les visiteurs vers la section appropriée des toilettes selon son sexe et ses besoins. Il constitue la première surprise.

La seconde est le choix de l'équipement. La France étant un pays qui se plaît à accueillir toutes sortes de réussites technologiques, depuis le Concorde jusqu'au tue-taupes électronique, on pourrait s'attendre à découvrir un étincelant déploiement de ce qui se fait de plus récent en matière de génie sanitaire : au minimum, des cabines automatiquement stérilisées, avec peut-être en option un chauffe-siège pour les mois de froidure. Au lieu de cela, on trouve un spécimen antique de salle de bains : un plateau de porcelaine d'environ un mètre carré avec un orifice au milieu et deux protubérances rectangulaires de part et d'autre du trou pour y placer les pieds. C'est un dispositif qu'on utilise depuis les tout premiers jours des installations sanitaires modernes et il est connu dans les milieux de la plomberie française comme le modèle *à la turque.* Je pensais qu'on n'en fabriquait plus, que cet appareil avait pratiquement disparu et qu'on ne le trouvait que dans ces coins perdus de France trop éloignés pour bénéficier de la marche du progrès. Il était là, robuste, tout neuf et étrangement décalé à la fin du xxe siècle.

Avant de partir, je demandai au préposé s'il connaissait une des raisons pour lesquelles on avait renoncé à des toilettes contemporaines en faveur de cette installation plus primitive. Était-ce pour frustrer les vandales ? Pour décourager les lecteurs de magazines et autres gens susceptibles d'occuper égoïstement les lieux pour de longues périodes ? S'agissait-il d'un choix esthétique ? Ou était-ce une nostalgie du bon vieux temps ? J'aurais aussi bien pu lui demander de m'expliquer le secret de la vie. Il exécuta le grand haussement d'épaules. « *C'est comme ça* », dit-il. Voilà. C'est à prendre ou à laisser.

Que ne faut-il donc pas aimer parmi ce catalogue des bizarreries provençales, dont la plupart, incommodes, semblent avoir été conçues dans le seul but de prendre le plus possible de votre temps ? Une course qui nécessiterait une demi-heure dans d'autres sociétés plus rationalisées peut facilement prendre toute une matinée. Les rendez-vous sont remis ou oubliés. Les plus simples problèmes domestiques semblent toujours exiger des solutions compliquées. Et peu de choses sont simples. Le climat est rude, souvent destructeur. Le résident étranger, qu'il soit parisien, hollandais ou britannique, malgré toutes les années qu'il a pu passer en Provence, ne sera jamais considéré autrement qu'un touriste de longue durée. Ce ne sont pas là des attraits conventionnels.

Pourtant je les aime, ces bizarreries, presque toutes, presque tout le temps. Elles font partie du caractère du pays et des gens. On a bien fait quelques compromis pour les visiteurs : il y a davantage de festivals, plus de petits hôtels, un plus grand nombre de restaurants, une volonté accrue d'accueillir les technologies nouvelles. Il n'est pas inhabituel, par exemple, de voir des téléphones portables collés à l'oreille poussiéreuse d'un paysan sur son tracteur dans les vignobles, et j'ai parfois l'impression que la Provence s'efforce de faire le grand écart, avec un pied dans le passé et l'autre tâtant la température du futur. Mais je ne vois guère de changement fondamental depuis la première fois que je suis venu ici voilà plus de vingt ans.

Le rythme de la vie ne s'est pas accéléré mais s'attarde encore à suivre la cadence des saisons. Les marchés continuent à vendre de vrais produits qui ont échappé à la passion moderne de la stérilisation et de l'emballage sous plastique. La campagne est toujours sauvage et non défigurée par des terrains de golf, des parcs à thème, des colonies en copropriété. On peut encore écouter le silence. Contrairement à tant d'autres

magnifiques parties du monde que le progrès et la faci-
lité d'accès ont rendues bruyantes, prévisibles et sans
intérêt, la Provence est parvenue à conserver son parfum individuel et sa personnalité. On peut trouver cela
délicieux ou exaspérant, comme de la part d'un vieil ami
au caractère difficile et acariâtre. Mais c'est comme ça.
C'est à prendre ou à laisser.

Petit guide à l'usage de ceux qui ne connaissent pas Marseille

Hormis Paris, je ne vois qu'une seule autre ville de France à avoir une vraie personnalité et une réputation internationale. Citez Lille ou Lyon, Saint-Étienne ou Clermont-Ferrand et vous n'obtiendrez guère d'opinions arrêtées. Parlez de Marseille, et vous entendrez une multitude de définitions de cette ville, même si elles sont souvent peu fondées.

Tout ce que l'on vous en dira ne sera jamais banal. Les marins ivres en goguette sur la Canebière ; les fréquentations louches dans les bars du port ; la sinistre vieille prison du château d'If ; les ruelles étroites où le visiteur s'aventure à ses risques et périls une fois la nuit tombée et, grâce à la *French Connection*, l'idée qu'il n'y a pas que le poisson à passer de main en main au marché qui se tient chaque jour quai des Belges. On imagine généralement Marseille comme une ville encanaillée, exotique et plus qu'un peu dangereuse. C'est une opinion qui ne se limite pas nécessairement aux étrangers. Je me souviens des mises en garde à propos de la ville prodiguées voilà bien des années par mon voisin Faustin. Il n'était allé là-bas qu'une fois dans sa vie et n'avait aucune intention de renouveler cette expérience. Je lui demandai ce qui lui était arrivé et il se contenta de secouer la tête. Mais il me déclara que si jamais il devait y retourner, il prendrait son fusil.

Pourtant il n'est pas d'endroit qui ait connu des débuts plus romanesques. D'après la légende – conservée et embellie à n'en pas douter par le goût des Marseillais pour les belles histoires –, la ville fut fondée sur l'amour. Cinq cent quatre-vingt-dix-neuf ans avant Jésus-Christ, un navigateur phocéen du nom de Protis accosta juste à temps pour participer à un banquet nuptial donné par le roi local qui s'appelait Nann. Au cours de ce banquet, Gyptis, la fille du roi, décida en jetant un coup d'œil au jeune navigateur qu'il lui était destiné. La décision fut réciproque et on assista à un véritable *coup de foudre*. Comme cadeau de mariage, le roi offrit à l'heureux couple soixante hectares de terrain en front de mer pour y bâtir leur maison. Ainsi naquit Marseille. La ville n'a cessé depuis lors d'être habitée, et en vingt-six siècles, la population est passée de deux personnes à plus d'un million.

D'après les critiques, les habitants ont la réputation d'être, comme la ville, *un peu spéciaux*, cette épithète n'ayant pas ici la connotation flatteuse qu'elle a d'ordinaire. On soupçonne le Marseillais de déformer la vérité, de broder, d'exagérer, bref, de galéjer. C'est seulement dans les eaux autour de Marseille, à en croire la légende, que les sardines atteignent régulièrement la taille de jeunes requins. Si d'aventure vous demandez à voir une de ces merveilles de la nature, on vous répondra que ce n'est pas la bonne période du mois : il faut que la lune soit pleine. Ou bien, si vous posez la question à la pleine lune, on vous dira d'être patient. Ce n'est qu'au moment de la nouvelle lune qu'on peut observer la sardine géante. Il faut dire pour être juste qu'en général, ce conseil est accompagné d'un clin d'œil et d'une bourrade dans les côtes et qu'on ne s'attend pas à vous voir le prendre au sérieux. La réputation existe néanmoins. À Marseille, il est conseillé de ne jamais prendre les récits au pied de la lettre, dans l'éventualité où vous arrivez à comprendre ce qu'on vous dit. Marseille est une ville qui supporte mal les directives d'un gouvernement central et l'attitude rebelle et hostile des Marseillais vis-à-vis des fonctionnaires de Paris est une longue histoire, qui commence par la critique de leur discours pompeux. Marseille fait donc de son mieux pour éviter de parler le français officiel. L'accent permet en partie d'y parvenir et il y a dans la prononciation un côté un peu ébouriffé qui donne l'impression que même des mots familiers semblent avoir mariné dans on ne sait quelle épaisse sauce linguistique. Quant aux expressions locales, on se demande si l'on n'a pas été jeté dans les flots tourbillonnants d'une langue nouvelle.

Voici, à titre d'exemple, une des nombreuses phrases qui m'ont laissé pantois jusqu'au moment où j'ai réclamé qu'on me l'écrive : « *L'avillon, c'est plus rapide que le camillon, même si y a pas de peuncus.* » L'avion va plus vite que le camion, même s'il n'y a pas de pneus. La phrase en français est relativement simple, mais assaisonnée à la marinade marseillaise, elle devient incompréhensible. Imaginez les difficultés de compréhension quand la phrase énoncée relève de la pure invention locale comme : « *C'est un vrai cul cousu.* » La traduction polie désigne un homme dépourvu du sens de l'humour et qui sourit très rarement. Si, outre son humeur morose, on considère que le malheureux est gravement dérangé, alors « *il est bon pour le cinquante-quatre* », allusion au tramway numéro 54, lequel s'arrêtait à l'époque à l'hôpital psychiatrique.

Même les prénoms choisis avec amour par les parents pour leur progéniture ne parviennent pas à échapper à ce traitement. Que cela lui plaise ou non, André devient *Dédou*, François devient *Sissou*, Louise devient *Zize*. En grandissant les enfants apprennent à utiliser des mots qu'on n'a guère de chances d'entendre ailleurs en France : des termes comme *momo* et *mafalou*, *toti* et *scoumougne* ou *cafoutchi* ou encore « tu m'escagasses ». C'est un langage dans un langage, très proche parfois des vieux dialectes provençaux, empruntant quelquefois aux immigrés venus à Marseille depuis des siècles, en provenance d'Italie, d'Algérie, de Grèce, d'Arménie et de Dieu sait où encore. C'est un ragoût linguistique, riche et souvent corsé, qui ne manque jamais de déconcerter le touriste.

Le premier test, c'est de trouver le centre de la ville. La façon la plus directe et la plus spectaculaire d'y parvenir, c'est par la mer, solution qui vous mettrait sans doute d'accord avec Madame de Sévigné, laquelle se déclarait « confondue par la beauté singulière de cette ville ». Du pont d'un bateau, vous l'embrasseriez dans son ensemble : le rectangle parfait du Vieux-Port, la ville qui s'étend sur une vaste étendue et, la dominant, l'éclat doré de la statue de Notre-Dame-de-la-Garde. Mais, si vous arrivez par la route, ce que nous fîmes, votre première impression sera que l'endroit manque singulièrement de beauté. Les faubourgs du Marseille moderne n'ont rien à voir avec l'image décrite par Madame de Sévigné : ils sont sinistres. La circulation se fait sur plusieurs niveaux, les voitures s'engouffrent dans des tunnels pour en jaillir un peu plus loin, empruntant çà et là des autoponts au milieu d'un ensemble architectural qui vous donne envie de choisir la démolition comme violon d'Ingres.

Pour finir, plus par chance que par une véritable maîtrise de la géographie locale, nous parvînmes à trouver notre chemin jusqu'au Vieux-Port et le paysage s'améliora aussitôt. Il y a toujours une certaine magie quand on arrive dans une ville en bord de mer : le brusque déploiement d'une longue perspective jusqu'à l'horizon en sortant de rues plus encombrées, le changement d'air – les gaz d'échappement cèdant la place à une brise un peu salée – et, à Marseille précisément, le brouhaha des marchandes de poisson qui racolent la clientèle.

Dès huit heures chaque matin, elles sont là sur le côté est du port, plantées dans des bottes de caoutchouc, le visage boucané, vociférant derrière des caisses grandes comme des petites tables de salle à manger. La pêche de la journée, tressautant encore vivante sur un lit d'algues, étincelle au soleil, dans des tons d'argent, de gris, de bleu et de rouge. Vous vous arrêtez une seconde et Madame – il semble que ce soit les maris qui pêchent et les femmes qui vendent – attrape un poisson sur son étal et le brandit sous votre nez. « Elle est belle, elle est belle ma rascasse. Tenez, sentez-moi la mer ! » Elle administre alors au poisson une petite tape admirative et il se trémousse. « Il faut que je sois folle, peuchère, je vends un poisson vivant pour le prix d'un poisson mort ! Le poisson, c'est bon pour le cerveau, c'est bon pour la vie amoureuse. *Venez, la mamie, venez !* » Les clientes regardent, reniflent puis achètent, s'éloignant en tenant prudemment, presque à bout de bras, leurs sacs de plastique bleu dont le contenu s'agite encore.

Dans la rade, derrière les éventaires, l'eau est couverte d'une mosaïque dansante de bateaux, ancrés si près les uns des autres qu'on a l'impression qu'on pourrait faire plusieurs centaines de mètres au-dessus de la mer sans se mouiller les pieds. Troquets flottants, voiliers, yachts aux lignes gracieuses et reluisant d'une douzaine de couches de vernis, ou ferries aux gros ventres qui relient les quelque dix-huit cents mètres entre le continent et la morne petite île à la réputation sinistre.

Le château d'If, version primitive d'Alcatraz, fut bâti au XVI⁴ siècle et utilisé pour maintenir les indésirables à bonne distance de la ville. La pureté de l'air marin offrait une petite consolation aux détenus. De l'autre côté de l'eau, la vue de Marseille – image pittoresque de la liberté – devait être un supplice quotidien. C'est un décor qu'on aurait pu imaginer comme cadre d'un roman : il n'est donc pas surprenant que le plus célèbre prisonnier du château d'If, le comte de Monte-Cristo, n'ait jamais existé. C'est Alexandre Dumas père qui l'inventa et il put assister de son vivant à la reconnaissance de son œuvre lorsque, ne voulant pas décevoir les lecteurs, les autorités proposèrent au public la visite de la cellule officielle du comte de Monte-Cristo. Les prisonniers authentiques ne manquaient pourtant pas. À une époque, des milliers de protestants y furent emprisonnés avant qu'on ne les destine aux galères. L'histoire d'un autre détenu célèbre montre bien que la loi a, de tous temps, eu son lot d'absurdités : c'est celle du malheureux M. de Niozelles, qui avait commis le crime impardonnable de ne pas ôter son chapeau devant le roi. Horreur ! Le scandale fut suivi d'une peine de six ans de cachot sur l'île. Il ne faut pas s'étonner que la royauté ait mal fini en France.

Une petite promenade en mer, pensions-nous, serait une façon revigorante de commencer la journée et nous nous rendîmes sur le quai afin d'acheter des billets pour le ferry. Ce fut à peine si le jeune homme assis au comptoir du bureau leva la tête. « Pas ce matin, dit-il. À cause du temps. »

Le temps était idéal, doux et ensoleillé. Le ferry, que nous apercevions derrière lui, paraissait assez solide pour traverser l'Atlantique, alors la mer d'huile qui s'étendait entre nous et le château d'If, vous pensez ! Quel problème y avait-il donc avec le temps ?

– Le mistral.

Il y avait en effet une brise hésitante, mais pas davantage. Rien assurément qu'on puisse qualifier de tempête susceptible de mettre des vies en danger.

– Mais il n'y a pas de mistral.

– Il va y en avoir.

– Alors pourquoi êtes-vous ici ?

Cette question provoqua le premier haussement d'épaules de la journée, devant lequel on reste sans voix. Comme nous quittions le quai, un petit homme brun nous arrêta en braquant un doigt nerveux sur ma femme.

– Rangez ça, lui dit-il en désignant l'appareil photo pendu à son épaule. Mettez-le dans votre sac. Vous êtes à Marseille, ici.

Nous regardâmes autour de nous, à la recherche de bandes de voleurs d'appareils photo, de matelots déchaînés en permission, de voitures aux vitres teintées transportant des pontes de la pègre, bref, du plus infime signe de menace. Pas le moindre. Le soleil était chaud, les cafés étaient pleins, les trottoirs animés de cette lente déambulation qu'on trouve dans les villes méditerranéennes où personne n'a l'air pressé d'aller nulle part. Nous remarquâmes que la version marseillaise de l'homme de la rue est souvent plus rembourrée que son homologue de la campagne et croisâmes plus de bedaines impressionnantes en une demi-heure que nous n'en voyons normalement en une semaine. La gamme des couleurs de peau est différente aussi ; nombre de visages reflètent les diverses nuances africaines, du café au lait au noir profond du Sénégal.

Nous nous engageâmes ensuite sur la Canebière, la grande artère qui part du port en direction de l'est. Jadis Champs-Élysées méridionaux, elle a connu le sort de nombreuses avenues grandioses à travers le monde et, à moins qu'on ne s'intéresse particulièrement aux bureaux des banques, des compagnies aériennes et des agences de voyages, il n'y a pas grand-chose qui vous y retient. Toutefois, continuez à marcher, tournez à gauche sur le boulevard Dugommier, et vous finirez par atteindre une des curiosités qui figurent dans tous les guides, la gare Saint-Charles. Ou plutôt l'escalier qui descend de la gare : un large escalier digne d'une folie du xixe siècle, qui a l'air sorti d'un décor de cinéma, orné de statues représentant l'Asie et l'Afrique, l'endroit rêvé pour faire une entrée spectaculaire à Marseille à condition de ne pas avoir de lourdes valises. Et de là, si le temps vous manque et que vos pieds endoloris vous posent un problème, vous pouvez plonger sous terre et essayer le métro de Marseille.

Mes expériences dans le domaine des transports souterrains sont une succession à peu près ininterrompue d'échecs. Je peux – et ça m'arrive souvent – me perdre dans les entrailles de Londres, de New York ou de Paris aussi vite que le temps qu'il faut pour acheter un ticket. Mais le réseau marseillais, même pour quelqu'un amputé du sens de l'orientation, est remarquablement compact et simple. Un quart d'heure après avoir quitté la gare, nous étions sur le côté sud du Vieux-Port, marchant le long de la Corniche en direction de notre déjeuner. Ce fut une des plus agréables promenades que j'aie jamais faite dans une ville. Au-dessus de l'horizon des toits modernes, on apercevait parfois le reflet doré de Notre-Dame-de-la-Garde. La mer était juste à nos pieds, on avait une vue superbe sur les îles Frioul et l'air embaumait. Sur les pentes rocheuses entre la route et la mer, des silhouettes allongées profitaient du soleil de l'été indien. Un homme qui semblait totalement nu à l'exception d'un bonnet de bain en caoutchouc nageait en progressant à la manière d'une grenouille, son corps pâle se découpant sur l'eau bleu foncé. On se serait cru en juin plutôt qu'en octobre.

La côte à cet endroit a été grignotée par une succession de petites criques ou anses dont aucune n'a un nom rassurant. L'anse de Maldormé évoque une colonie d'insomniaques, tandis que leurs voisins les contrefacteurs sont installés non loin de là, dans l'anse de la Fausse Monnaie. Notre destination à nous, c'était l'anse des Auffes (des cordiers éminemment respectables), où se trouvait un restaurant établi de longue date et portant le nom attrayant de *Chez Fonfon*. Là, nous avait-on dit, on pouvait déguster des poissons si frais qu'ils vous faisaient un clin d'œil dans l'assiette.

En descendant de la Corniche jusqu'à l'anse des Auffes, nous avions l'impression d'avoir quitté la ville pour nous retrouver dans un village miniature de pêcheurs. On halait des bateaux sur une petite rampe. Deux enfants jouaient au football au milieu des tables et des chaises d'une terrasse de restaurant. Un optimiste, un porte-documents à ses pieds, était planté sur le quai avec sa canne à pêche, le bouchon de la ligne dansant sur une eau peu profonde recouverte d'une couche irisée de mazout. C'était jour de lessive et du linge pendait en festons aux façades des maisons : des guirlandes de sous-vêtements, dans des rouges, des violets et des verts éclatants. Pourquoi donc les cordes à linge sont-elles plus colorées dans le Sud que dans le Nord où tout est blanc ou pastel ? La lingerie, comme tant d'autres choses, serait-elle influencée par le climat ? On imagine mal un étalage aussi extraverti et coloré à Manchester ou à Scarsdale.

Après ce feu d'artifice, l'intérieur de *Chez Fonfon* paraissait pâle et banal : une pièce agréable, raisonnable, sans effort visible de décoration. Les clients, en tout cas, étaient bien trop occupés par la lecture du menu pour remarquer les raffinements décoratifs.

Si jamais vous prononcez dans le même souffle les mots Marseille et poisson – du moins dans le midi de la France –, prenez garde. Il y aura toujours à proximité un expert en bouillabaisse et il ou elle n'aura de cesse de vous persuader des mérites et de l'incontestable supériorité d'une recette sur une autre. Il existe une garantie officielle du choix des ingrédients appropriés, la *Charte de la bouillabaisse*, affichée à l'extérieur de tout bon restaurant de Marseille. Mais si vous allez à quelques kilomètres seulement, le long de la côte en direction de Toulon, la charte de Marseille ne sera pas plus respectée qu'un ticket de parking. Tout repose sur la pomme de terre.

À Toulon, la bouillabaisse n'est pas une bouillabaisse s'il n'y a pas de pommes de terre. À Marseille, c'est un sacrilège. Il y a une semblable divergence d'opinions à propos du homard. Faut-il en mettre ou pas ? Cela dépend de l'endroit où vous allez. Un de ces jours, toutes ces discussions seront tranchées par la Commission des droits de l'homme de Bruxelles, par le Guide Michelin ou par le ministre de l'Intérieur à Paris (dont les responsabilités s'étendent sûrement jusqu'à l'estomac). En attendant, pour garantir la préparation d'une bouillabaisse qui ne prête pas à la controverse, il faut respecter les méthodes et les ingrédients fondamentaux que voici.

D'abord, et c'est le plus important, le poisson doit être frais et il ne doit venir que de la Méditerranée. (Les restaurants de Tokyo, de New York et de Londres qui promettent sur leurs menus de la bouillabaisse racontent des histoires.) Les types de poissons peuvent varier mais il en est un essentiel, la rascasse, une créature d'un aspect vraiment horrible, que l'on sert traditionnellement avec sa tête de monstre des abysses encore attachée. Ce n'est pas dans le but de vous donner des cauchemars, mais pour vous permettre d'en extraire la chair des joues qui sont censées être les parties les plus succulentes. Le reste de la rascasse n'a pas beaucoup de goût, mais les experts disent qu'elle fait ressortir la saveur de ses compagnons lorsqu'on les cuit ensemble dans un court-bouillon au safran et à l'ail.

La soupe et le poisson arrivent à table séparément, la soupe avec des tranches de pain grillé, le poisson avec de la rouille, une pâte crémeuse confectionnée avec de l'huile, des poivrons et encore de l'ail. Le résultat immédiat est délicieux : c'est un mélange très relevé d'épices et de mer. Les effets à long terme de doses aussi agressives d'ail sont à n'en pas douter antisociaux et nous étions convaincus d'être à l'abri, cet après-midi-là, des attentions d'un pickpocket : un souffle de notre part dans sa direction et il se recroquevillerait sur place puis détalerait à toutes jambes.

Les petites ruelles que nous avions décidé d'explorer étaient celles du Panier, le plus vieux quartier de Marseille. Une grande partie de ce secteur – qui abrite vingt mille personnes – a été détruite par les nazis durant la Seconde Guerre mondiale dès l'instant où ils comprirent que ce quartier était un maquis idéal pour les réfugiés juifs et les résistants. Ce qui subsiste est un enchevêtrement de petites rues étroites en pente raide, certaines pavées d'une manière résolument nonchalante, d'autres en escalier, bordées de maisons d'un délabrement pittoresque. Les voitures sont rares : nous n'en vîmes que deux. La première déboucha d'une petite ruelle comme un chien perdu. Son conducteur constata que la voie était trop étroite pour lui permettre de tourner soit à gauche soit à droite, et dut faire marche arrière. La seconde voiture reste à jamais dans mon souvenir car elle réussit l'exploit de se garer dans des conditions impossibles.

Nous passions devant une maison, de la largeur d'une seule pièce, et nous jetions un coup d'œil par la porte ouverte. Un côté de la pièce était meublé normalement, avec un tapis, une table et des chaises. Trois membres de la famille étaient assis là en train de regarder la télévision. L'autre moitié de la pièce était occupée par une Citroën soigneusement astiquée. Ce n'était pas, j'en conviens, un des plus gros modèles, mais elle avait réussi à pénétrer par la porte et à se garer sans abîmer le mobilier, on ne sait comment. Je me demandai depuis combien de temps elle était là et si on la laissait faire un tour de temps en temps.

Sans doute l'avait-on confinée dans le salon pour la mettre à l'abri des dangers de ce quartier réputé peu sûr. Mais, une fois de plus, Marseille ne se montrait pas à la hauteur de sa réputation. Les enfants et les vieilles dames étaient nombreux dans les rues, ne craignant visiblement pas pour leur vie. Nombre des maisons étaient toutes portes et fenêtres grandes ouvertes et une ou deux avaient été transformées en petits restaurants et épiceries. Tout cela était plus charmant que menaçant ; seule la trajectoire hasardeuse d'un ballon de football risquait d'être un danger.

Comme nous arrivions tout en haut de la rue du Petit-Puits, nous aperçûmes pour la première fois un des plus élégants vestiges de Marseille, la masse de pierre rose pâle de la Vieille-Charité. Conçus par Pierre Puget, et bâtis aux XVIIe et XVIIIe siècles, les bâtiments abritaient à une époque les sans-logis de Marseille sans doute trop heureux d'avoir trouvé un abri pour se rendre compte qu'on les avait installés dans une sorte de paradis architectural : un vaste quadrilatère de près de cent mètres de long sur cinquante de large, entouré de trois étages d'arcades qui dominent une magnifique chapelle coiffée d'un dôme ovale.

En fait, malgré son nom, les débuts de son histoire sont loin d'être charitables. Les Marseillais du XVIIe siècle – ou ceux du moins qui avaient un toit au-dessus de leur tête et de l'argent dans les poches – s'inquiétaient du nombre de mendiants et de vagabonds qui rôdaient dans les rues et que l'on considérait comme une source d'agitation et de délinquance. De toute évidence, la ville avait besoin d'une police des rues : on engagea donc un sergent et dix archers vêtus de rouge pour effectuer des rondes et emprisonner tous les gens sans ressources qui ne pouvaient pas prouver qu'ils étaient natifs de Marseille. Ils s'acquittèrent de leur tâche avec un tel enthousiasme qu'en 1695, douze cents hommes et femmes s'entassaient à la Charité. On les mit au travail sous la direction de surveillants armés mais, de temps en temps, on leur permettait, sous bonne garde, de venir grossir les rangs des cortèges funèbres.

Puis ce fut la Révolution et la Charité devint plus charitable. Au cours des siècles, elle abrita une longue et triste liste d'occupants provisoires : vieillards, indigents ou orphelins, familles chassées par le réaménagement urbain, et enfin tous ceux mis à la rue par la dynamite nazie. Puis, la guerre terminée, on la laissa à l'abandon.

Il fallut plus de vingt ans de restauration éclairée pour obtenir son actuel état immaculé. Sans doute parce que nous étions arrivés par de petites rues noyées d'ombre, l'impression d'espace et de lumière était presque écrasante quand nous débouchâmes sur le quadrilatère. C'était un moment fait pour regarder plutôt que pour parler. Il y a quelque chose dans l'architecture monumentale qui a tendance à imposer le silence et la voix des trente ou quarante personnes errant sous les arcades ne dépassait pas le murmure. Ce n'était pas un silence religieux, mais presque. On nous expliqua qu'en fait nous avions choisi un jour calme, une trêve dans le programme des cérémonies et des expositions. Mais le musée de l'archéologie méditerranéenne et l'excellente librairie qui se trouvent là suffisent amplement à occuper le restant de votre après-midi.

Nous revînmes vers le port et vers un monument local plus récent, le *New-York*, une brasserie avec une terrasse orientée à l'ouest d'où l'on a une vue sur le spectaculaire coucher de soleil marseillais. La journée avait été trop courte et il y avait trop de choses que nous n'avions pas vues : le château d'If à cause du temps (qui resta parfait durant toute la journée) ; les nombreux musées ; les douzaines de magnifiques vieux bâtiments cachés entre les tours ; les cathédrales (dont l'une soutenue par quatre cent quarante-quatre colonnes de marbre) ; le *Bar de la Marine* où les personnages du *Marius* de Pagnol jouaient aux cartes ; le château du Pharo, construit par Napoléon III pour son épouse ; et le ventre de Marseille, le marché des Capucins.

Mais, même si une seule journée passée dans une ville n'est jamais qu'une gorgée bue à un tonneau, cela avait suffi à nous donner l'envie de revenir. Marseille est peut-être une rude gaillarde à la notoriété douteuse, mais c'est une ville au charme considérable et où, au milieu de la laideur moderne, il y a des coins d'une grande beauté. Et puis j'aime le caractère indépendant et un peu ampoulé de Marseille, et j'admire notamment le toupet avec lequel la cité s'est approprié tout à la fois l'hymne national français et l'apéritif le plus populaire de Provence.

La Marseillaise, ce vibrant appel aux enfants de la patrie, fut composée en fait à Strasbourg pour devenir le chant de guerre de l'armée du Rhin. Il fut repris en chœur par cinq cents volontaires venus de Marseille en marche vers Paris et, lorsqu'ils atteignirent la capitale, cela devint tout naturellement « *la chanson marseillaise* ». (Il faut reconnaître que cela sonne mieux que *La Strasbourgeoise* comme titre numéro un au hit-parade de la chanson française.)

Plus récemment, Paul Ricard, qui devint le magnat le plus célèbre et le plus flamboyant de Marseille – c'est lui qui emmena un jour quinze cents de ses employés à Rome pour les faire bénir par le pape –, décida, jeune homme, de fabriquer sa propre marque de pastis. L'idée n'était pas originale. La distillerie Pernod près d'Avignon avait déjà consacré sa production au pastis quand en 1915 on interdit la dangereuse absinthe. Mais Pernod n'était pas non plus l'inventeur du pastis : selon la légende, ce fut un ermite. Comme on pouvait s'y attendre, l'ermite généreux et ambitieux débarqua avec son invention et ouvrit un bar... à Marseille, naturellement. Mais ce fut Ricard, avec son génie de la publicité et du marketing, qui donna à cette boisson son pedigree méditerranéen. C'est lui et lui seul qui en fit ce qu'il appela *le vrai pastis de Marseille*. Il organisa la promotion autour de cette formule, garantie d'authenticité. Et ça fonctionna. On vend aujourd'hui plus de cinquante millions de bouteilles par an.

Une dernière anecdote qui illustre l'indépendance d'esprit de Marseille : après avoir pendant des années fait des pieds de nez à l'autorité centrale qui à cette époque était Louis XIV, la ville se vit infliger une leçon. On battit les murs en brèche, on retourna les canons qui protégeaient Marseille d'une attaque en provenance de la mer contre les habitants plus redoutés que tout envahisseur.

Je ne sais pas exactement pourquoi, mais je suis content de savoir que les Marseillais sont toujours là, plus rebelles que jamais, alors que les rois ont disparu depuis longtemps.

Comment devenir
un parfait « nez »

Si, en sortant d'Apt, vous prenez la route en direction du nord, en une heure vous serez en Haute-
Provence. C'était le décor des romans de Giono, une
région qu'il a parfois décrite d'un œil sombre et sans
indulgence. Voici une de ses descriptions les moins
flatteuses :

« Les maisons sont à moitié éboulées. Dans les rues
pleines d'orties, le vent ronfle, chante, beugle, hurle sa
musique par les trous des fenêtres sans volets et des
portes béantes[1]. »

C'est sans doute dans un intérêt littéraire qu'il adop-
tait ce point de vue extrême, mais qui n'en reflète pas
moins la nature de la région : sauvage, déserte et rude.
Après le charme raffiné du Luberon, ses villages de
carte postale, ses maisons soigneusement restaurées, ses
cerisaies et ses rangées bien ordonnées de vignes, la
Haute-Provence donne l'impression d'un autre monde
avec ses grandes étendues désertes et pratiquement
intactes. Des kilomètres de campagne séparent les villages, une campagne parfois morne et accidentée, parfois ondulante et superbe. Le ciel est immense. Si on
arrête sa voiture pour écouter le paysage, on peut

1. *Colline*, Jean Giono, Grasset, coll. « Les Cahiers rouges », 1993,
Paris.

entendre au loin le tintement discret des clochettes des chèvres d'un troupeau invisible. Sinon, il y a le vent.

Continuez votre route, passez l'Observatoire de Haute-Provence où on respire, dit-on, l'air le plus clair et le plus pur de France et mettez le cap sur les premiers contreforts de la montagne de Lure. Là, installé dans une cuvette de champs de lavande, vous trouverez Lardiers, un village d'au plus cent habitants. Les maisons sont blotties autour de la mairie et du *Café de la Lavande* – le genre de restaurant qu'on espère toujours trouver au terme d'une journée de route. Bonne cuisine bon vin et charme en doses égales.

Lardiers n'est guère un endroit où rencontrer un journaliste, encore moins des douzaines. Mais par un jour ensoleillé de juin, quand la lavande passe tout juste du vert-gris au mauve, la presse s'était déplacée en foule pour l'inauguration d'un établissement éducatif qui, à ma connaissance, est unique en son genre.

L'idée est partie de Manosque, la ville natale de Giono, et le siège d'une des rares sociétés authentiquement provençales à jouir d'une réputation internationale. L'Occitane s'est fait un nom par le nez. Ses savons, ses huiles et ses essences, ses shampooings et ses crèmes sont fabriqués en Provence et la plupart d'entre eux avec l'aide d'ingrédients qui poussent dans les champs de la région. Pas seulement la lavande comme on pourrait s'y attendre, mais la sauge, le romarin, les fines herbes, le miel, les pêches et les amandes. Selon vos goûts, vous trouverez un bain parfumé à la pêche, une friction à l'huile de thym, une lotion après-rasage qui embaume le romarin. Et depuis peu, un autre ingrédient a été introduit à la recette miracle, qui avec le recul paraît simple et évident, comme beaucoup de bonnes idées : les étiquettes sont imprimées en deux langues, la seconde étant le braille. Cela permet de lire du bout des doigts aussi bien qu'avec les yeux le contenu d'un pot ou d'un flacon sur l'étagère de la salle de bains.

De là est venue une autre idée, liée à l'adaptation que la nature impose au corps humain quand une de ses fonctions essentielles est affectée : en l'occurrence, la capacité de voir. Pour compenser d'une certaine façon la perte de la vue, les autres sens se développent, notamment l'odorat. Une société dont les activités touchent aux senteurs est toujours à la recherche de nez sensibles et formés. Les parfums ne sont jamais le fruit d'accidents, mais de recettes, en général très complexes : un équilibre entre le doux et l'acide, un cocktail d'essences. Les choisir, les mélanger et les juger est tout un art et les grands artistes sont aussi rares dans l'univers du parfum qu'ailleurs. Pour commencer, il faut naître avec un don pour ce travail et la condition la plus importante est d'avoir un nez d'une réceptivité inhabituelle : on en trouve un sur un million. Au long des années, avec un entraînement adapté, on peut le développer jusqu'à ce qu'il soit capable d'identifier même le fantôme d'un arôme, cette goutte cruciale qui fait passer un parfum de l'ordinaire à l'inoubliable. Mais il faut d'abord trouver ces nez talentueux.

Où cherche-t-on ? Il est relativement facile de repérer des dons remarquables dans presque tous les domaines, du football aux mathématiques, de la musique aux langues. Ce sont des dons qui apparaissent très tôt. Mais un nez hypersensible c'est quelque chose qui n'est pas évident : c'est une qualité personnelle, particulière et qu'on n'a guère de chance de remarquer dans des circonstances normales. Imaginez, par exemple, deux mères comparant les mérites de leurs enfants : « Oh, je sais que Jean-Paul est un espiègle petit garnement et c'est vrai que je l'ai surpris l'autre jour à mordre sa sœur à la jambe, mais je peux tout lui pardonner parce qu'il a un si merveilleux sens de l'odorat. » Ça n'arrive pas. Le jeune nez est un organe négligé.

C'est justement ce que les gens de L'Occitane ont décidé de changer par ce jour ensoleillé de juin où une poignée d'élèves arriva à Lardiers pour la séance inaugurale d'une école d'un genre différent. Les élèves avaient entre dix et dix-sept ans et ils étaient aveugles.

Le nom officiel de cette académie du nez est l'*École d'initiation aux arts et aux métiers du parfum destinée aux enfants aveugles*. La salle de classe se situe dans un petit bâtiment de pierre à la lisière du village et elle ne reverra sans doute jamais autant de visiteurs de tous les pays. Les journalistes étaient venus d'Amérique du Nord, d'Europe, de Hong-Kong, d'Australie et du Japon, nez et carnets tout prêts tandis que les élèves prenaient place autour d'une longue table au milieu de la salle.

On disposa devant chaque élève son matériel de travail : des flacons de différents parfums et une profusion de languettes de papier. La première leçon concernait la technique du reniflement d'expert et je ne tardai pas à découvrir en quoi je m'étais trompé toutes ces années. Mon instinct, quand on me présente quelque chose à sentir, a toujours été de viser avec mon nez et d'inspirer comme un noyé qui remonte à la surface pour la troisième fois. Cette méthode, m'expliqua-t-on avec tact, est recommandée pour les patients souffrant de sinusite et qui veulent inhaler un médicament : tout étudiant en parfum surpris à se comporter de cette façon se retrouverait aussitôt au fond de la classe. Une succion nasale prolongée – je crois que c'est le terme technique – assène apparemment un coup fatal aux délicates membranes, rendant provisoirement impossible toute investigation olfactive plus poussée.

Comme j'avais échoué à la première épreuve, on me prit à part pour me montrer comment il fallait faire pour renifler – ou, plus élégamment pour « goûter avec le nez ». La démonstration me parut d'une grâce merveilleuse, comme un chef d'orchestre qui s'échauffe avec sa baguette avant d'attaquer le passage des bois. L'extrémité d'une languette de papier fut trempée dans le parfum pour en absorber quelques gouttes, puis retirée et passée sous les narines d'un seul geste fluide qui s'achevait d'un petit tour de main désinvolte vers le haut. Ce bref passage suffit pour que le nez enregistre l'arôme. Un message est envoyé au cerveau pour qu'il réagisse et qu'il analyse. *Et voilà.* Pas besoin, vous dis-je, d'un reniflement vulgaire et prolongé. À observer les élèves, je constatai qu'ils s'en tiraient manifestement beaucoup mieux que moi avec la technique du humage, et c'était merveilleux de voir sur leur visage le mélange de furieuse concentration et de surprise ravie lorsqu'ils commençaient à déchiffrer les signaux perçus.

Pour les aider, ils avaient un formidable professeur, Lucien Ferrero, qui doit être un des nez les plus expérimentés et les plus fiables de France et qui a à son actif la création de plus de mille parfums. Il était venu de Grasse pour mettre la classe à l'épreuve, pour donner aux jeunes nez de bonnes habitudes et, avec un peu de chance, pour découvrir de jeunes talents.

Ferrero est professeur dans l'âme. Il est passionné par son sujet et, contrairement à de nombreux experts, il a le don de l'expliquer avec clarté et avec un grand sens de l'humour. Les enfants pouvaient le comprendre – et même moi – lorsqu'il expliquait les deux niveaux du parfum : la perception par le nez et l'interprétation par le cerveau. Et aussi quand il décrivait les cinq grands types de parfum depuis l'arôme alcoolique jusqu'à la *couverture des mauvaises odeurs*. (Cette dernière remarque fut accompagnée des rires étouffés de la classe et d'un froncement éloquent des narines du maître.)

La première séance ne dura guère plus d'une heure en partie à cause d'un des risques du métier : un début de *fatigue nasale*. Au bout d'un moment, même les nez les plus avides et les plus professionnels se fatiguent et perdent leur faculté de se concentrer. Et puis aussi, souvenons-nous que nous sommes en France et que midi approchait : il était temps d'oublier un peu les problèmes académiques pour aller déjeuner. On avait dressé de longues tables sur la terrasse et dans la salle de classe. Le *Café de la Lavande* avait assuré le repas, et je m'attablai avec plus de journalistes que je n'en avais jamais vu réunis en un même lieu.

Ce fut un moment quelque peu inconfortable. Mon expérience précédente avec les représentants de la presse remontait à plusieurs années, lors de notre séjour à Ménerbes, quand tous les quotidiens britanniques passaient par une phase de découverte de la Provence. Des reporters se présentaient sur le pas de la porte, bouillonnant de questions, leur magnétophone prêt à enregistrer la plus minime indiscrétion. Si, comme c'était généralement le cas, je ne pouvais guère leur fournir la matière d'un article, ils tendaient une embuscade à mon voisin Faustin sur son tracteur au milieu des vignobles et l'interviewaient. Des photographes erraient dans les buissons. Un petit chef des informations plein d'ardeur envoya un fax à ma femme pour lui dire combien il était navré de notre divorce imminent (par bonheur elle me supporte encore) et pour lui demander si, pour reprendre sa formule, elle ne verrait pas d'inconvénient à partager ses sentiments avec les deux millions de lecteurs du journal. Un autre quotidien publia une carte montrant où l'on pouvait trouver notre maison, un autre encore donna notre numéro de téléphone. Dans les deux cas heureusement, les renseignements étaient parfaitement inexacts et quelqu'un d'autre a dû avoir le plaisir de visites et d'appels téléphoniques inattendus provenant de Britanniques inconnus. Le clou, ce fut une lettre d'un magazine à sensation nous proposant d'acheter la maison pour pouvoir en faire le gros lot d'une loterie destinée à donner un coup de fouet au tirage. Ah, on ne s'ennuyait pas dans ce temps-là.

Ce fut donc avec un certain soulagement que je me trouvai assis au milieu de journalistes qui s'intéressaient à l'école plutôt qu'à nos problèmes domestiques. Il s'agissait surtout de chroniqueurs médicaux, de responsables de la rubrique beauté, d'experts en soins de la peau, en maquillage et en épilation des sourcils, d'étudiants de la cellulite et d'apôtres des régimes équilibrés. Ces créatures éthérées, me demandai-je, allaient-elles pouvoir tenir tête à la version provençale d'un léger repas estival? Il y avait trois plats copieux, dont un robuste aïoli avec de la morue et des pommes de terre et assez de vin pour disparaître le reste de l'après-midi sans laisser de trace.

J'aurais dû me rappeler que l'entraînement professionnel allait venir à leur secours. Les journalistes peuvent avoir des domaines d'intérêt, un style, un don pour l'investigation et la faculté de déterrer une histoire qui varie selon les individus. Certains ont une mémoire prodigieuse, d'autres comptent sur le magnétophone ou la sténo. Mais ils ont tous un point commun : tous les journalistes ont un bon coup de fourchette et ces femmes étaient capables de s'empiffrer comme les meilleurs d'entre eux. Quand j'examinai la table au moment où on servait le café, les seules bouteilles que j'aperçus avec encore quelques traces d'humidité étaient celles qui contenaient de l'eau minérale. Les caractères nationaux respectifs commencèrent alors à émerger. Les Anglo-Saxons avaient tendance à se renverser confortablement sur leur siège pour céder à une certaine langueur postprandiale. Les journalistes d'Extrême-Orient, faisant montre d'une vigueur stupéfiante, se levèrent d'un bond, dégainèrent leurs Nikon et mitraillèrent la scène. Il était bien dommage, à mon avis, que les appareils ne puissent pas enregistrer ce que les nez sont capables de sentir car le parfum d'une belle et chaude journée en Haute-Provence est tout aussi évocateur que la vue de champs de lavande et de sauge disparaissant sous l'éclat du soleil. La terre et les pierres desséchées, l'odeur âcre des herbes, la tiédeur de la brise, les relents épicés de la chaleur : c'est un véritable condensé du paysage. Nul doute qu'un jour on le mettra en bouteille.

Cependant, on avait organisé un après-midi parfumé, dont la première étape était la démonstration d'une autre forme de décoction. À quelques kilomètres de là, au Rocher d'Ongles, on fabriquait des huiles à partir de certaines plantes. Je crois que je m'attendais à voir des hommes en blouse blanche presser des boutons dans des laboratoires ; je découvris un vaste hangar ouvert sur le côté, vibrant de chaleur, dont la haute cheminée projetait des nuages de fumée aromatisée. On aurait dit un dessin de Dubout, et le chef alchimiste, loin d'être un technicien en blouse blanche, arborait un T-shirt qui faisait très peu chimiste et un pantalon de toile. Mais il savait assurément faire sa petite cuisine. C'est une recette qui utilise les ingrédients les plus simples : des plantes, du feu et de l'eau. À l'extrémité d'un enchevêtrement complexe de tubes, de tuyaux et de cuves, l'eau est chauffée et la vapeur produite s'évacue par un tube jusqu'aux plantes : en l'occurrence, ce qui ressemblait à une demi-tonne de romarin. La vapeur libère les éléments volatils de la plante, qui évoluent dans un serpentin et de là dans un condensateur autour duquel circule de l'eau froide. La vapeur se liquéfie alors et l'huile essentielle monte à la surface de l'eau. On la recueille, on la met dans un flacon et vous voilà en possession d'essence de romarin V.S.O.P. cinq étoiles. On utilise le même procédé avec la rose, le citron, la menthe, le géranium, le thym, le pin, l'eucalyptus et des douzaines d'autres plantes et fleurs.

En regardant autour de moi, je fus frappé par le contraste qui existe entre le lieu d'origine et l'endroit où serait utilisé le produit. Nous nous trouvions dans un bâtiment primitif au milieu d'un champ, suant comme des prisonniers dans un sauna, observant de gros bouquets de végétaux en train de bouillir dans un matériel tout droit sorti d'une boîte géante du parfait petit chimiste. Et où tout cela allait-il finir ? À peu près aussi loin de ses modestes débuts qu'on peut l'imaginer : sur une coiffeuse ou une étagère dans quelque recoin parfumé pour être utilisé goutte par goutte.

Moites, mais plus savants, nous quittâmes la chaleur de fournaise de la distillerie pour le prieuré de Salagon, bâti au XIIᵉ siècle pour des moines bénédictins, abandonné pendant la Révolution et restauré pour abriter aujourd'hui le Conservatoire du patrimoine de Haute-Provence.

J'ai toujours été stupéfait de voir que des bâtiments comme celui-ci, avec leurs blocs de pierre massifs et leurs immenses voûtes parfaitement dessinées, aient pu être construits sans l'aide des machines modernes. Pas de grue, pas de treuil électrique, pas de scie électrique pour découper la pierre : rien que la main, l'œil et un infini labeur. Je ne pouvais m'empêcher de songer aux mois qu'il nous avait fallu pour restaurer une petite maison et j'ôtai mon chapeau devant l'extraordinaire patience de ces moines d'il y a huit cents ans.

Ils auraient approuvé les récents ajouts au parc de l'église qui étaient l'objet de notre visite : un grand jardin botanique dessiné avec cette ordonnance méticuleuse à laquelle se plient les Français quand ils veulent montrer à la nature qui commande. Pas d'irrégularité, pas de brindille indisciplinée qui dépasse, rien qui évoque l'abandon estival de la nature. Les plantes, dans leurs parfaits petits carrés, étaient classées par parfums aussi bien que par espèces et on nous fit faire une visite guidée, en reniflant au passage, entre des tapis de vert, de gris et de blanc. Chaque pousse avait son étiquette en latin et on ne voyait pas une seule mauvaise herbe. J'avais l'impression que même un lézard serait poursuivi pour violation de propriété.

Le soleil déclinait et nous étions nombreux à en faire autant. Après un long et chaud après-midi, la *fatigue nasale* s'était installée et nous n'étions plus capables de humer quoi que ce soit. Il était temps de laisser nos sens en repos avant l'ultime événement de la journée.

Le dîner était servi dehors, une demi-douzaine de longues tables étaient dressées dans le jardin d'une vieille ferme des collines qui domine le village de Mane, et les apéritifs avaient sur la presse un effet régénérant. Une journaliste qui tenait une chronique de beauté me confia que cette journée était beaucoup plus agréable que son dernier reportage dans une station diététique comprenant bains de boue et régime à base de laitue et de jus de citron. Elle m'avoua posséder un appétit exigeant et affirma qu'il lui était impossible d'écrire l'estomac vide. Elle adorait être envoyée en reportage là où les portions étaient généreuses. La France, pour elle, était la meilleure destination.

Je me demandais du coup comment les autres réagissaient à leur premier contact avec la Provence et, quand je les interrogeai, je fus très intéressé par l'absence à peu près totale de cohérence dans les réponses.

Les Japonais étaient ébahis devant la taille des maisons, les énormes étendues de terre vierge, l'absence de foule, de bruit et de grands immeubles. Ils trouvaient la cuisine « intéressante » et le vin fort, mais ce qui les impressionnait véritablement, c'était ce luxe d'espace – presque inconcevable pour quelqu'un condamné à vivre jusqu'à la fin de ses jours dans un appartement de Tokyo.

Les Américains étaient habitués à l'espace et certains paysages de Haute-Provence même leur paraissaient vaguement familiers : ils n'étaient pas sans leur rappeler la Napa Valley sans voiture, comme me dit une journaliste. Ce qui l'avait frappée tout d'abord, c'était la beauté croulante des bâtiments – « Ils sont si vieux » – et, ce qui n'avait rien de surprenant chez quelqu'un originaire de la capitale mondiale de l'hygiène, les mystères insondables des installations sanitaires françaises. Comment prendre une douche, se demandait-elle, quand il faut tenir le pommeau d'une main et le savon de l'autre ? Ou bien est-ce qu'ils font cela en couples ?

Les Anglais, arrivés tout droit d'un début d'été typique de leur pays – averses éparses se transformant en pluie soutenue – adoraient la lumière, la chaleur et l'occasion de prendre des repas dehors. Une femme, jetant sur mon visage le regard professionnel d'une journaliste tenant la chronique de beauté dans un magazine et s'efforçant de réprimer un sursaut d'inquiétude, déclara que trop de soleil faisait vieillir. Mais, dans l'ensemble, les journalistes approuvèrent le climat et ils furent également ravis de découvrir que les Provençaux étaient « vraiment très charmants et pas du tout arrogants comme les Parisiens ». Pauvres Parisiens, la cible favorite de tous.

Ce fut une bonne soirée, après une bonne journée. Aucune nouvelle école n'aurait pu espérer davantage d'attention et, pour une fois, personne ne cherchait à critiquer : nous voulions tous voir le projet réussir.

Pour le savoir et aussi afin de poursuivre l'éducation de mon propre nez, nous retournâmes quelques mois plus tard voir Lucien Ferrero, cette fois à son bureau dans les faubourgs de Grasse. Je n'étais jamais allé à Grasse : je savais seulement que depuis le début du XIXe siècle, c'était le centre de l'industrie du parfum en France. Je m'imaginais des vieillards en chapeaux de paille poussant des brouettes où s'entassaient des pétales de rose, des distilleries aux toits de zinc branlant comme celles du Rocher d'Ongles, des rues entières où presque toute la population embaumait le mimosa ou le Chanel N° 5. Ces fantasmes furent malmenés dès l'entrée de l'agglomération dans les encombrements et disparurent totalement devant la réalité. Grasse était une cité affairée, très peuplée et professionnelle.

La rencontre entre la ville et le commerce du parfum tient à une combinaison où entrent la chance, les moutons, les buffles et Catherine de Médicis. Au Moyen Âge, Grasse était une ville de tanneurs où l'on traitait les peaux de mouton de Provence et les peaux de buffle en provenance d'Italie. Le processus exigeait l'emploi d'herbes aromatiques (si vous avez déjà humé l'air d'une tannerie, vous saurez de quoi je parle). Et puis la mode arriva, entraînant la ville vers une nouvelle direction.

La Renaissance italienne vit une explosion d'élégance. Les gants parfumés faisaient rage, et tous ceux qui s'intéressaient à l'essentiel de la vie insistaient pour avoir des doigts soignés et parfumés. Catherine de Médicis, en tant que conseillère de mode de l'aristocratie, se fit fournir des gants en provenance de Grasse. Les tanneurs se chargèrent de leur propre promotion, comprenant très vite l'importance de l'étiquette appropriée. Ce n'était plus d'humbles artisans se débattant avec des peaux de buffle : ils préféraient être désormais considérés comme des *gantiers parfumeurs*.

Tout se passa bien jusqu'à la Révolution, quand les aristocrates et la quasi-totalité du tralala de la vie aristocratique disparurent – le roi, ses ducs et ses comtes, leurs cuisiniers et leurs palais parisiens, tout cela sacrifié pour la plus grande gloire de la République. Comme on pouvait s'y attendre, les gants parfumés, accessoires frivoles, élitistes et extrêmement antidémocratiques, disparurent aussi. Les habitants de Grasse, très attachés cependant à leur étiquette renommée et ravis de découvrir à quel point elle pouvait s'adapter aux circonstances, abandonnèrent toute allusion aux gants et s'intitulèrent simplement *parfumeurs*. Et le parfum survécut. Même dans la France révolutionnaire, tout le monde manifestement n'avait pas envie de sentir comme un républicain.

Aujourd'hui, certaines des firmes de Grasse fabriquent les parfums qu'elles vendent, mais nombre d'autres comptent sur les talents spécialisés de nez indépendants. Ce sont de grosses affaires, comme nous le découvrîmes en arrivant dans les bureaux de M. Ferrero. L'immeuble est moderne et, à l'intérieur comme à l'extérieur, on aurait dit que quelqu'un venait de passer un chiffon pour astiquer toutes les surfaces. L'air à l'intérieur du bâtiment était chargé d'un parfum très subtil – peut-être de l'*eau de bureau* –, le bruit le plus fort était celui de nos pas qui résonnaient sur le sol de marbre tandis qu'à la suite de Ferrero nous passions devant des bureaux calmes où s'alignaient des flacons et des ordinateurs.

« La création d'un parfum, nous expliqua-t-il, commence soit d'après les instructions d'un client, soit sur un coup de génie. Dans les deux cas, je pars du *tableau*

olfactif et de l'image du parfum que j'ai dans ma tête. »
Il continua à développer cette comparaison avec la
peinture, un nez remplaçant la toile et les odeurs se
substituant aux couleurs. « Combien existe-t-il de
nuances différentes de bleu ou de rose ? Des centaines.
Combien de nuances différentes de citronnelle, de verveine, de jasmin ? Des milliers. »

Je crois qu'en une matinée, nous les avons presque
toutes vues et que nous en avons senti un bon nombre,
jusqu'à ce que nos nez soient pris de vertige. Cependant
le vainqueur incontesté, dans le registre des impressions
mémorables, n'était pas une sublime essence florale ni un
miraculeux mélange d'herbes, mais le genre d'odeur qui
vous ferait traverser la rue pour l'éviter : une odeur
à vous faire monter les larmes aux yeux.

Ferrero prit un brin de papier, le trempa dans un flacon, l'agita sous mon nez et pencha la tête.

— Celui-ci est tout à fait remarquable, dit-il. Qu'est-
ce que c'est, à votre avis ?

C'était abominable : une odeur âcre et assez forte
pour vous faire froncer les narines. Et même moi, dont
le nez avait été mis au défi, je parvenais à la reconnaître.
Du moins le croyais-je, même si j'hésitais à répondre.
Ce ne pouvait pas être ce que je pensais que c'était : pas
ici, pas dans ce temple du parfum.

— Alors ? fit Ferrero.

— Eh bien, dis-je, ça me semble familier...

— Vous voulez l'humer encore une fois ?

— Non, non, protestai-je, encore groggy après la première tentative. C'est tout à fait inhabituel. J'essaie simplement de...

Levant un doigt, il mit un terme à mes hésitations.

— Du pipi de chat, dit-il. Totalement artificiel, fabriqué avec des produits chimiques. Intéressant, *n'est-ce
pas* ? Impossible à distinguer du produit authentique.

Intéressant n'était pas le mot que j'aurais choisi pour décrire l'odeur de l'urine de chat et je ne voyais pas tout de suite pourquoi elle méritait une place dans le *tableau olfactif*, mais les voies des artistes du parfum sont merveilleusement impénétrables. Ce même matin, j'appris que la vomissure de baleine et le musc de chèvre – utilisés, bien sûr, avec modération – ont aussi leur place dans la création d'un parfum irrésistible. Il s'agit de savoir comment ces senteurs réagissent quand on les mêle à d'autres ingrédients. Sur cette note peu encourageante, nous allâmes déjeuner.

M. Ferrero était un compagnon délicieux et un vrai puits de science : même les serveurs tendaient l'oreille en nous apportant chaque plat pour s'efforcer d'enrichir un peu leur connaissance des parfums. Quand je lui posai la question évidente – pourquoi un minuscule flacon empli d'eau pour l'essentiel pouvait coûter presque autant qu'une bouteille plus grande pleine de château-latour –, il secoua la tête.

– Les gens n'ont aucune idée de ce que c'est, répondit-il. Ils s'imaginent que le prix est élevé à cause de l'emballage somptueux et, évidemment, cela y est pour quelque chose. Mais songez aux ingrédients que nous utilisons. (J'y songeai et, j'ai honte de le dire, ce fut le pipi de chat qui me vint à l'esprit plutôt que l'essence de rose.) L'essence d'iris, par exemple, coûte aujourd'hui cent dix mille francs le kilo. Et le prix des pétales ! Il faut de quatre-vingt-dix à cent mille pétales pour fabriquer un seul kilo d'essence.

Il haussa les épaules, ouvrant les mains dans un geste désabusé devant l'investissement nécessaire pour que nous continuions tous à sentir bon.

La seconde question évidente, c'était : quand savait-il qu'il avait concocté un parfum réussi ? Là, la technologie informatique et les mesures infinitésimales cédaient la place à l'intuition féminine. Ou bien, comme le disait Ferrero, au test de l'épouse.

– Je rapporte à la maison un petit flacon du nouveau parfum, dit-il, je le laisse à un endroit où ma femme le remarquera. Je ne dis rien. Absolument rien. J'attends. Je ne dis toujours rien. Si à la fin de la semaine le flacon est vide, cela m'encourage. Si le flacon est encore plein, je réfléchis encore un peu. C'est qu'elle a un bon nez, ma femme.

Pendant tout le déjeuner, j'avais observé le nez de Ferrero : cela m'intéressait de voir comment il réagissait aux stimuli d'un bon vin, d'un consommé aux champignons sauvages et de la spécialité locale – chou farci à la saucisse et au jambon fumé –, et je remarquai un ou deux frémissements admiratifs. Il fallut attendre l'arrivée sur la table du plateau de fromages pour voir les narines commencer à se dilater, alors même que le plateau était à un mètre de là.

– Si vous aimez le fromage fort, dit-il en désignant un morceau crémeux strié de veines bleu foncé qui semblaient palpiter sous l'effet du cholestérol, voilà un *fromage détonateur*.

C'était bien en effet, parmi l'orchestre de fromages que nous avions devant nous, un des instruments à percussion qui méritait un autre verre de vin à déguster pensivement.

Quel étrange métier que d'être un nez ! Dans une certaine mesure, cela doit être un peu frustrant. Quelle que soit la façon dont vous l'expliquiez – la nature, la chance, les gènes, des années d'effort, un contact précoce et formateur avec le pipi de chat ou la vomissure de baleine –, vous voilà doué d'un talent créateur peu habituel. Seuls parmi des millions, votre nez, vos instincts et vos talents de mélangeur constituent les ingrédients les plus importants du parfum dont on se tapote les joues, dont on s'asperge délicatement le sein ou dont chaque jour quelques gouttes sont déposées derrière des centaines de milliers d'oreilles. Pourtant votre œuvre est signée de quelqu'un d'autre : Yves Saint Laurent, Calvin Klein, Lagerfeld, Miyake, Chanel, jamais de vous, le créateur. Vous êtes cette âme rare, l'artiste brillant mais anonyme que personne ne connaît.

Je songeai au sentiment bizarre que devait provoquer la rencontre d'un étranger – homme ou femme, dans un bureau ou à une soirée – dont l'odeur vous paraissait familière et combien ça devait parfois être difficile de s'empêcher de murmurer : « C'est grâce à moi que vous sentez cette odeur-là. » Ce qui est supporté en France ne le serait probablement pas en Amérique. Quelqu'un ne manquerait pas de vous attaquer pour harcèlement nasal.

De tous les menus plaisirs de la journée, le meilleur fut pour la fin, lorsque Ferrero m'offrit la copie d'une lettre qu'il avait adressée au doyen de l'université du parfum de Versailles. Il s'agissait de demander une place pour un des étudiants aveugles de Lardiers, un garçon de dix-sept ans du nom de David Maury, qui révélait un talent plein de promesses. Ferrero avait écrit qu'il avait été « *stupéfait par l'acuité et la pertinence olfactives* » manifestées par l'étudiant. De la part d'un tel professionnel, c'est une recommandation de poids et il semble bien que la candidature du jeune nez va être acceptée.

En quête
du tire-bouchon idéal

À Noël dernier, un ami extravagant et bien intentionné m'a offert ce qu'il a appelé un vrai tire-bouchon. L'engin était quasiment professionnel, d'une fabrication particulièrement soignée, muni de ce qui me semblait être un système de levier hydraulique. Il était garanti pouvoir extraire le bouchon le plus obstiné. C'était, m'assura mon ami, un tire-bouchon de connaisseur, de dégustateur, mieux, de caviste. Il m'en fit la démonstration et l'appareil en effet parvint à extraire le bouchon avec l'aisance et la douceur qu'on pourrait attendre d'un triomphe de la technique alcoolique. Il n'a jamais plus servi dans notre maison. On n'a pas tiré un bouchon de plus : il est toujours dans son carton, inutilisé et mal aimé.

Pour justifier mon ingratitude apparente, il me faut revenir à un déjeuner d'été dans la maison d'un petit village non loin d'Avignon. J'étais l'hôte de Régis, un homme qui depuis des années m'initie aux plaisirs de la table. (Puisqu'on sait bien, comme il me le rappelle souvent, que tout ce que les Anglais connaissent en matière de gastronomie se limite au petit déjeuner et au Stilton à point.) Régis n'est pas un cuisinier, mais se décrit comme un gourmand/gourmet – c'est-à-dire le connaisseur bien informé des arts de la table, à l'affût de la moindre nuance d'une recette ou d'une bouteille. Il prétend avoir consacré le plus clair de sa vie d'adulte à manger et à boire, la rondeur de son estomac et ses connaissances le prouvent. C'est également un chauvin pratiquant, persuadé que la France mène le monde dans tous les domaines qui comptent.

Avant que nous nous installions pour déjeuner, Régis avait décidé que nous devrions exercer nos palais – la seule forme d'exercice qu'il pratique volontiers – en comparant les vertus de deux vins blancs des Côtes du Rhône : un jeune condrieu et un hermitage, plus vieux et plus charpenté. Les deux bouteilles étaient donc là, dans des seaux jumeaux posés sur la table, luisantes de gouttelettes bien fraîches. Régis les regarda en se frottant les mains, tourna les bouteilles dans leur eau glacée, puis fit jouer ses doigts comme un pianiste de concert qui va s'attaquer à la Neuvième symphonie de Beethoven. D'une poche de son pantalon il sortit un tire-bouchon qu'il déplia avec soin. D'un tour de poignet gracieux et exercé, il fit passer autour du goulot de la bouteille du condrieu une courte lame incurvée et le haut de la capsule tomba, une découpure d'une netteté chirurgicale, parfaite et sans déchirure. Après avoir extrait le bouchon, il le porta à son nez, le huma et hocha la tête. Il renouvela le processus avec l'hermitage et allait remettre le tire-bouchon dans sa poche quand je demandai à l'examiner.

Jamais je n'avais vu un aussi beau tire-bouchon. Il avait le design de ce qu'on appelle parfois l'ami du sommelier : une lame d'un côté, un levier de l'autre, la vis au milieu. Mais la ressemblance s'arrêtait là car cet appareil était au tire-bouchon ordinaire ce que le condrieu était au jus de raisin. Il pesait d'un bon poids dans la main, avec un manche en corne polie se terminant à chaque extrémité par une pointe d'acier. Une arête de métal plus sombre ornée de motifs gravés courait sur la partie supérieure du manche, se terminant par l'image aplatie et stylisée d'une abeille. Sur la surface du levier était gravé le mot Laguiole.

– Voilà, dit Régis, le meilleur tire-bouchon du monde. (Il emplit deux verres de vin et eut un grand sourire.) Français, évidemment.

Là-dessus, comme nous buvions, il entreprit de combler les lacunes de mon éducation en matière de tire-bouchon.

Laguiole est un bourg de l'Aveyron, une ville fameuse pour ses couteaux. L'ancêtre des tire-bouchons de Laguiole apparut vers 1880, à la suite de l'invention du bouchon. (On avait en fait introduit les bouchons un peu avant, au XVIIIe siècle, mais dans le midi de la France, rien ne se passe à une vitesse folle.) Avec les années, on a introduit des raffinements tels que l'acier inoxydable, mais il n'y a guère eu d'autres changements : en tout cas pas dans la fabrication de l'article authentique.

Malheureusement, expliqua Régis, c'est un triste monde que celui où nous vivons et on peut trouver des imitations partout : des couteaux qui ressemblent à un Laguiole et qui ont été assemblés à la machine (cela prend environ une heure) et qu'on vend bien meilleur marché. La fabrication d'un « *véritable* Laguiole » exige une cinquantaine d'opérations différentes dont beaucoup sont effectuées à la main. Chaque couteau authentique est encore monté par un artisan et non par une machine et chaque lame est frappée d'un L. C'est un des signes d'authenticité. Il y en a d'autres : l'eau est représentée par des ondulations incrustées sur le revers de la lame ; l'air par l'abeille stylisée ; le feu par le dessin de la flamme qui court le long de l'arête ; et la terre par un groupe de petits clous de cuivre – représentant des grains de blé – incrustés dans le manche. Sans tous ces détails, le couteau que vous avez à la main peut être beau et tranchant, et même bien fabriqué, mais ce ne sera pas le Laguiole.

Régis estima le moment venu pour une autre démonstration et il tendit la main vers la bouteille de châteauneuf-du-pape qui viendrait plus tard épauler le fromage.

– Vous voyez ça ? dit-il en désignant la courte lame du tire-bouchon. Le bord en dents de scie : il coupe la capsule plus nettement qu'un bord droit et il ne s'émousse pas. (Il ôta la capsule et tira le bouchon.) Encore une chose, ajouta-t-il en humant le bouchon d'un air songeur. Vous observerez que la vis a la forme d'une *queue de cochon* – creuse et rainurée de façon à ne pas fendre le bouchon. *Une merveille*. Il faut que vous vous en achetiez un.

Ce qui l'amena à me suggérer une expédition. C'était un de ces projets frivoles qui, on ne sait pourquoi, semblent parfaitement sensés lorsqu'on en discute au cours d'un déjeuner prolongé. Tous les deux, déclara Régis, nous irions en voiture jusqu'à Laguiole pour faire l'emplette de mon tire-bouchon, un achat – que dis-je, un investissement – que je ne regretterai jamais. Et, pendant que nous serions là-bas, il serait impensable de ne pas déjeuner au restaurant de Michel Bras, la plus récente fierté de Laguiole. Le restaurant de Bras bénéficie de quatre toques et d'une note de 19 sur 20 dans le Guide Gault et Millau. En outre, c'est le domaine spirituel de la Gauloise blonde. Il s'agit, à en croire Régis, d'un délicieux poulet particulièrement aristocratique, auprès duquel les autres poulets ne sont que des moineaux efflanqués. Un roi de la volaille. Français, évidemment.

Sur le moment, mariné dans du bon vin comme je l'étais, le voyage me parut une idée qui s'imposait et

134

je me demande encore pourquoi nous ne partîmes pas dès le lendemain. Sans doute du travail survint-il, ou peut-être Régis s'en alla-t-il, dans l'intérêt de son foie, faire une de ses cures périodiques à Évian. Mais l'idée était bien ancrée dans mon esprit, et ma femme – qui ne s'était pas penchée sur l'étude des tire-bouchons mais qui assurément s'y connaissait en poulets – se fit un plaisir de m'accompagner. D'autant plus heureuse que je ne sois pas parti seul avec Régis qu'elle considère comme un compagnon de route socialement irresponsable. (Tout ça parce qu'un jour je suis rentré en retard pour dîner après un déjeuner qui avait duré sept heures. Un petit incident qui remontait à bien des années, mais les épouses ont la mémoire longue.)

C'est ainsi que par un beau et clair matin de septembre, nous quittâmes le Luberon, cap à l'ouest, en prenant la route sinueuse qui traverse les forêts des Cévennes. La même route que Robert Louis Stevenson avait empruntée avec son âne. Il trouverait aujourd'hui le cadre bien peu changé : des kilomètres de campagne sauvage, verte, déserte et magnifique. La France compte à peu près autant d'habitants que la Grande-Bretagne, mais ils sont répartis sur trois fois plus de superficie et, dans les Cévennes, la répartition est très clairsemée. À part les camions chargés de troncs d'arbre qui vont devenir des poutres, il y avait peu de circulation et presque aucun signe de présence humaine.

La route comprend trop de virages abrupts et de sinuosités pour encourager les dépassements et, au bout d'un moment, nous n'essayâmes même plus de doubler le poids lourd qui peinait devant nous avec son chargement de troncs de pin. Il était maintenant près de midi et nous nous demandions où le chauffeur allait bien pouvoir s'arrêter pour déjeuner. Les ressortissants d'autres nationalités peuvent se contenter d'un sandwich, mais assurément pas le routier français. Il veut s'attabler pour prendre un repas civilisé et il organisera son voyage en conséquence. Les gens qui ont faim et qui traversent une région de la France qu'ils connaissent mal ne risqueront guère de se tromper s'ils appliquent cette règle simple : à l'heure du déjeuner, suivez un camion. C'est ce que nous fîmes. Comme il fallait s'y attendre, il finit par nous conduire sur un parking à l'écart de la route, où étaient déjà garés d'autres poids lourds. L'endroit devait mériter au moins une étoile au Michelin.

C'était un bâtiment bas, fonctionnel et bruyant, avec une clientèle presque exclusivement masculine. Le menu, griffonné à la craie sur une ardoise, énumérait de la charcuterie, de la seiche pochée dans un bouillon au safran, ainsi que fromage ou dessert. Le prix, soixante-cinq francs, comprenait une bouteille de vin. Nous nous installâmes dehors, où on avait eu l'attention de disposer les tables de façon que chaque client eût vue sur le parking. Madame *la patronne*, d'une agilité surprenante pour une femme extrêmement forte (en termes de camionneur, un semi-remorque), parvenait à servir à déjeuner toute seule à plus de quarante convives sans jamais faire attendre plus de quelques minutes. Tout en déjeunant, nous nous émerveillions de l'efficacité, du niveau de la cuisine et du rapport qualité-prix qu'on trouve dans le réseau des relais routiers. C'était étrange de penser que ce soir, nous dînerions dans un restaurant à l'autre extrémité de la hiérarchie.

Mais avant cela, il nous fallait changer de climat. La route devint plus droite et plus escarpée et, au milieu de l'après-midi, nous roulions dans un paysage alpin enveloppé de nuages. La forêt céda la place aux pâturages parsemés de vaches couleur caramel luisantes d'humidité. Des villages isolés surgissaient çà et là dans la brume, les maisons avec leurs portes et leurs fenêtres fermées, les rues désertes. Il y avait plus de bétail que de gens. C'était la *France profonde*, silencieuse et un peu triste.

L'apparition de l'hôtel de Michel Bras fut un choc. Nous nous attendions à une version plus vaste des maisons de village devant lesquelles nous étions passés, des constructions sombres et traditionnelles aux murs épais. Nous trouvâmes un complexe anguleux de bâtiments de pierre et de grandes vitres flottant au sommet d'une colline, et auquel le manque de visibilité donnait un aspect encore plus surréaliste. On avait l'impression d'embarquer sur un bateau de conception extrêmement contemporaine, ancré dans les nuages, loin de toute terre. L'autre surprise, quand nous nous présentâmes à la réception, fut de découvrir que nous avions la dernière chambre disponible. Hors saison, en pleine semaine, au milieu de nulle part, l'hôtel était complet. Les gens viennent pour la marche et pour la vue et, naturellement, pour la cuisine, nous expliqua la jeune femme de la réception en s'excusant d'un haussement d'épaules du rideau d'un gris impénétrable qui masquait tout derrière la fenêtre.

Mais nous avions encore quelques heures devant nous : nous fîmes donc les quelques kilomètres qui nous séparaient de Laguiole et, je l'espérais, du tire-bouchon idéal.

Laguiole est une plaisante petite ville et on n'a pas à avoir de doute sur sa principale activité. Rien que dans la grand-rue, il doit y avoir une douzaine de devantures hérissées de couteaux : le classique couteau de poche, l'ami du berger (muni d'une pointe inquiétante), l'élégant modèle de sac à main pour la femme moderne. (Que pouvait-elle faire d'un pareil accessoire ? Jouer les manucures d'urgence ? Ouvrir des lettres d'amour ?

Entamer la réputation d'un gentleman ?) La variété de manches était stupéfiante : en corne, en bois de rose, en cuir, en ébène, en olivier et dans divers autres matériaux dont je n'avais jamais entendu parler comme l'*amourette*, le *bois de serpent* et le *cocobolo*. Bref, le paradis des amateurs de couteaux.

L'industrie avait débuté avec Pierre-Jean Calmels, qui fabriqua en 1829 le premier couteau de Laguiole : la boutique de la grand-rue portant ce nom de famille me semblait l'endroit parfait pour trouver mon tire-bouchon. Regardant les coffrets en vitrine, je ne voyais que des couteaux, rien que des couteaux. Je demandai donc à la femme qui se trouvait derrière le comptoir si elle pouvait me montrer un tire-bouchon. Je provoquai un de ces moments de la vie française dont tout visiteur fait tôt ou tard l'expérience quand il révèle son ignorance des traditions locales ou du protocole : le dédain, d'abord exprimé par un haussement de sourcils, puis par un soupir et enfin par l'intonation. « Des tire-bouchons ? fit la femme. Non. Nous faisons des couteaux. » Et elle se tourna vers une autre cliente, une dame d'un certain âge qui tripotait un ensemble de couteaux à découper, en éprouvant leur tranchant sur le gras de son pouce. Celle-ci prit enfin la décision d'acheter, hocha la tête et murmura, pour justifier son emplette : « Maintenant, je peux leur servir de la viande meilleur marché. »

Quelque peu éprouvé par ce contretemps mais toujours décidé, je descendis la rue et je trouvai non seulement un tire-bouchon mais quelque chose que je n'aurais jamais pu imaginer : un couteau qui gardait en permanence son odeur propre et puissamment évocatrice. Le manche était en tronc de genièvre sauvage de Provence, un bois à grain très fin qui a la couleur du miel sombre. Quand on le frotte sur ses doigts, il émet l'arôme pur et fort du genièvre de la garrigue. « Fermez les yeux, me conseilla le vendeur, et respirez bien. Vous vous croiriez dans les montagnes. Ce n'est pas tout, ajouta-t-il. Ce couteau vous offre aussi une protection inhabituelle. Comme le bois de genièvre repousse les insectes, vous n'aurez plus jamais, dans votre poche, de mite, de scorpion ni de fourmi. » Voilà, me dis-je, le genre d'assurance capable d'inspirer confiance à un homme qui évolue dans un monde envahi d'insectes. Plus jamais je ne redouterais d'avoir des termites dans mon pantalon.

Nous quittâmes Laguiole pour regagner lentement dans la brume notre hôtel maintenant remarquablement éclairé et qui ressemblait plus que jamais à un paquebot croisant sur une mer sombre. Nous montâmes au grand salon pour boire quelque chose avant le dîner. Dans un décor de granit et de verre, on trouvait de gros fauteuils de cuir blanc, des cheminées centrales où brûlait un feu de bois dont l'odeur n'était pas sans rappeler le manche de mon couteau. Dans un coin, un couple de Japonais, élégant et les cheveux brillants, se laissait guider par le sommelier parmi les délices prometteurs de la longue carte des vins. Derrière nous, on parlait allemand. Les clients français étaient silencieux, le nez plongé dans leur menu.

Avec les consommations, nous eûmes droit au rituel observé par tous les restaurants de luxe, la distribution des amuse-gueule : ce soir-là, c'étaient de petites tartes aux cèpes individuelles, avec une pâte craquante et légère comme de la gaze, et des pots de pâté miniatures, un pâté lisse comme du beurre. Je ne sais jamais très bien si ces petites gâteries sont destinées à vous donner des forces pendant que vous croulez sous le poids du menu ou bien à démontrer la finesse de la cuisine, la première salve du chef avant qu'il braque sur vous l'artillerie lourde. Ces petites bouchées eurent pour effet de m'aiguiser l'appétit, et mon déjeuner de routier était totalement oublié quand j'examinai la sélection du jour.

Je fus déçu de ne pas y trouver le célèbre poulet qui manifestement avait pris sa soirée, mais il était avantageusement remplacé par du poisson, de l'agneau et du bœuf, chaque plat décrit de façon brève mais succulente. Je suis toujours impressionné par un menu bien écrit, qui vous renseigne et vous met en appétit sans tomber dans l'absurde prétention. Ainsi, à titre d'exemple, je vous livre les tentatives d'un restaurant londonien pour justifier le prix exorbitant de sa friture : « Les petits poissons frais sont plongés par notre chef quelques secondes dans un bain d'huile bouillante, puis il les en retire sans leur laisser l'occasion de se remettre de leur surprise. » Quiconque suggérerait de jeter après eux dans l'huile bouillante l'auteur de ces lignes aurait mon soutien total.

Rien de cela sur le menu de Michel Bras, et pourtant les petites phrases étaient pleines de promesses. C'est tout un art, et je me demandais s'il y avait dans la cuisine un auteur de menus professionnel, peut-être juché sur un tabouret dans un coin – un verre de vin à la main, attendant que l'inspiration lui vienne devant les événements se déroulant devant lui dans les fours. Tous les grands restaurants emploient un personnel si nombreux dans leurs cuisines qu'un aide de plus ne ferait guère de différence. Et, comme la plupart des chefs sont généreux de nature, on pourrait même faire figurer au menu la signature de l'auteur, quelque part entre les desserts et les digestifs. On a vu des choses plus étranges.

En petite procession impatiente, on nous escortait maintenant jusqu'à nos tables et nous découvrîmes un de nos compagnons de repas qu'on portait dans un grand panier, la truffe frémissant d'avance.

Je fus ravi de constater que Bras ne fait aucune ségrégation parmi la clientèle de son établissement, les chiens sont aussi bien accueillis que leurs maîtres ; j'essayai d'imaginer l'effet que pourrait produire un chien dans un restaurant de catégorie supérieure en tout autre endroit du monde. Cela commencerait par des cris d'effroi et des appels à l'aide des services de l'hygiène, mais ici on glissa discrètement le panier et son contenu velu sous la chaise du maître sans même un haussement de sourcils désapprobateur.

La salle était longue et élégante, avec des sièges de cuir gris, les nappes bien tirées et les pans ramassés par-dessous si bien que les tables rondes ressemblaient à d'opulents champignons. Les couteaux, la fine fleur de Laguiole, avaient été spécialement dessinés. Tout comme les lampes des tables. Une cohorte sans fin de serveurs circulait à pas feutrés et il flottait dans l'air une ambiance de vénération. C'est une caractéristique des restaurants célèbres qui peut être parfois accablante, vous obligeant à parler d'une voix étouffée et – pour moi du moins – menaçant de transformer un repas en une sorte d'expérience religieuse. C'est rarement la faute du restaurateur, mais cela tient à cet effet d'assourdissement que l'excellence a souvent sur les clients : ils traitent chaque plat exquisement présenté comme un autel, en oubliant qu'ils sont venus pour avoir du bon temps ainsi qu'un bon dîner. Le rire est la meilleure musique de fond.

Le rire, nous n'en manquions pas. Il nous fut fourni par l'arrivée tardive de dix hommes d'affaires français exubérants qui vinrent s'installer à la table voisine. Se dépouillant de leur veste avant de s'asseoir, manifestement bien déterminés à savourer la soirée, ils apportèrent avec eux un vent de décontraction. On échangea des toasts et des plaisanteries, des insultes et des claquements de lèvres saluèrent l'apparition du premier plat. Une cuisine exceptionnelle semble affecter les Français de deux façons très différentes et nous en vîmes les exemples aux tables qui nous entouraient. Nos voisins les enthousiastes ne connaissaient pas de contrainte dans leur admiration, ils exprimaient bruyamment leur plaisir : on pouvait entendre qu'ils aimaient ce qu'ils dégustaient. Offrant un contraste radical, les adorateurs du chef semblaient en extase à chaque bouchée, mastiquant dans un silence respectueux, échangeant entre eux des hochements de tête entendus comme des disciples comblés en identifiant une touche de cumin dans un plat ou quelques gouttes discrètes de jus de truffe dans un autre.

Je suis entièrement du côté de l'enthousiasme bruyant car, à mon avis, la plupart des chefs aiment entendre qu'on apprécie leur travail. Mais dans les grands restaurants, la tradition gastronomique exige une certaine sacralisation, notamment dans la façon dont les mets sont présentés. Je me rappelle un dîner à Paris où chaque assiette de chaque plat arrivait à la table recouverte d'un dôme de porcelaine. Nous étions quatre et deux serveurs avaient été désignés comme souleveurs de dômes. Obéissant à un signal silencieux, les serveurs fondaient sur nous pour soulever les quatre dômes exactement au même instant. C'est un mouvement théâtral qui peut parfois être embarrassant, comme c'était le cas ce soir-là. Les côtelettes d'agneau que j'avais commandées s'étaient perdues en chemin et avaient élu domicile ailleurs, me laissant avec une assiettée de saumon. Ah, il faut être prudent avec les dômes.

Aucun risque de confusion chez Michel Bras. Notre garçon glissait entre les tables avec un énorme plateau d'argent porté à hauteur d'épaule qu'il abaissait pour révéler des plats vierges de tout dôme. Un second serveur prenait le relais pour décharger les assiettes et décrivait chaque plat suivant les termes exacts utilisés sur le menu : petit geste de courtoisie à l'égard des gourmets distraits, sans doute au cas où un trou de mémoire se produirait entre la commande du plat et son arrivée. Tout était impeccable mais, avant même que nous ayons eu la chance de commencer, le serveur était de retour avec une surprise que nous n'avions pas commandée : une soupière en terre vernissée contenant quelque chose de blanc et d'insolite qui émettait des bouffées d'une vapeur savoureuse. Il prit une cuillère, la plongea dans la soupière et souleva. Un instant la cuillère et le plat furent reliés par un large ruban que le garçon enroula gracieusement autour de la cuillère avant de servir un monticule bien net dans l'assiette.

– C'est une spécialité de notre région, dit-il. L'*aligot*.

À propos de l'aligot, une mise en garde s'impose. C'est absolument délicieux, avec une texture crémeuse et une densité impressionnante qui rappelle presque celle d'un caramel. Cela descend si facilement que ce serait un crime de ne pas en reprendre. Seulement, un peu plus tard, vous avez la nette sensation que quelque chose s'est solidement attaché à vos côtes.

Comme bien des choses bonnes à manger et à boire, l'aligot a été inventé par des moines – dès le XIIe siècle, peut-être même avant. Les pèlerins qui arrivaient au monastère en hiver, transis et affamés, demandaient s'il n'y avait pas quelque chose, même *aliquid* à manger. Le mot latin *aliquid* devint le mot français aligot et on modifia et affina la recette originale essentiellement à base de fromage fondu et de croûtons de pain. Voici ce qu'il faut aujourd'hui pour préparer un aligot pour quatre :

Deux livres de pommes de terre;
une livre de tome d'Aubrac, (le fromage frais de la
région);
une demi-livre de crème aigre;
un ou deux clous de girofle;
du sel et du poivre.

Faites bouillir et écrasez les pommes de terre, ajoutez
la crème aigre et le fromage, remuez comme si votre vie
en dépendait. Si vous avez du mal à extraire la cuillère
de la soupière, votre plat est trop cuit. Prenez un verre
de vin et recommencez.

L'aligot est le cordial idéal après huit heures de travail manuel soutenu dans les champs, une journée de ski
ou une promenade de vingt kilomètres. Hélas, il est tout
aussi délicieux si vous n'avez fourni aucun effort physique plus violent que de vous changer pour dîner.
C'était curieux de trouver une aussi solide recette pay-
sanne dans un menu si raffiné sur le plan gastronomique. Bizarre et réconfortant, histoire de rappeler que
la cuisine n'a pas besoin d'être compliquée pour être
bonne.

Le lendemain matin, la brume était aussi épaisse que
l'aligot, la visibilité se limitant à quelques mètres de
brouillard. Même si nous avions été privés de la vue
aussi bien que du célèbre poulet, nous étions heureux
d'avoir vu, aussi près de chez nous, un autre pays. Les
traditions, la cuisine, le paysage, les accents, même
l'aspect physique des gens, tout était radicalement différent. La Provence nous semblait lointaine et exotique.
Nous avions du mal à croire que, dans quelques heures,
nous allions nous retrouver sous le soleil et un ciel clair,
entourés de Méditerranéens aux visages basanés.

Les repas incitent aux comparaisons, et je ne parle
pas seulement de la cuisine mais de l'expérience dans

son ensemble. Qu'est-ce qui rend un restaurant mémorable ? Qu'est-ce qui vous donne envie d'y retourner, de le recommander ? Comment obtient-on ces étoiles si convoitées ? Tout en descendant à travers les Cévennes, nous en arrivâmes à la conclusion que nous ne ferions jamais de bons inspecteurs pour le Michelin : nous échouerions à l'épreuve de notation du mobilier. D'après notre expérience, le Guide Michelin n'attribue plusieurs étoiles qu'à des établissements où l'excellence de la cuisine va de pair avec un certain décorum, tant dans l'équipement que dans la présentation du personnel. Les fauteuils doivent être capitonnés et de préférence spécialement dessinés. Les serveurs doivent arborer la livrée du restaurant. Les sommeliers doivent porter cravate. L'investissement financier que représentent ces détails luxueux – dans la vaisselle, le linge de toile, la verrerie, la coutellerie, les fleurs fraîches, les menus soignés, l'éclairage réglé sur mesure – doit sauter aux yeux du client (ou de l'inspecteur du Michelin) dès l'instant où il pénètre dans la salle.

Tout cela, j'en suis convaincu, est fait avec les meilleures intentions du monde et, séduit manifestement le goût des Français pour l'*apparence de richesse*. Mais, en même temps, cette recherche de perfection a tendance à encourager une dévotion étouffée et l'absence de ce que Régis se plaît à appeler la *joie de manger*. Car, trop souvent, les grands établissements manquent tristement d'entrain. Il est vrai que l'atmosphère, ça ne se mange pas, mais peu m'importe. Je préfère dîner dans une salle joyeuse plutôt que confite en vénération, et au diable les garnitures décoratives.

Ce qui m'amène, avec grand plaisir, à l'*Auberge de la Môle*, un restaurant qui mérite au moins trois de mes étoiles personnelles. Il ne figure pas dans certains des grands guides, sans doute à cause de la simplicité du décor. À une époque, l'endroit a dû être une station-service : il subsiste une pompe à essence, aujourd'hui peinte en bleu et blanc, comme objet décoratif sur la terrasse. Dans l'entrée, un comptoir en zinc poli par un millier de coudes, équipé comme il convient d'un assortiment de marques de pastis et d'une batterie de ces apéritifs mystérieux qu'on trouve rarement en dehors de la France. Pour gagner la salle à manger, on traverse la cuisine, inhalant au passage un prélude aromatique à ce qui vous attend : le fumet des jus et des sauces, l'odeur de viande grillée et de patates sautées et, en hiver, de truffes noires.

La salle à manger est d'une simplicité qui frise l'austérité, avec une cheminée de pierre à une extrémité. Aucun effort de style ou d'élégance, rien que l'essentiel : un couteau et des nappes bien usés, des verres sans prétention, des serviettes douces et fanées. Tandis que l'on contemple le menu, on entend le tintement rassurant des pots et des casseroles en provenance de la cuisine.

La lecture de la carte ne vous prendra pas longtemps. Le premier plat et les deux derniers sont des sélections de la maison – généreuses, comme nous le verrons – et elles arrivent sur votre table sans intervention de votre part. Tout ce qu'on vous demande, c'est de choisir votre plat principal parmi une demi-douzaine de suggestions et d'exercer toute la retenue dont vous êtes capable en matière de vins. Voilà quarante ans que la famille Raynal dirige l'auberge et un Raynal après l'autre s'est appliqué à constituer une cave formidable. Il y a d'excellents vins régionaux du Var à quarante ou cinquante francs la bouteille, côtoyant dans la longue carte des vins de vénérables œuvres d'art en provenance de

Bourgogne et de Bordeaux à deux ou trois mille francs. Laissez-vous guider par votre portefeuille.

Avant notre première visite à l'auberge, des amis qui en connaissaient bien la cuisine nous avaient mis en garde contre l'enthousiasme du début de repas. « Allez-y doucement, nous avaient-ils dit, sinon il faudra vous emporter sur une civière. » Mais ce soir-là, il faisait froid et nous mourions de faim. Nous étions curieux aussi de voir à quel point le chef était bon, ce qui nous imposait naturellement de tout goûter. D'aucuns peuvent appeler ça de la gloutonnerie : je me plais à y voir un souci de documentation. Nous passâmes nos serviettes sous nos mentons. Même la fumée du feu de bois avait une odeur appétissante.

Cela commença par des toasts, mais pas en tranches minces et molles à l'anglo-saxonne. C'était du pain de campagne coupé épais, craquant et légèrement bruni de chaque côté, doux et tiède au milieu, le support rêvé pour les terrines qu'on disposait maintenant sur la table. Il y en avait quatre : des plats en poterie, profonds et rectangulaires, dont le contenu allait en consistance et en coloration du lisse et pâle au solide et foncé, du porc au lièvre. Un couteau était nonchalamment planté dans chaque bloc de pâté. On déposa devant nous un bocal de cornichons et on nous laissa déguster.

La jeune fille qui nous servait nous avait murmuré un mot d'avertissement : un plat supplémentaire, nous confia-t-elle, avait été préparé ce soir, des champignons sauvages cueillis le matin. Le chef les servirait dans une chemise de pâte légère. On nous conseillait de leur garder un peu de place. C'était plus facile à dire qu'à faire. Il y a je ne sais quoi dans les pâtés faits maison et le bon pain chaud qui pousse à de longues et minutieuses comparaisons. Le porc est-il aussi bon que le lièvre, ou meilleur ? À chaque bouchée les opinions changent, il faut donc faire un nouvel essai, en glissant de temps en temps un cornichon pour ponctuer les différentes saveurs. Seule l'arrivée des champignons nous empêcha de faire du premier plat un repas complet.

Nos amis nous avaient parlé d'un fidèle admirateur du restaurant, un monsieur d'un certain âge qui chaque semaine venait déjeuner seul le dimanche. Il arrivait en taxi de Toulon, distant d'une soixantaine de kilomètres, et la voiture attendait dehors durant les deux heures qu'il lui fallait pour rendre justice au menu avant de le ramener chez lui. Dans d'autres parties du monde, on pourrait considérer une telle dévotion gastronomique comme insolite. Mais les Français sont prêts à tout pour soutenir leur estomac et leur chef et c'est pourquoi on trouve souvent une cuisine extraordinaire dans les coins les plus reculés de la campagne.

Il existe à propos de la faim une théorie intéressante – et nous étions en train d'en découvrir l'exactitude – qui dit à peu près ceci : après une certaine quantité de nourriture, quelle qu'elle soit, on est rassasié. Mais il suffit d'un changement de saveur ou d'un changement de consistance pour raviver votre appétit de façon quasi magique. Il en fut ainsi avec le plat suivant, un confit de canard accompagné d'un gâteau de pommes de terre d'un brun doré qui en faisait le tour. Coupées en tranches fines, les pommes de terre en couches superposées avaient été cuites à la graisse de canard et « encouragées » comme disait le chef par l'addition d'ail et de lamelles de truffe. Un tel mélange, combiné avec le confit, mériterait sans doute un avertissement sanitaire sur un menu plus diététiquement correct : le cauchemar d'un cardiologue, bouillonnant de cholestérol, la garantie presque assurée de se retrouver jeune dans la tombe. Mais pour une fois, nous disions-nous en sauçant ce qui restait dans nos assiettes, nous avions les statistiques de notre côté. Il y avait en fait plusieurs statistiques vivantes dans le restaurant, des hommes et des femmes d'un âge avancé et d'un appétit juvénile, pour témoigner d'un des taux les plus bas d'affections coronaires fatales du monde occidental. Ce n'était pas la première fois que nous levions nos verres au paradoxe français.

Réconfortés par cette pensée, mais commençant à flancher, nous vîmes arriver un plateau de la taille d'une plaque d'égout couvert de fromages, allant du dur au mou jusqu'au presque liquide. La plupart d'entre eux arrivaient tout droit de chez le fermier sans être passés par les processus de stérilisation si chers aux censeurs alimentaires de Bruxelles (qu'on décrit parfois comme des champions de l'insipide) et avaient donc assez bon goût pour être illicites. Sans doute l'étaient-ils.

Nous eûmes droit ensuite à une pause. L'occasion de reprendre son souffle, d'ajuster la serviette et de rassembler ses forces pour la flèche du Parthe du chef, non pas un, ni deux, mais trois desserts : une petite tarte aux pommes chaudes, un pot de crème au caramel et un bol de poires marinées dans du vin rouge. Pour finir, du café et un doigt de calvados.

Je demandai si l'on pouvait par hasard me procurer un cigare. On m'apporta de la cave un panier où s'empilaient des boîtes : Partagas et Cohiba, et même cette rareté, des Montecristo n° 2, les grandes torpilles cubaines. On servait les havanes avec autant de générosité que le dîner, offerts sur la table en abondance. Celui que je choisis était parfait, le calvados avait le parfum de pomme qui convient, nous étions en paix avec le monde. L'*Auberge de la Môle*, nous en convînmes, était le genre de restaurant que les Français réussissent mieux que quiconque : un établissement hautement professionnel dont on avait pourtant l'impression que c'était l'extension de la cuisine d'un ami, nonchalante, sans façon et confortable. Les restaurants qui ont une brochette d'étoiles, si bons qu'ils soient, ont tendance à avoir tous le même vernis bien astiqué, parfait et international. L'*Auberge* ne pouvait être que française.

À moins de trente kilomètres de Saint-Tropez, le restaurant a connu sa part de célébrités estivales qui viennent s'asseoir et faire un repas dans les fauteuils en plastique près de la pompe à essence sur la terrasse. La princesse de Galles, les deux Jack (Chirac et Nicholson), Joan Collins et un échantillonnage blond de filles de la Côte d'Azur, *les mimis de Saint-Tropez* – presque célèbres, bronzées jusqu'au bout des ongles et accompagnées de leur vieil oncle. Au mois d'août, le parking auprès du restaurant donne l'impression que les concessionnaires de Porsche et de Mercedes de la région y tiennent congrès. Téléphones portables, lunettes de soleil à monture en titane, sacs de plage Vuitton jonchent les tables. À l'intérieur, au bar, tournant le dos aux célébrités, les fermiers et les ouvriers du coin discutent football ou Tour de France. Et puis ils rentrent chez eux déjeuner.

Huit façons de passer
un après-midi d'été

Parmi les nombreuses questions que je préfère éviter dans la vie, les plus fréquentes sortent de la bouche de cette intimidante créature, le voyageur sérieux qui demande conseil. Il – c'est presque toujours un homme – n'est pas du genre à prendre son plaisir à la légère. Il aborde ses vacances comme s'il faisait un voyage d'affaires sans l'habituelle protection que lui confèrent un costume, une cravate et une secrétaire particulière, et il se méfie comme de la peste de l'improvisation. Les lacunes dans un itinéraire le rendent nerveux tant qu'elles ne sont pas comblées et l'idée que quoi que ce soit ait pu être laissé au hasard le fait douter des compétences de sa secrétaire. Il est l'héritier spirituel de ces pionniers du voyage organisé qui se vantaient de faire l'Europe en cinq jours. Et quand il envisage une visite en Provence, sa première question, posée au téléphone et inévitablement confirmée par fax, est : « Quelle est la meilleure saison pour venir ? »

J'essaie alors d'esquiver en posant à mon tour des questions. Veut-il voir les coquelicots et les cerisiers en fleur au printemps ? Veut-il se rôtir au plus fort de la saison des bains de soleil de juillet et d'août ? Inclure dans son voyage le Festival d'Avignon ? Gravir à bicyclette le mont Ventoux ? Courir nu dans le Luberon ? Participer aux vendanges et fouler les grappes de raisin, voir les vignes virer à un roux doré ? A-t-il prévu dans son programme la découverte de l'architecture et des vestiges romains ou bien la visite des brocantes et des restaurants trois étoiles ?

« Oui, dit-il, oui. Tout ça me plaît. Mais je n'ai qu'une semaine pour tout caser. Alors quel est le meilleur moment pour venir ? »

Je me suis efforcé à chaque fois d'apporter une réponse, ou du moins une réponse qui le satisfasse : et souvent, j'ai lamentablement échoué. La plus précise que je puisse proposer – une recommandation à laquelle je suis arrivé après des années de recherches incertaines – ne correspond pas à une enfilade de jours sur un agenda. Il s'agit plutôt, je suppose, d'une disposition de l'esprit que d'une organisation précise de dates et de lieux et mes propos sont donc souvent accueillis par un silence surpris. « La Provence, lui dis-je, est à son mieux après le déjeuner. »

Un déjeuner d'été de préférence car la première des deux exigences basiques pour en profiter au maximum, c'est le soleil. La seconde, c'est une absence totale de projets. C'est alors seulement qu'on peut pleinement profiter du long après-midi de liberté qui s'étend devant vous.

La note est réglée, la dernière gorgée de rosé avalée, la bouteille vide renversée dans le seau à glace comme un geste d'adieu au serveur. Le moment est venu maintenant de passer en revue les possibilités, en tenant compte de la température, de votre énergie, de la nature de vos inclinations – sportives, intellectuelles, culturelles ou physiques. (Un autre verre de vin à cet instant crucial n'est pas une mauvaise idée, uniquement pour stimuler l'inspiration.) Malgré l'absence de parcs à thème, de cinémas multisalles et de centres commerciaux, on ne manque pas de distractions en Provence. Et si la sélection qui suit est tout à fait personnelle, j'espère qu'elle illustrera ma certitude que c'est le meilleur endroit du monde pour s'amuser à ne rien faire.

Une place au premier rang
d'une partie de boules

Presque chaque village possède sa modeste version de l'arène sportive. Sous sa forme la plus rudimentaire, ce n'est rien de plus qu'un terrain nivelé de peut-être vingt ou trente mètres de long avec une surface de gravier poussiéreux sur une terre dure. S'il s'agit d'une installation sportive bien établie – qui, disons, est en service depuis quelque deux cents ans –, vous y trouverez selon toute probabilité deux raffinements supplémentaires. Le premier, c'est l'ombre, fournie pas un groupement ordonné de platanes, peut-être plantés par un des jardiniers militaires de Napoléon. Le second, c'est la possibilité de se rafraîchir, grâce au café qui domine le terrain de jeu. (Il s'appelle souvent *Le Sporting* et on y verra généralement sur l'étagère derrière le comptoir une rangée de trophées boulistiques, ronds et étincelants.)

Les variantes du jeu de boules existent depuis le jour où l'homme découvrit le plaisir que procure le lancer d'une balle sur une cible incapable de la renvoyer. Des versions primitives de la *boule* elle-même sont maintenant devenues, comme les raquettes de tennis en bois et les clubs de golf à manche de noyer, des antiquités sportives. Ce sont de superbes objets confectionnés avec des clous qu'on a martelés dans un noyau de buis pour former une sphère, les têtes de clous si serrées les unes contre les autres qu'on dirait des écailles sur un poisson. Plaisantes à regarder et satisfaisantes au creux de la paume, elles ont le défaut qu'étant faites à la main et de forme légèrement inégale, elles ont tendance à s'écarter de la trajectoire initiale dès l'instant où elles frappent le sol. Dans un jeu où l'on compte au millimètre près et où les passions volent haut, ce comportement capricieux a été à l'origine de bien des doléances et des discussions et, pour finir, la boule d'antan a été remplacée par le missile d'acier de fabrication parfaitement ronde que l'on connaît aujourd'hui.

Cela ne veut pas dire que doléances et discussions aient disparu du jeu. Bien au contraire, les unes comme les autres, tout autant que la précision et l'habileté, sont essentielles au plaisir aussi bien des joueurs que des spectateurs, ajoutant un peu de drame à ce qui ne serait autrement qu'une série de lancers appliqués.

Le but de la compétition est de placer votre groupe de boules – en chassant les autres si besoin est – le plus près possible de la cible, une petite bille en bois appelée le *cochonnet*. Une fois que les joueurs ont lancé, ils arpentent le terrain pour prendre des mesures. Simple formalité, pourrait-on croire, à laquelle on devrait se soumettre sportivement, en respectant le principe de : « Que le meilleur gagne. » Mais non. Absolument pas. Penchés au-dessus de leurs boules, les joueurs entament une querelle fébrile pour discuter de la distance, parfois de l'épaisseur d'un cheveu, qui sépare une des boules du cochonnet, levant dans un élan de triomphe ou d'incrédulité les bras et la voix et brandissant parfois des règles de poche. Finalement, c'est plutôt : « Que celui qui crie le plus fort gagne. »

Peut-être ces accès réguliers de discorde sont-ils inspirés par autre chose que par la recherche légitime de la victoire, quelque chose d'un peu plus fort. Les boules, à ma connaissance, ont une place unique dans le monde de la compétition sportive en extérieur. On peut boire

154

tout en jouant. On n'a même pas à reposer son verre quand on effectue le lancer, à condition d'avoir une coordination musculaire raisonnable et une main ferme. J'ai souvent pensé que l'alcool pourrait expliquer certaines des techniques tout à fait remarquables et sans inhibition que pratiquent les stylistes du jeu. Le lancer proprement dit, un mouvement par en dessous qui doit assurer une trajectoire soit haute soit basse, est en général un modèle de concentration : genoux fléchis, regard fixé sur la cible. C'est dans la suite que les individualités s'épanouissent en une sorte d'étrange ballet exécuté sur place puisque le joueur est censé rester derrière la ligne de lancer. Il est planté souvent sur une seule jambe, le corps penché en avant, en arrière ou de côté, selon l'envol de la trajectoire, ses bras qui s'agitent jouant le rôle soit d'accélérateur pour pousser plus loin la boule, soit de frein pour ralentir son mouvement, dressé sur la pointe de son seul pied reposant sur le sol. L'effet n'est pas sans rappeler le spectacle d'un héron essayant de décoller de la berge d'un fleuve avec une patte coincée dans la boue. Il y a de quoi vous faire sourire quand vous êtes assis à l'ombre à regarder les petits nuages de poussière soulevés par les boules, à écouter le choc de l'acier contre l'acier (comme des claquements de dents d'un dinosaure) se mêlant aux fluctuations de la discussion et au martèlement métallique de la radio du café. Les joueurs évoluent lentement d'un bout du terrain à l'autre et puis recommencent. L'air est calme et brûlant. Le temps s'arrête.

Un des charmes du jeu de boules, c'est qu'un amateur d'à peu près n'importe quel âge peut y jouer, même mal. La force brute compte moins que la roublardise et un regard acéré : je trouve donc étrange que le jeu semble être exclusivement réservé aux hommes. Durant toutes mes années de spectateur oisif, je n'ai jamais vu une

Française s'avancer jusqu'à la ligne de lancer durant ces séances qui se prolongent jusqu'en début de soirée. La curiosité m'a poussé un jour à demander à deux vieux experts pourquoi leurs épouses ne les rejoignaient pas sur le terrain. L'un d'eux a écarté la question d'un haussement d'épaules. L'autre n'a même pas hésité.

– Ne soyez pas ridicule, dit-il. Qui préparerait le dîner ?

L'arrosage

Le ciel ne m'a pas doté de l'attribut essentiel du jardinier accompli, qui est la patience : le don de voir les choses à long terme, de me plier au rythme des saisons, d'attendre des années avant que le brin pousse jusqu'à prendre une forme reconnaissable. Je souffre aussi d'un handicap physique : mon pouce n'est pas du vert traditionnel des jardiniers, mais d'un brun douteux et plutôt sinistre. D'autres semblent capables d'effleurer un buisson malade pour lui faire retrouver le bel éclat vert de la santé. Mes efforts – bien intentionnés mais manifestement mal accueillis – parviennent au résultat opposé. Si pendant une semaine je prodigue mes soins, voilà qui suffit pour qu'une floraison d'une robustesse normale se retrouve désespérément fanée. Les plantes me voient venir et se recroquevillent.

Cela explique en partie pourquoi j'ai le sentiment qu'un jardin en Provence est du genre qui me convient. Le climat est rude, avec des températures qui descendent au-dessous de zéro pour monter au-dessus de quarante degrés. La terre est rocailleuse plutôt que riche, l'eau déferle en torrents ou bien est totalement absente, et quand le mistral souffle, il provoque l'exfoliation du paysage, arrachant la couche arable et dévastant tout sur son passage. L'expérience m'a montré que toute végétation capable de survivre dans ces conditions hostiles peut même survivre à mes soins les plus acharnés.

J'ai parmi mes connaissances un ou deux jardiniers passionnés. Intoxiqués par la terminologie agricole, ils désignent avec une science nonchalante les habitants de leurs jardins en latin. Pour eux, les boutons-d'or et les marguerites des champs sont des *Ranunculus acris* et des *Leucanthemum vulgare*, le modeste pissenlit étant promu au rang de *Taraxacum officinale*. Je fais face à ces étalages de connaissance en hochant la tête sans comprendre ou en essayant de détourner la conversation, mais ils ne veulent pas se laisser distraire.

Ce serait bien d'avoir un peu de couleur, disent-ils en promenant autour d'eux un regard chargé d'une certaine désapprobation. Quelque chose qui éclaire un peu les lieux. Et puis une *pelouse*. Il n'y a rien d'aussi reposant pour l'œil qu'une pelouse (chose étonnante, elle ne semble pas avoir de nom latin). Du gazon imaginaire, il n'y a qu'un pas jusqu'aux arbres fruitiers en espaliers, aux tonnelles de roses, aux haies fleuries et à ces ornements essentiels si chers au cœur des Anglais, les bordures de plantes herbacées. Un de ces jours, ils me suggéreront des sauts-de-loup et des parterres. Je le sens venir.

C'est un soulagement quand ils s'en vont et que je reste à regarder ce que j'adore : lavande, cyprès, sauge, romarin, laurier, laurier-rose, buis, thym. Des gris presque bleus ou presque blancs, des verts allant du brillant sombre au poussiéreux un peu fané, c'est tout un éclaboussement estival de mauve, de couleurs et de formes qui conviennent au paysage, des plantes capables de triompher du climat et de me supporter. Il leur faut très peu de chose pour survivre et la seule obligation majeure est plus un plaisir qu'une corvée : la récolte de la lavande en juillet.

La meilleure façon de la pratiquer c'est quand on est mouillé. On se plonge dans la piscine avant de prendre en main la faucille ou le sécateur pour s'attaquer à la première rangée. Les tiges sont sèches, presque cassantes et se coupent sans effort. Après avoir cueilli quelques bouquets, vos mains s'imprègnent du parfum de la lavande fraîche, âpre et mordant. En cinq minutes, le soleil a séché sur votre corps jusqu'à la dernière goutte d'eau : en dix minutes, vous êtes en nage. Au bout d'une demi-heure, nouveau voyage jusqu'à la piscine et plongeon au paradis.

Un après-midi comme celui-là vous donnera un tas de lavande coupée qu'on peut savourer d'une douzaine de façons différentes. La senteur survit jusqu'à un âge avancé et un petit sachet de lavande laissé dans un tiroir ou au fond d'une armoire à linge en juillet conservera jusqu'en décembre ou même plus tard son parfum, un peu éventé mais toujours reconnaissable. Un ou deux brins dans une bouteille d'huile d'olive ou de vinaigre constitue une infusion estivale qui dure toute l'année. Et puis il y a l'essence de lavande, la panacée provençale. Utilisez-en quelques gouttes comme désinfectant sur des écorchures ou des piqûres d'insectes, comme gargarisme pour apaiser une gorge endolorie, en inhalation dans un bol d'eau chaude pour éclaircir une tête lourde, comme produit antiscorpions quand vous balayez le carrelage de la cuisine. Enfin, conservez quelques brassées de lavande séchée pour mettre dans les premiers feux d'hiver et la maison embaumera comme ce carré violacé que vous avez coupé voilà plusieurs mois. Essayez donc d'obtenir tout ça d'une bordure de plantes herbacées.

Rendez-vous avec un artisan

Une vieille maison – bâtie avant l'arrivée des portes et des fenêtres préfabriquées, des cuisines en kit et des nombreuses autres douteuses délices de la construction modulaire moderne – est tout à la fois une joie et une incessante course d'obstacles. Ce que vous gagnez en caractère, vous le perdez en perfection architecturale. Les planchers sont en pente et présentent en hiver de mystérieux gonflements. Les murs penchent. Les bas de porte ont de la gîte. Les escaliers grimpent sans trop se soucier de la régularité et nulle part on ne trouve un véritable angle droit. Aussi, quand vient l'heure de remplacer une rampe qui s'affaisse, une porte mangée aux vers ou un volet gauchi, impossible de trouver un remplacement tout fait. Il faut vous apprêter à une série de rencontres avec ce charmant et talentueux feu follet, l'artisan provençal. Il comblera tous vos désirs.

Dans tout le Vaucluse, des dizaines d'artisans sont à votre disposition, passés maîtres dans leurs divers travaux. Mais que leur magie s'exerce sur le bois, la poterie, la pierre, le marbre, le fer forgé ou l'acier, tous semblent posséder les mêmes caractéristiques. Elles apparaissent au cours du travail, se révélant suivant le nombre de visites que vous leur rendez. Un après-midi d'été, quand le déjeuner vous a rendu suffisamment bienveillant pour considérer toute l'affaire comme une sorte de distraction, c'est un aussi bon moment qu'un autre pour commencer. Votre première rencontre comprendra presque à coup sûr une visite guidée de l'atelier, où l'on vous invitera à admirer les commandes exécutées pour d'autres clients. De merveilleux objets à demi finis jonchent le plancher, et vous vous sentez béni des dieux d'être en présence d'un artiste capable de faire exactement, précisément ce que vous souhaitez. Et ce n'est pas tout : il témoigne pour vos travaux d'une ardeur encourageante, il est prêt à tout laisser tomber pour venir chez vous prendre des mesures, tiens, peut-être ce soir même.

À la maison, les détails sont notés sur les pages un peu cornées d'un cahier taché par les intempéries. Naturellement, il y a des complications que vous, innocent dans ce domaine, vous ne pourriez vous attendre à comprendre sans un petit cours. On vous révèle des problèmes et des difficultés, on vous souligne avec de tristes hochements de tête les ravages de la rouille et de la dégradation. Il lui faut un peu de délicatesse et de compassion, mais vous avez l'assurance d'avoir trouvé l'homme qu'il fallait. *Pas de problème.* On cite un prix sur lequel on se met d'accord et là-dessus vous plongez dans l'inconnu en demandant quand il pourrait vous livrer votre commande. Il réplique en vous demandant ce qui vous arrangerait. Vous pensez à une date, vous ajoutez un mois et vous lui donnez votre réponse. C'est la réplique qui va déclencher le refrain de l'artisan et que j'ai entendue si souvent qu'à mon avis elle fait partie de l'enseignement transmis à chaque jeune apprenti le premier jour où il se présente au travail. En réponse à votre suggestion d'une date de livraison, il y aura un bref silence suivi d'une courte aspiration et d'un hochement de tête songeur. « *C'est possible* », dira-t-il. Vous remarquerez qu'il n'a pas réellement dit oui, mais simplement que ce que vous demandez ne dépasse pas les bornes du possible. C'est là une distinction subtile et capitale, comme vous ne tarderez pas à le découvrir. Toutefois, il vous semble pour l'instant que vous êtes parvenu à un accord limpide et sérieux.

Comme vous ne voulez pas avoir l'air d'un étranger agressif et impatient, vous laissez s'écouler un intervalle décent avant d'appeler pour voir comment progresse le travail. Ce sera une conversation peu satisfaisante – si on peut employer le mot conversation – car le téléphone de l'artisan est toujours situé dans le recoin le plus bruyant de son atelier, le secteur où règne le plus terrible vacarme. C'est, j'en suis convaincu, une tactique délibérée conçue pour brouiller les questions importunes d'une nature précise et il s'agit peut-être d'un enregistrement qui s'enclenche automatiquement. Quoi qu'il en soit, ça marche. Personne ne peut parler longtemps à un barrage sonore constitué par une scie circulaire ou une machine à découper la pierre à moins qu'il ne s'agisse d'un soudeur enthousiaste en plein travail. Quelques fragments de mots perceront peut-être le claquement, le fracas et le crissement, mais pas assez pour constituer des propos intelligibles, et si vous êtes en quête de vérité, force vous est de rendre personnellement une nouvelle visite.

Pas grand-chose n'a changé dans l'atelier. Les mêmes admirables objets sont toujours là, toujours à demi terminés. Avec un peu de chance, un autre – le vôtre – sera venu s'ajouter à la collection et on vous l'exhibera avec l'orgueil d'un père présentant sa fille préférée. C'est superbe, exactement ce que vous aviez espéré. Y a-t-il une chance, interrogez-vous, de l'avoir la semaine suivante ?

Toujours l'aspiration, le hochement de tête songeur. *C'est possible.*

Bien sûr, ça ne sera pas prêt. Mais, que diable, la maison ne va pas s'écrouler à cause de cela.

Faire les courses

Cela m'intéresserait de savoir si l'on a fait des recherches sur le rapport qu'il peut y avoir entre un estomac rassasié, quelques verres de vin et le besoin d'aller faire de nouvelles emplettes. Je n'aime pas faire les courses et l'idée de traîner à la recherche de quelque chose dont je n'ai pas besoin est pour moi sans attrait – sauf quand j'ai fait un bon déjeuner. C'est alors, en début d'après-midi, repu, de bonne humeur et dans des dispositions joyeuses que je deviens le pigeon idéal : un consommateur prêt à consommer. Dans les villes, cela m'a parfois poussé à des dépenses embarrassantes et à des mots sévères de l'American Express. Je suis plus en sûreté en Provence, où l'on garde un attachement nostalgique pour l'argent liquide.

Nombre de nos voisins sont d'avides collectionneurs, des supporters de *petits fournisseurs*, les petits commerçants qui ne font pas de publicité, qui cultivent ou fabriquent leurs produits et qui, ignorant les chaînes de magasins et les supermarchés, vendent directement au public. Leur siège, les *bonnes adresses*, est généralement perdu dans la campagne ou terré dans des ruelles, simple et discret, difficile à trouver sans indication précise. La spécialité de la maison va des anchois blancs aux espadrilles sur mesure mais, dans tous les cas, on ne vous vendra pas l'article sans le « plus » : l'instruction est comprise dans le prix. Un soupçon d'histoire, quelques remarques sur la méthode de fabrication et une généreuse dose d'autopromotion avec de temps en temps un coup de patte sournois à la concurrence qui produit en masse. Autrement dit, le client ne doit pas être pressé. C'est comme ça que j'aime les courses, et j'aime les faire par un lent et chaud après-midi.

On nous avait donné une adresse à Cavaillon où nous pourrions trouver le melon suprême, un melon dont l'exquis bouquet et le jus délicieux ne pouvaient rivaliser qu'avec le caractère imprévisible et souvent déplaisant du propriétaire. Combinaison qui mettait l'eau à la bouche et, après avoir résolu quelques problèmes d'ordre géographique, nous nous trouvâmes dans un cul-de-sac à la lisière de la ville, non loin du grand marché.

La petite rue était déserte, assez silencieuse pour qu'on entendît voler les mouches qui s'étaient rassemblées en un nuage bourdonnant devant la porte ouverte de ce qui avait peut-être jadis été une écurie. Une odeur insistante de doux fruits mûrs flottait dans l'air et une Mercedes blanche était garée à l'ombre en face de la porte ouverte. Elle devait, me dis-je, appartenir à un client prospère, sans doute à l'intérieur en train de marchander avec le vieux roi du melon, un paysan sorti des champs, noueux et poussiéreux comme il convient.

Nous nous frayâmes un chemin à travers les essaims de mouches et nous arrêtâmes sur le seuil d'un espace sombre et parfumé presque entièrement empli de melons d'un vert jaunâtre qui s'entassaient sur une épaisse litière de paille. Assis à une table métallique éraillée juste à côté de l'entrée, un homme grommelait dans un téléphone portable, en tenant des propos dont la verdeur convenait à l'ambiance générale. Il était frêle et brun, avec quelques mèches de cheveux noirs ramenées sur une calvitie bronzée, et une moustache bien taillée sous un nez aquilin soutenant des lunettes de soleil d'aviateur. Une chemise à rayures à col ouvert, un pantalon bleu nuit iridescent, des mocassins noirs ornés d'une bride en cuir vaguement équestre décorant la cambrure : cette élégante apparition pouvait-elle être le roi du melon ?

Il conclut sa conversation sur un grognement et prit une cigarette avant de tourner vers nous ses lunettes de soleil.

– Nous aimerions acheter des melons, dis-je, et on nous a affirmé que les vôtres sont les meilleurs.

163

Peut-être le compliment suffit-il à le rendre aimable, ou bien était-il lui aussi sous l'influence du déjeuner. Le fait est qu'il se leva poliment et agita sa cigarette vers l'entassement exposé derrière lui.

– Ceux-là, répondit-il, sont les meilleurs des meilleurs, des charentais *sublimes*, les melons préférés d'Alexandre Dumas père. Mais naturellement, ajouta-t-il, c'est bien connu.

Il attrapa l'extrémité d'un tuyau d'arrosage enroulé et dirigea une fine pluie sur les piles de melons alignées contre le mur du fond. J'avais l'impression que c'était la leçon numéro un du manuel du parfait vendeur de melons car cette opération faisait ressortir le parfum du fruit, moite, grisant et dense. Il choisit un melon, en pressa la base avec son pouce et huma le haut avant de me le passer et de se tourner pour regarder dans un coin derrière sa table métallique.

Le melon me parut étonnamment lourd pour sa taille, la peau tachetée de gouttes d'eau, le bout de la queue légèrement amolli. Nous inhalâmes avant d'émettre des bruits en signe d'admiration. Le roi du melon sourit, expression qui n'était guère en accord avec la machette de cinquante centimètres de long qu'il avait retrouvée dans le coin.

– Maintenant, il faut voir la chair, annonça-t-il en reprenant le melon.

Un petit coup de lame et le melon se retrouva en deux moitiés d'un orange vif, juteux à souhait, un délice qui allait, assura-t-il, « vous charmer la gorge et vous rafraîchir le ventre ». (Je découvris par la suite qu'il avait emprunté cette formule à un amateur de melons qui était en même temps poète mais, sur le moment, cela me fit beaucoup d'effet.)

La démonstration terminée, il nous regarda comme s'il attendait quelque chose.

– Je peux vous faire un bon prix pour dix kilos dit-il, et une remise si vous m'en prenez plus d'une tonne. Mais il faudra que vous vous occupiez du transport.

Les sourcils apparurent par-dessus ses lunettes, dans l'attente de notre commande.

Comment savoir ? Nos amis ne nous avaient pas dit que c'était un grossiste, un homme qui expédiait des milliers de tonnes de melons chaque été aux meilleures tables de Paris. Je dois dire à sa décharge, et contrairement à sa réputation, qu'il nous laissa en acheter une douzaine, ajoutant en prime une poignée de paille humide pour tapisser la petite caisse en bois qu'il nous donna pour les emporter.

Nous nous arrêtâmes à un café avant de regagner la voiture pour découvrir que nous avions un autre expert en melons en la personne de notre serveur. Ce qu'il fallait faire, nous conseilla-t-il, c'était couper le dessus, ôter les pépins, verser une bouteille de vodka dans le creux et laisser le melon vingt-quatre heures au réfrigérateur. La vodka vient imprégner la chair du melon, et l'on a ainsi un dessert puissant d'une délicatesse inimaginable.

Quelque chose pour charmer la gorge et rafraîchir le ventre ?

– *Voilà*, dit-il. *Exactement.*

Le musée de l'extraction

Existe-t-il un autre pays au monde à avoir une foire aux grenouilles ou un festival de l'escargot ? une célébration officielle de la saucisse ? une journée de l'ail ? Où ailleurs qu'en France pourrait-on trouver des fromages, des oursins, des huîtres, des châtaignes, des prunes et des omelettes bénéficiant du feu des projecteurs réservés dans d'autres pays à l'équipe de football victorieuse ou au gagnant du Loto ?

Je n'aurais donc pas dû m'étonner quand j'appris l'existence d'un musée consacré à ce noble et indispensable ustensile, le tire-bouchon. Après tout, dans un pays où l'on considère comme une des religions les plus civilisées la fabrication et la consommation du vin, il n'est que juste retour des choses d'accorder quelque considération à l'instrument qui libère les plaisirs de la bouteille. Mais tout un musée ? Il doit être minuscule, me dis-je, un nain parmi les musées avec quelques douzaines de tire-bouchons découverts dans le grenier d'un ancêtre thésauriseur. Je ne m'attendais pas à un Louvre en miniature.

Le musée doit en fait son existence à une transformation effectuée sur la D188, juste au-dessous de Ménerbes. Il y avait là une section de route comme il y en a des douzaines d'autres dans la vallée. D'un côté se dressait une vieille ferme au milieu de champs de vignes et de l'autre (gardé par deux oies) le garage de M. Pardigan – quelques centaines de mètres de campagne sans grand intérêt, assez agréables, mais rien qui fût susceptible de vous faire ralentir, encore moins de vous arrêter.

Aujourd'hui le garage et les oies ont disparu, on a vu pousser à la ferme des ailes et des annexes, bâties avec une telle habileté qu'il est difficile de voir où s'achèvent les anciens bâtiments et où commencent les nouveaux. On a taillé les vignes en plantant des buissons de roses à l'extrémité de chaque rangée. Une petite allée d'oliviers centenaires mène de la route au musée. Partout où l'on regarde, on voit la marque d'un œil éclairé et d'un généreux budget.

L'homme qui a remanié ce coin de campagne, Yves Rousset-Rouard, est l'actuel maire de Ménerbes. Son intérêt pour le vin l'a conduit un jour à l'hôtel des ventes Drouot à Paris où un des lots proposés était une collection de tire-bouchons. Il les a achetés, fasciné par leur diversité et par leur histoire. Puis il en a acheté d'autres et sa réputation s'est établie auprès des autres collectionneurs et marchands. Il a continué à acheter. Il achète toujours. Il a maintenant des centaines de tire-bouchons, tous différents. C'est un cauchemar de les entreposer – à moins de posséder un vignoble, une cave et un beau bâtiment où abriter votre passion.

Vous aurez un aperçu de ce qui vous attend dans la salle de dégustation. Posé sur une table de bois se trouve un tire-bouchon géant, d'au moins un mètre de long et qu'il faut soulever à deux mains, une bouteille d'une trentaine de litres est là pour lui rendre justice et un assistant musclé pour aider à l'extraction : tout cela est bien trop grand pour être exposé dans les vitrines du musée lui-même. Vous les trouverez derrière la salle de dégustation, un espace austère et élégant, plongé dans une pénombre d'église, la seule lumière venant des douzaines de vitrines installées dans le creux des murs.

Ils sont là, plus d'un millier de tire-bouchons, chacun avec une brève description de son origine et de sa place dans l'histoire du tire-bouchon. C'est le témoignage de l'histoire d'amour d'un homme avec la bouteille et de son ingéniosité qui l'a incité à transformer un instrument fonctionnel en un accessoire décoratif, humoristique, capricieux et parfois coquin. Le tire-bouchon en forme de phallus, le tire-bouchon qui fonctionne en refermant une paire de jambes féminines, le tire-bouchon attenant à un pistolet ou à un couteau de chasse, le tire-bouchon dissimulé dans une canne ou fixé à ce qui semble être un coup-de-poing américain en cuivre : toutes les enjolivures qu'on peut imaginer, présentées dans l'atmosphère du salon d'exposition d'un joaillier.

(Un tire-bouchon de Bulgarie figure d'ailleurs parmi les objets exposés.) Des manches en corne, en olivier, en bakélite, en pied de daim ou à l'effigie du sénateur Volstead, le père de la prohibition ; des tire-bouchons pliants, des tire-bouchons de gilet, un spécimen – des trois seuls connus – du premier tire-bouchon et son descendant à la technique perfectionnée du XXᵉ siècle. Et, comme si cette liste incomplète d'attractions ne suffisait pas, c'est le seul musée que je connaisse où on puisse prendre un verre. Mieux encore, où l'on vous *encourage* à en prendre un.

De retour dans la salle de dégustation, clignant des yeux dans la lumière de fin d'après-midi, il est très agréable de passer une demi-heure à déguster les vins de la propriété, voire de porter un toast à l'obsession d'un homme. Comme il fallait s'y attendre, on peut même acheter un tire-bouchon.

Dessiner le plan de votre château

On ne se lasse jamais, semble-t-il, de fouiller dans des greniers inconnus, et les marchés de brocante, où l'on vend de tout, depuis des pots de chambre jusqu'à la vieille armoire de grand-mère, font d'excellentes affaires dans toute la Provence. Mais traîner dans les marchés n'est pas sans risque. À flâner parmi ces éventaires, on peut devenir intoxiqué et aboutir à ce qu'un ami américain appelle l'escalade des antiquités : la recherche d'occasions si énormes qu'il faut un camion pour les emporter. Pourquoi se satisfaire du contenu d'une maison quand on peut acheter la maison elle-même, ou du moins de grands morceaux ? Le terme officiel est celui de récupération architecturale et il y en a un merveilleux exemple dans les faubourgs d'Apt, un entrepôt où on peut passer une heure ou deux à construire dans sa tête le château de ses rêves.

Le commerce des frères Chabaud, Henri et Jean, occupe plusieurs hectares de ce qui paraît être une cité antique en ruine. Chaque fois que je vais là-bas, c'est avec des intentions modestes : pour trouver une plaque de cheminée en fonte, un vieux bassin de jardin en pierre, quelques tuiles faites à la main. Mais il ne me faut pas longtemps avant d'oublier tout cela et me retrouver en train d'évaluer des idées de récupération bien au-dessus de mon portefeuille et aussi irréalistes que grandioses.

Cette fois-ci, mes illusions de grandeur commencent à se manifester dès l'entrée, déclenchées par la vue d'une amphore posée en équilibre sur sa panse. Elle est assez vaste pour engloutir un homme de bonne taille : elle fait plus de deux mètres de long, avec une ouverture plus large que mes épaules. Elle serait magnifique dans le jardin, au bout d'une allée de cyprès. Mais que mettrions-nous dedans ? Trois tonnes de terre et quelques géraniums ? Un hôte qui s'éternise ? Je délègue ce problème au chef jardinier imaginaire et je continue ma visite.

J'aperçois au loin quelque chose d'autre qui ajouterait une touche personnelle à notre environnement domestique : un portail entier, deux colonnes de pierre réunies par une arche, de pierre elle aussi, où sont accrochées des portes en fer décorées. En approchant, je constate que l'on a ciselé un nom dans l'arche : château Lachesnaye, en superbes capitales. Il ne manque plus que le château qui va avec.

Les éléments sont tous ici, même si cela prendrait toute une vie de les assembler. Tuiles pour le toit, dalles pour les sols, cheminées monumentales en pierre taillée, poutres de chêne, colonnes néoclassiques et escaliers pour tous usages : tout droit, tournant vers la gauche, tournant vers la droite. Presque tout est à une échelle gigantesque, convenant plus à des joueurs de basket qu'aux propriétaires originaux des XVIIe et XVIIIe siècles. Les gens en ce temps-là étaient plus petits. Aimaient-ils avoir l'air de nains dans leurs salons ? Leur fallait-il des cartes pour retrouver leur chemin à travers corridors et antichambres ? N'égaraient-ils jamais leurs serviteurs dans le dédale des greniers et des mansardes ?

Le soleil est brûlant et je m'assieds à l'ombre d'une étrange statue, représentant une femme à la poitrine proéminente qui de façon inexplicable s'est transformée en lionne à partir de la taille. En regardant un peu plus loin, j'aperçois un couple d'un certain âge en compagnie d'un homme plus jeune qui doit être leur architecte. Il vient de prendre les mesures d'une très belle et très vieille cheminée.

– Trop grande pour la pièce, déclare-t-il.

– Allons donc, dit son client. Nous la couperons tout simplement aux dimensions.

L'architecte sursaute et on devine ses sentiments sur son visage. Voilà une superbe pièce en pierre qui a on ne sait comment survécu aux pillages et aux destructions des deux cents dernières années, de la Révolution française à la Seconde Guerre mondiale. Et voilà que l'on voudrait la sacrifier pour occuper un recoin.

Passé le groupe assemblé devant la cheminée, un escalier large comme une chambre s'élève à près de cinq mètres avant de se terminer dans le vide, un chat assoupi sur la dernière marche. Des objets d'une splendeur croulante s'étendent aussi loin que porte le regard et je m'interroge sur la vie de château. À quoi cela devait-il ressembler de passer ses jours dans une de ces extravagantes grottes de pierre ? Une fois dissipée l'excitation d'avoir une salle à manger de la taille d'un terrain de football, il faudrait affronter les réalités, notamment l'hiver. Pas de chauffage central, une humidité pernicieuse, des installations sanitaires spartiates, un éclairage insuffisant, des plats qui refroidissent au cours du long trajet qui sépare la cuisine de la table – tout cela ressemble beaucoup en fait à la vie dans un des collèges les plus coûteux d'Angleterre.

Allons, ça n'est pas pour moi. En tout cas, pas cet après-midi. Les châteaux ne sont jamais plus beaux que dans l'été permanent de l'imagination et sans doute est-ce là que le mien restera.

Visite guidée de la pénurie de maisons

Après une semaine ou deux en Provence, vous aurez eu votre content de soleil, vous aurez flâné sur une douzaine de marchés, puis visité des vignobles, présenté vos hommages à un certain nombre d'églises et vous vous serez assis sur un bout d'histoire ancienne dans les loges d'un théâtre romain. Autrement dit, vous aurez fait ce que fait n'importe quel touriste actif et curieux. Peut-être maintenant aimeriez-vous en voir un peu plus ? Savoir comment vivent les indigènes, par exemple. En fait, vous adoreriez jeter un coup d'œil à certaines de leurs maisons.

Les maisons des autres nous fascinent et si les gens et leurs demeures se trouvent dans un pays étranger, elles exercent on ne sait pourquoi une fascination supplémentaire. Quand on vous invite à en visiter une, de petits détails retiennent votre regard : les titres au dos des livres sont dans le mauvais sens ; les marques de tous les objets, du savon au réfrigérateur, ont des noms qui ne vous sont pas familiers ; les fenêtres s'ouvrent vers l'intérieur et non pas vers l'extérieur ; il y a des volets de

171

bois dans ces tons merveilleusement fanés, des cheminées de pierre, des salles voûtées. La maison a même une odeur différente. Tout cela a quelque chose d'exotique. Vous vous prenez à songer combien ce serait délicieux d'avoir un autre chez-soi, ici, en Provence. Et quelle façon plus agréable de passer un après-midi libre que d'examiner une sélection de charmantes possibilités ? Entre alors en scène l'agent immobilier.

Même si je n'ai pas de chiffres exacts, il apparaît comme certain que les agents immobiliers dans le Luberon sont presque aussi nombreux que les boulangers. Dans chaque village assez grand pour avoir sa fête patronale et son parking officiel, il semble y avoir un bureau grand comme une boutique où des photographies séduisantes rayonnent en vitrine : de petites ruines mûres pour la transformation, des fermes avec des cerisaies et un panorama qui s'étend sur trente kilomètres, des bastides, des maisons de maître, des bergeries, des hameaux entiers : ils sont là, baignant dans le soleil et attendant la touche aimante d'un nouveau propriétaire. Quel choix !

L'agent est absolument ravi de vous recevoir : comme vous avez bien fait de ne pas vous arrêter chez ses concurrents et de venir le trouver d'abord ! Vous ne le croiriez peut-être pas à voir le choix qui s'offre dans sa devanture, mais il y a, comme il l'explique, pénurie d'attrayantes propriétés dans le Luberon. Néanmoins il a la chance insigne d'avoir les plus belles dans son fichier et il se fera un plaisir de vous les faire visiter personnellement.

Peut-être à ce moment-là allez-vous vous heurter à un obstacle. Dans un effort pour être aimable, vous lui dites que vous préféreriez simplement voir la situation de trois ou quatre maisons prometteuses avant d'entamer une tournée de visites. Vous avez une voiture et une carte. S'il voulait bien vous dire où trouver les propriétés en question, vous n'abuseriez pas de son précieux temps et il ne dérangerait pas inutilement les propriétaires.

Mais non. Ce ne sera malheureusement pas possible, et c'est ici que vous allez découvrir la leçon numéro un. On peut bien avancer toutes sortes d'excuses pour décliner votre suggestion si délicate, la raison, vous la connaissez déjà. Il y a pénurie de propriétés attrayantes dans le Luberon. Toutefois il n'y a pas pénurie d'agents immobiliers : à vrai dire, la région en regorge et c'est une situation qui provoque une concurrence intense. Quand une seule propriété est confiée à trois ou quatre agents comme c'est souvent le cas, celui qui fait visiter la maison à l'acheteur éventuel est bien placé pour revendiquer sa commission (qui est substantielle : 5 % ou davantage du prix d'achat). Premier arrivé, premier payé, c'est la règle. Voilà pourquoi la visite accompagnée est cruciale. Cela permet à l'agent de marquer son territoire.

Leçon numéro deux : le degré de méfiance et de secret est tel que la question la plus évidente et la plus innocente peut provoquer des prodiges de dérobade. Disons que vous avez vu une annonce pour une maison dans *Côté Sud*, le somptueux magazine du Midi, et qu'elle vous plaît. Vous appelez l'agent dont le nom figure au bas de l'annonce.

Vous : Je me demande si vous pourriez m'en dire un peu plus sur une de vos propriétés : la référence est F2637.

L'agent : *Ah, un charme fou!*

Vous : En effet, elle a l'air très bien. Où est-elle ?

L'agent : Passez à mon bureau et je pourrai vous montrer toutes les photographies.

Vous : J'en suis certain. Mais où se trouve exactement la maison ?

L'agent : C'est entre Saint-Rémy et Avignon, à seulement quarante-cinq minutes de l'aéroport...

Vous : Mais où ? (La région mentionnée est assez vaste pour dissimuler une armée et à plus forte raison une maison.)

L'agent : ... avec une vue ravissante sur les Alpilles d'une des fenêtres d'en haut...

Vous : C'est près d'un village ?

L'agent : ... exposée au sud pour avoir tout le soleil, en fait *gorgée de soleil*, un peu à l'écart, mais pas isolée...

Vous : Près d'un village ?

L'agent : ... et si vous souhaitez prendre un rendez-vous, je peux vous emmener la visiter demain.

Et ainsi de suite. L'agent va se lancer dans une rhapsodie sur les tuiles romaines du toit, la cour, les platanes bicentenaires et la cave. Il vous parlera du microclimat, du site protégé du mistral mais admirablement exposé pour profiter des brises d'été. Il vous donnera tous les moindres détails concernant la maison, à l'exception de l'endroit où elle se trouve. Et finalement, si cela ne suffit pas encore à vous convaincre qu'un rendez-vous à son bureau est votre premier pas vers le paradis, il pourrait, dans son désespoir, accepter de vous envoyer un dossier avec d'autres photographies et une description de ce bijou de maison.

Leçon numéro trois : on utilise dans ces descriptions un vocabulaire codé que, après quelques expéditions instructives, vous apprendrez à décrypter.

Tout d'abord, souvent le prix n'est pas spécifié mais indiqué comme entrant dans l'une des trois principales catégories suivantes :

1. *Prix intéressant.* Ce n'est certainement pas aussi bas que vous pourriez vous y attendre d'après la description, mais c'est le mieux qu'on puisse faire si vous êtes déterminé à trouver un toit.

2. *Prix justifié.* Évidemment, c'est une somme énorme. La demeure comprend toutefois une baignoire en marbre et de fabuleuses oubliettes du XIIe siècle avec menottes d'origine. Pensez aux soirées que vous pourriez donner.

3. *Prix : nous consulter.* La somme demandée est si scandaleuse qu'on hésite à la mentionner par écrit. Mais si vous venez au bureau et que vous vouliez bien vous asseoir, on vous chuchotera un chiffre dans votre oreille abasourdie et incrédule.

Au prix de base, il faut ajouter bien sûr les frais pour adapter la maison à vos exigences personnelles, et ces frais dépendront des conditions générales de remise en état et de décoration. Là encore, il y a trois catégories principales :

1. *Habitable.* Vous pouvez théoriquement apporter vos valises et vous installer, même si la plomberie et l'installation électrique ont connu des jours meilleurs – il y a longtemps – et s'il y a un affaissement inquiétant du faîte de la toiture. Néanmoins, vous pouvez y vivre, les propriétaires le font bien.

2. *Restaurée dans le style du pays.* De vieilles dalles, des poutres apparentes, d'étranges lézardes et souvent un labyrinthe de petites pièces sombres – tout cela reflétant la façon dont les paysans vivaient au XVIIIe siècle. Si d'aventure vous souhaitiez plus de lumière et des pièces

plus spacieuses, soyez prêt à louer un marteau-piqueur et à engager une demi-douzaine de maçons.

3. *Restaurée avec goût.* Toujours difficile de définir le goût. Votre conception du *bon goût* – et même du *goût raffiné*, avec toutes ces moulures, ces appliques et ces peintures murales en trompe-l'œil – ne sera probablement pas la même que celle des actuels propriétaires. Mais pour un agent, le *goût* est toujours considéré comme *bon* car il contribue à fixer un prix élevé.

Il y a d'autres mots de code que vous découvrirez au fur et à mesure, mais ceux-ci devraient suffire à vous mener jusqu'au bout de votre premier après-midi. *Courage!* (Et n'oubliez pas votre chéquier.)

Faire semblant de lire

S'il est une seule tradition provençale dont tout visiteur devrait faire l'expérience au moins une fois, c'est la sieste, à l'extérieur.

Bizarrement, nous avons souvent le plus grand mal à convaincre nos invités que c'est une façon saine, raisonnable et rafraîchissante de passer un après-midi brûlant. Ils sont arrivés en Provence avec leur volonté de travail intacte et leur méfiance anglo-saxonne du sybaritisme, prêts à résister aux habitudes méditerranéennes indisciplinées et quelque peu décadentes. La peur de l'inaction vient bouillonner à la surface. « Nous n'avons pas voyagé aussi loin, disent-ils, pour ne *rien* faire. »

Je m'efforce de souligner les bienfaits intellectuels et digestifs « de ne rien faire »; mes conseils tombent dans des oreilles soupçonneuses. En revanche, l'idée folle d'une partie de tennis après le déjeuner reçoit le meilleur accueil. Ne me demandez pas pourquoi. Je peux seulement supposer que le labeur physique et l'effort qui peuvent être fatals pour le cœur qu'impose la poursuite d'une balle par une température de quarante degrés exercent une sorte d'attirance perverse. Quand le raisonnement ne parvient pas à persuader les joueurs des risques qu'ils prennent, force m'est d'appeler M. Contini, notre Florence Nightingale locale. Je lui demande de venir garer son ambulance auprès du court de tennis et de laisser le moteur tourner. Cela met presque toujours un terme à la partie et nous pouvons nous flatter de n'avoir encore perdu aucun joueur. Mais reste encore le problème de leur trouver une distraction civilisée qui ne leur inspirera pas de remords et qui ne nous vaudra pas de tristes figures autour de la table du dîner.

La solution, nous l'avons découvert, c'est de leur donner une excuse littéraire, l'occasion d'accroître leurs connaissances et d'enrichir leur esprit en lisant un livre.

Le choix de l'ouvrage est d'une importance primordiale. Thrillers, récits d'aventures, romans un peu lestes ne feront pas l'affaire : ils n'ont pas assez de poids, pas plus sur le plan intellectuel que matériel. Ce qu'il vous faut ici, c'est un ouvrage édifiant, quelque chose que vous avez toujours compté lire – dont vous avez l'impression que vous *devriez* le lire – si seulement vous pouviez trouver le temps. Il existe des centaines de titres et d'auteurs qui conviennent et nous en avons une petite sélection connue sous le nom de « bibliothèque hamac ». Elle comprend des livres de Trollope, des sœurs Brontë, d'Austen, de Hardy, de Balzac, de Tolstoï et de Dostoïevski. Mais le livre qui jamais au grand jamais ne nous a laissés tomber – même si la réciproque n'est pas vraie –, c'est le coffret des trois volumes de *Histoire du déclin et de la chute de l'Empire romain* d'Edward Gibbon.

177

Glissez un volume sous votre bras et dirigez-vous sous les arbres jusqu'au coin ombragé du jardin qui donne sur la vallée. Introduisez-vous doucement dans le hamac, ajustez le coussin et posez le Gibbon sur votre estomac. Écoutez les bruits qui vous entourent : les cigales s'acharnent dans les buissons, leur crissement inlassable et grinçant a un effet étrangement apaisant quand il monte et descend dans l'air tiède de l'après-midi. Quelque part au loin un chien aboie : un aboiement sans conviction, étouffé par la chaleur qui s'achève en un bâillement de fausset. Sous le hamac, il y a une bousculade dans l'herbe sèche : c'est un lézard qui s'empare d'un insecte.

Les coudes appuyés sur le rebord du hamac, vous posez le Gibbon en position de lecture. Comme il est lourd ! Par-delà les pages du livre ouvert, vous voyez vos orteils, l'armature du hamac, les feuilles immobiles du chêne-liège et le panorama bleuté du Luberon. Une buse décrit dans le ciel des courbes gracieuses et non-chalantes, en agitant à peine ses ailes. On dirait que Gibbon a pris du poids. Il glisse et retombe à sa place sur votre estomac et, comme bien d'autres l'ont fait avant vous dans des circonstances similaires, vous décidez que vous pouvez vous permettre un petit somme, pas plus de cinq minutes, avant de vous attaquer à l'Empire romain.

Vous vous réveillez deux heures plus tard. La lumière sur la montagne commence à changer, une bande de ciel au-dessus de la crête vire du bleu au violet. Gibbon est affalé, ouvert, sous le hamac où il est tombé. Vous l'époussetez, vous glissez un signet à la page 135 pour sauver la face avant de l'emporter sous les arbres jusqu'à la piscine. Un bref plongeon vous procure la plus merveilleuse des sensations de bien-être et vous vous rendez compte qu'après tout une sieste, ça n'était pas une si mauvaise idée.

Les effets génétiques
de deux mille ans
de foie gras

Personne n'attend la vieillesse avec impatience et tout le camouflage euphémique du lobby du troisième âge ne parvient pas à la rendre plus séduisante qu'une facture redoutée qui finit par arriver. Il me semble malgré tout que vieillir en Provence offre quelques consolations. Certaines d'ordre intellectuel, d'autres physiques, et une qu'on peut bel et bien mettre en banque.

Disons que vous avez pris votre retraite et que l'essentiel de votre patrimoine est votre maison. Elle vous convient et vous avez bien l'intention d'y vivre jusqu'au jour où votre dernière apparition en public sera dans la rubrique nécrologique. Mais les dépenses du grand âge – et il y a toujours quelque chose : la Ferrari pour votre petit-fils, les services d'un chef à demeure, le prix ruineux des grands crus – tout cela ne manquera pas chaque année d'augmenter, et arrive un moment où un petit pécule tombé du ciel pourrait être le bienvenu. C'est peut-être le moment d'envisager la vente de votre maison en profitant de cette disposition française particulière qu'on appelle le *viager*.

C'est un pari. Vous vendez la maison à un prix inférieur à celui du marché, mais en vous considérant vous-même comme faisant partie des meubles et en conservant le droit d'y résider jusqu'à la fin de vos jours. C'est comme avoir le beurre et l'argent du beurre. Pour l'acheteur, c'est l'occasion d'acquérir une propriété au rabais – à condition toutefois que vous, l'ancien propriétaire, ayez l'élégance de ne pas vous attarder indûment. Il y a des gens qui trouvent ce système morbide. Les Français, toujours très pratiques en ce qui concerne les questions d'argent, y voient la possibilité aussi bien pour l'acheteur que pour le vendeur de tirer profit de causes bien naturelles.

Car le pari peut parfois se retourner contre le parieur, comme c'est arrivé il n'y a pas longtemps dans la bonne ville d'Arles, qui est elle-même un monument à la vieillesse. Fondée avant l'ère chrétienne et connue pour ses jolies femmes, Arles était jusqu'en 1997 la résidence de Mme Jeanne Calment. Son histoire est un témoignage de l'air vivifiant de la Provence et un avertissement à tous les spéculateurs immobiliers. Née en 1875, elle avait rencontré Van Gogh quand elle était jeune fille. À l'âge de quatre-vingt-dix ans, elle décida de vendre son appartement en viager à un notaire de la région, un jeunot d'une quarantaine d'années qui avait toute raison de penser qu'il faisait là un excellent placement.

Mais Jeanne Calment vivait toujours, et toujours, et toujours. Elle se soignait la peau à l'huile d'olive, croquait presque un kilo de chocolat par semaine, circula à bicyclette jusqu'à l'âge de cent ans et ne renonça à fumer qu'à cent dix-sept ans. D'après les statistiques officielles, elle était la doyenne des habitants du monde lorsqu'elle finit par mourir à l'âge de cent vingt-deux ans. Quant à l'infortuné notaire, il était mort l'année précédente, à soixante-dix-sept ans.

Jeanne Calment, de toute évidence, était une exception, une de ces bizarreries qui viennent gâcher la belle ordonnance des statistiques actuarielles. Mais si elle était parvenue à un âge extraordinairement avancé, je ne serais pas étonné de voir son record finalement battu par un des vigoureux octogénaires que je rencontre chaque semaine : des antiquaires plus âgés qu'une bonne partie de leurs marchandises, des vieilles dames qui vous bousculent à l'épicerie avec une vigueur de jeune fille, ces silhouettes rabougries mais encore imposantes qui murmurent des encouragements aux tomates de leurs potagers. Qu'y a-t-il donc en Provence qui les soutienne ainsi ? Quel est leur secret ?

Pendant plusieurs années, nous avons habité près d'une famille dont le membre le plus âgé, surnommé Pépé, était pour moi un objet quotidien de fascination. Petit homme maigre, perpétuellement vêtu d'une veste et d'un pantalon d'un bleu délavé avec une casquette vissée sur la tête, il faisait sa promenade sur la route avant de remonter notre allée pour inspecter les vignes. Ce qu'il préférait, c'était quand il y avait des gens qui travaillaient le long des vertes rangées – à désherber, à tailler, à distribuer la ration de sulfate – parce qu'alors, il pouvait s'appuyer sur sa canne et surveiller les travaux.

Il n'était pas avare de conseils qui, il le rappelait souvent à son auditoire captivé, étaient le résultat de plus de quatre-vingts ans d'existence. Si quelqu'un avait l'impertinence et la témérité d'exprimer son désaccord sur des questions de vin ou de climat, il fouillait dans ses souvenirs et tirait du passé quelque preuve poussiéreuse pour montrer qu'il avait raison. « Bien sûr, dit-il un jour, vous ne vous rappelez pas l'été 1947. Il y a eu des grêlons en août, gros comme des œufs de caille. Les vignes ne s'en sont jamais remises. » Ce genre de remarque suffisait d'ordinaire à mettre un terme à tout propos inconsidéré sur les conditions parfaites d'une cuvée exceptionnelle. « L'optimisme et la nature, ça ne va pas ensemble », disait-il toujours. Au bout d'une heure, s'étant assuré que l'on s'occupait convenablement du vignoble, il redescendait notre allée pour regagner la route et s'engouffrait dans la cuisine de sa belle-fille, pour surveiller, à n'en pas douter, la préparation du repas de midi.

Je crois que c'était un homme heureux de son sort. Les rides et les plis de son visage remontaient vers le haut, comme si un sourire allait se dessiner. (Il se dessinait souvent, découvrant plus de gencives que de dents, mais sans en être moins délicieux.) Je ne l'ai jamais vu agité ou énervé. Il émettait bien quelques légères critiques sur certaines innovations de la vie moderne, comme les motocyclettes pétaradantes, mais d'autres le ravissaient, notamment son gros poste de télévision qui lui permettait de satisfaire son faible pour les vieux feuilletons américains. Il mourut alors qu'il était près de ses quatre-vingt-dix et quelques années, et sa disparition donna lieu à un affectueux enterrement villageois.

Il y en a d'autres, beaucoup d'autres, comme lui. On les voit se déplacer, souvent d'un pas vif, toujours l'air décidé, pour aller s'installer au café boire un doigt de vin ou de pastis en milieu de matinée. On les découvre perchés comme une rangée d'affables buses, sur un banc de bois auprès du monument aux morts de la place du village, leurs mains aux jointures brunes et gonflées nouées sur le pommeau de leur canne; ou bien assis sur des chaises, à l'ombre devant le pas de leur porte, leurs regards inspectant la rue de haut en bas sans que rien ne leur échappe. Par rapport au niveau de vie que nous connaissons, ils ont eu une existence rude, travaillant la terre sans que leurs efforts leur apportent guère plus que la subsistance. Pas de ski, pas de vacances d'hiver aux Caraïbes, pas de golf, pas de tennis, pas de résidence secondaire, pas de nouvelle voiture tous les trois ans, rien de ce qu'on ne cesse d'appeler la « bonne vie ». Mais ils sont là, heureux, pleins d'allant et apparemment indestructibles.

Ils sont trop nombreux pour qu'on puisse les considérer comme des exceptions et, chaque fois que j'en vois, je suis tenté de leur demander de m'expliquer leur longévité. Neuf fois sur dix, j'obtiendrais un haussement d'épaules. J'en suis donc réduit à formuler mes propres conclusions, si peu fiables soient-elles.

Leur génération semble avoir échappé à ce mal moderne de la tension, du stress, comme on dit dans les magazines, ce qui est peut-être le résultat d'avoir passé leur vie professionnelle confrontés à la nature plutôt qu'à un patron capricieux. Non pas que cette nature – avec ses orages, ses feux de forêts et ses maladies qui frappent les récoltes – soit plus sûre ou plus indulgente qu'un employeur. Du moins est-elle exempte de toute malice personnelle, ignore-t-elle la pression des intrigues de bureau et n'a-t-elle pas de favoris. La mésaventure d'une mauvaise année se partage entre voisins et on ne peut rien y faire d'autre que d'espérer le meilleur pour les temps à venir. Travailler avec (ou lutter contre) la nature enseigne à un homme la philosophie et lui permet même de tirer de ses doléances un certain plaisir pervers. Quiconque a vécu parmi les fermiers sait avec quelle délectation ils évoquent les malheurs, fût-ce les leurs. Ils sont aussi terribles que les agents d'assurances.

Il doit y avoir aussi quelque chose de rassurant dans le fait de travailler au rythme constant et prévisible des saisons, en sachant que le printemps, le début de l'été et la saison des moissons seront chargés, en sachant que l'hiver sera lent et paisible. C'est un mode de vie qui, à coup sûr, pousserait prématurément au tombeau la plupart des dirigeants d'entreprise – tout bouillonnants qu'ils sont d'impatience et d'ambition. Mais pas du tout. J'ai un ami qui, comme moi, est un réfugié de la publicité. Voilà quelques années, il est venu s'installer dans le Luberon et il vit maintenant de la récolte de son vin. Au lieu d'une grosse voiture étincelante et du chauffeur qui va avec, il se rend à son travail en tracteur. Ses problèmes ne concernent plus des clients de mauvaise humeur, mais le temps et les bandes vagabondes de cueilleurs de raisin qui viennent pour les vendanges. Il a appris à se passer de ce que les Français appellent, de façon grandiloquente, un entourage de secrétaires et d'assistants. Il a un peu de mal à se rappeler la dernière fois où il a porté une cravate. Il travaille tard – plus qu'il ne l'a jamais fait à Paris – et gagne moins d'argent. Mais il se sent mieux, il dort d'un sommeil plus profond et il est sincèrement fier de son travail. Encore un homme content de son sort.

Le jour viendra peut-être où il voudra rejoindre les rangs de ceux qu'il appelle les antiquités vivantes et dont les jours se traînent au café du village. En attendant, il mène une vie d'activité physique soutenue. Ce doit être un des ingrédients importants de la recette pour vivre jusqu'à un âge avancé. Le corps humain, nous disent les hommes de science (qui passent le plus clair de leur temps assis), est une machine qui s'épanouit quand elle fonctionne. Quand on la laisse à l'arrêt, les muscles s'atrophient et d'autres parties du système se détériorent plus rapidement qu'elles ne le feraient si on les soumettait à un exercice régulier. La solution pour les gens des villes, c'est le jogging et la gymnastique. Une alternative plus primitive, c'est le genre de travail manuel qui va de pair avec la vie à la campagne, l'aérobic rural indispensable à l'existence. Se pencher et s'étirer pour tailler, soulever et entasser des sacs d'engrais, couper des broussailles, déblayer des fossés, entasser des bûches : voilà autant de tâches peu glorieuses mais qui constituent un merveilleux exercice. Une journée de ce régime produit une moisson spectaculaire d'ampoules et de crampes douloureuses. Au bout d'un mois, vous êtes récompensé par un sentiment de bien-être et un certain flottement du pantalon à la ceinture. Toute une vie de ce régime fait des merveilles.

Même durant le marasme de l'hiver, on interrompra souvent les joies de l'hibernation pour aller chasser. Maintenant que le gibier se fait rare dans le Luberon, l'exercice se réduit en général à un homme qui prend son fusil pour aller se promener. Mais quelle promenade : rude et abrupte, un défi pour les jambes, un flux d'air pur pour les poumons, un bienfait pour le cœur. Et il ne semble pas y avoir de limite d'âge pour ces optimistes armés. J'ai parfois rencontré en forêt des chasseurs qui m'ont paru assez vieux pour avoir précédé l'époque de l'invention de la poudre. En ville, on leur proposerait sans doute de les aider à traverser. Dans le Luberon, ils bavardent gaiement pendant que vous transpirez pour suivre leur allure.

L'âge moyen des cyclistes dont je me souvenais toujours comme étant des jeunes gens à peine sortis de l'adolescence semble s'être élevé, même si les tenues demeurent trompeusement juvéniles. Des taches de couleurs vives, luisant dans des maillots moulants de Lycra vert émeraude ou pourpre, filent sur la route comme de monstrueux insectes volant au ras du sol. Ce n'est que lorsqu'ils s'arrêtent au café pour prendre une bière qu'on aperçoit les têtes grisonnantes et les veines noueuses des hommes qui touchent depuis des années leur pension de retraite. D'où leur énergie peut-elle bien venir ? Ne savent-ils pas qu'ils devraient être perclus d'arthrite et trottiner jusqu'à la pharmacie au lieu d'abattre cent kilomètres avant le déjeuner ? Que prennent-ils donc ?

Quoi d'autre qu'une bonne nourriture et un ou deux verres de vin ? J'ai vu un jour une sinistre formule due au médecin grec Hippocrate : « La mort siège dans les intestins : la mauvaise digestion est à la racine de tout mal. » Si c'est vrai, il me faut supposer alors que les intestins provençaux qui vivent si vieux constituent un équipement d'une remarquable efficacité qui, on peut logiquement l'avancer, est le résultat direct de ce qu'on lui administre quotidiennement.

Il y a diverses théories intéressantes et fort tentantes pour expliquer le bon fonctionnement des intestins provençaux. La consommation régulière d'huile d'olive en est une, ou bien les doses fréquentes d'ail renforcées par l'absorption de vin rouge – de un à cinq verres par jour selon l'étude scientifique à laquelle vous choisissez de croire (cinq verres par jour me semble un bon chiffre rond) –, mais je n'ai pas encore vu de théorie avancée par de doctes nutritionnistes qui expliquent ma statistique préférée : le taux d'affections cardiaques chez les habitants du sud-ouest de la France est plus bas que partout ailleurs dans le pays, lequel est fréquemment cité comme ayant un taux plus bas que toute autre nation développée, à l'exception du Japon.

Mais de quoi vivent-ils, ces heureuses gens du Sud-Ouest ? De brouets à basse teneur en sel ? De pâtes de soja macrobiotique ? De côtelettes végétariennes arrosées parfois d'un méchant verre de mousseux sans alcool et sans sucre ? Malheureusement pour la conventionnelle sagesse diététique et les règles admises de la prudence gastronomique, une partie non négligeable du régime alimentaire du Sud-Ouest se compose de graisse, et notamment de graisse d'oie et de canard. C'est dans la graisse qu'on fait sauter les pommes de terre, que nagent les haricots du noble cassoulet, avec elle qu'on fait les conserves de confits, et le foie gras est du foie d'oie envolée vers le ciel. Le foie gras a d'ailleurs été inventé par les Romains. Les Français, qui ne tardent jamais à reconnaître une bonne chose quand ils la goûtent, lui ont donné un nom français et, depuis lors, avec leur modestie habituelle, l'ont revendiqué comme un trésor national. Comment se fait-il que ce régime riche et délicieux puisse être un élément d'une vie longue et saine? Pouvons-nous attendre avec impatience le jour où le foie gras remplacera le tofu ou la graine de soja sur les menus nutritionnellement corrects? Se peut-il que la graisse soit actuellement bonne pour nous?

Cela pourrait fort bien dépendre d'où elle vient, mais la police alimentaire n'est pas d'humeur à faire d'aussi subtiles distinctions. Voilà des années qu'on nous sermonne sur les méfaits de la graisse, n'importe quelle graisse. On a même dit qu'en Californie, où on peut admirer des gens uniquement constitués de peau, d'eau, de muscles et de rations bien dosées en silicone, les autorités ont sérieusement envisagé de déclarer la graisse « substance interdite ». Même ici, en France, les produits alimentaires doivent avouer sur leurs étiquettes leur crime contre les entrailles de la société en incluant dans leur composition le pourcentage de graisse. La graisse a une réputation épouvantable. Alors, découvrir ce coin de France qui prospère malgré l'absorption massive d'un élément aussi chargé d'opprobre et de cholestérol, aussi menaçant pour les artères, est pour le moins mystérieux.

Espérant découvrir un lien entre le foie gras et la santé parfaite, j'ai parcouru plusieurs ouvrages sur les régimes et la nutrition, mais je n'y ai trouvé que les mêmes vieilles théories sous divers déguisements. Et tous les auteurs étaient d'accord sur le thème de la graisse: c'est une tueuse, disaient-ils tous, et, absorbée régulièrement, elle vous fera sans doute tomber raide, les artères bouchées, au moment de ce qui devrait être pour vous la fleur de l'âge. En quête d'une autre opinion, même si elle n'était pas scientifique, je décidai de rechercher une source plus proche des racines mêmes de la nutrition française. Je songeai tout d'abord à consulter un chef, mais les chefs que je connais et respecte s'intéressent plus au goût, qu'ils considèrent comme étant leur responsabilité, qu'à l'état de votre système cardio-vasculaire, qui est votre affaire. Tout ce que je pouvais espérer d'eux, ce serait un conseil sur les sauternes qui conviennent le mieux au foie gras. Ce qu'il me fallait, c'était un point de vue plus pondéré.

On peut rarement accuser M. Farigoule d'avoir une opinion pondérée, mais j'allai quand même le voir, espérant que durant ses années d'instituteur, il avait peut-être acquis certaines connaissances en matière de nutrition. Je le trouvai en train de défendre les traditions françaises à sa place habituelle au bar, dans son habituel état de vive indignation.

Le coupable cette fois était une bouteille de rosé chinois qu'un ami malicieux lui avait offerte après l'avoir découverte dans un supermarché de la région, sans doute pour faire monter sa tension. Il fit glisser l'objet vers moi sur le comptoir et je jetai un coup d'œil à l'étiquette : *Vin rosé de la Grande Muraille, produit des caves de Huaxia à Hebei, Chine.*

– D'abord ils essaient de nous refiler leurs truffes, dit-il, et maintenant ça... cette abomination en bouteille.

Abomination ou pas, je constatai que la bouteille était à moitié vide.

– Quel en est le goût ? dis-je.

Il prit une lampée de son verre et s'en gargarisa un moment.

– *Dégueulasse* : on dirait du riz sauvage qu'on a fait passer dans une chaussette. Une chaussette pas très propre d'ailleurs. Comme je le disais, une abomination. Dieu sait pourquoi on l'a laissé entrer dans le pays.

Est-ce que nous ne faisons pas les meilleurs rosés du monde ? Le tavel ? Le bandol ? L'ott ? À quoi peut-on s'attendre ensuite ? À du calvados chinois ?

Sur ce, il enfourcha son dada favori et, pendant dix minutes, se mit à déblatérer contre les méfaits du libre-échange, la menace que cela faisait peser sur les honnêtes vignerons français et les horrifiantes possibilités qu'on pouvait facilement entrevoir maintenant que les Chinois avaient mis un pied dans la place. Je tentai une ou deux fois d'amener la conversation sur les bienfaits d'un régime au foie gras, mais il ne voulait rien entendre. Le sujet du jour, c'était l'infiltration chinoise et, pour une fois, les Américains étaient innocents. Mais cela ne m'avança pas dans mes recherches.

Je n'eus guère plus de chance avec Régis, sur qui on pouvait normalement compter pour apporter un soutien plein de parti pris au mode de vie français. Bien sûr, dit-il, que le foie gras est bon pour nous. Tout le monde sait ça. D'ailleurs, avais-je goûté le foie gras confectionné par les sœurs Rivoire en Gascogne ? Une *merveille*. Mais, sur le plan des preuves médicales concrètes, Régis n'avait rien à m'offrir.

Au bout du compte, je dus me rabattre sur Marius, l'amateur d'enterrements, qui un beau matin me fit signe d'entrer dans le café. De toute évidence il avait des nouvelles à me révéler, mais, sans lui en laisser le temps, je lui demandai s'il avait une théorie sur le régime et la longévité.

– Vous pouvez manger ce que vous voulez, dit-il, mais ça ne change pas grand-chose. *La vieillesse nuit gravement à la santé.* Pas de doute là-dessus.

Sur quoi, son visage s'éclaira et il se pencha pour me donner les détails d'un décès intéressant qui venait de se produire. Comme toujours quand il évoquait le plongeon d'un autre dans l'éternité, il parlait d'une voix basse et grave. Mais manifestement l'histoire de *l'affaire Machin* lui donnait de grandes satisfactions.

Il semble que M. Machin, aujourd'hui décédé, avait consacré toute sa vie d'adulte à la Loterie nationale. Chaque semaine, espérant la fortune, il achetait son billet qu'il rangeait par précaution dans la poche supérieure de son unique costume. Le complet était enfermé dans une armoire et ne voyait jamais le jour sauf pour quelques rares et brèves sorties à l'occasion de mariages et pour une mémorable période de cinq minutes lorsque le président de la République avait traversé lentement le village en voiture. Une fois par semaine, il ouvrait l'armoire et remplaçait dans la poche le vieux billet malchanceux par un nouveau. Machin avait cette habitude depuis trente ans – trente ans durant lesquels il n'avait jamais gagné, fût-ce un centime.

Machin mourut subitement dans la pleine chaleur de l'été et il fut enterré correctement comme l'exigeait son statut dans la communauté. (Il avait travaillé bien des années au bureau de poste local.)

La semaine suivante, telle est l'injustice de la vie, on découvrit que son dernier billet de Loterie avait gagné – pas des millions, mais une somme substantielle de quelques centaines de milliers de francs.

Marius marqua un temps pour bien s'imprégner de l'injustice de toute cette histoire et pour feindre la surprise en voyant son verre vide. Avant de poursuivre, il jeta un coup d'œil autour de la salle, comme pour s'assurer que ce qu'il allait dire resterait confidentiel. Il y avait, dit-il, *un petit problème*. Machin, comme il convenait, avait été enseveli dans son seul et unique costume. Dans la poche supérieure du complet se trouvait le billet gagnant, à deux mètres à peine sous terre. Le règlement de la Loterie était impitoyable : pas de billet, pas d'argent. Exhumer le corps, profaner une tombe, c'était impensable. D'un autre côté, le laisser là, c'était perdre une petite fortune.

– *C'est drôle, n'est-ce pas ?* dit Marius en hochant la tête avec un grand sourire, car c'était un homme qui s'amusait infiniment des caprices du destin, à condition toutefois qu'ils affectent quelqu'un d'autre.

– Pas si drôle pour la famille.

– Ah, attendez un peu, fit-il en se tapotant le bout du nez. L'histoire n'est pas finie. Trop de gens sont au courant.

J'avais de terribles visions de pilleurs de tombes se glissant la nuit dans le cimetière du village, j'entendais le grincement des pelles s'enfonçant dans la terre, le craquement sec du bois tandis qu'on forçait le cercueil, le grognement de satisfaction quand on récupérait le précieux billet.

– Mais, dis-je à Marius, il doit bien y avoir un moyen pour la famille de réclamer le lot sans déranger le corps ?

Il eut le mouvement classique de son index braqué sur moi, comme si j'avais suggéré quelque chose de ridicule et d'impossible. Le règlement, c'est le règlement. Si on faisait une exception, on ouvrait la porte à toutes sortes d'histoires inventées sur des tickets disparus – mangé par le chien, emporté par le mistral, englouti par erreur dans le flot de la lessive –, ce serait sans fin. Marius secoua la tête puis, se rappelant quelque chose, fouilla dans une poche de son blouson des surplus militaires.

– J'ai une idée sur laquelle nous pourrions travailler ensemble, dit-il en exhibant un magazine roulé en cylindre et en lissant les pages froissées. Regardez un peu ça.

C'était un exemplaire du magazine *Allô*, la chronique des petites célébrités qui fait partie de l'équipement standard des salons de coiffure et des salles d'attente des dentistes. Des photos en couleurs des gens riches et des personnages royaux en train de se détendre, chez eux et parfois à des enterrements. Voilà ce qui lui avait donné l'idée.

– Vous avez travaillé autrefois dans la publicité, reprit Marius. Vous allez tout de suite comprendre l'importance du projet.

Il avait réfléchi à tout cela. Son projet était de sortir un magazine qui ferait le pendant de celui-ci, mais consacré aux célébrités récemment décédées. Cela s'appellerait *Adieu* en France ou *Goodbye* pour les Anglo-Saxons. Le contenu éditorial serait composé des notices nécrologiques relevées dans les journaux, illustrées de photographies prises du vivant des sujets choisis. « Vus ici en des temps plus heureux », comme disait Marius. Il y aurait une rubrique régulière, les « Obsèques du mois », et le sponsor publicitaire serait fourni par les entreprises de pompes funèbres, les fleuristes, les fabricants de couronnes et de cercueils et – très important – les traiteurs, une veillée funèbre bien approvisionnée constituant un élément essentiel de tout enterrement qui se respecte.

– Alors ? fit Marius. *C'est pas con, hein ?* Ce serait une mine d'or. Chaque semaine, il meurt quelqu'un de connu. (Il se renversa en arrière, haussant les sourcils, et nous restâmes quelques instants silencieux, songeant à la mort et à l'argent.)

– Vous ne parlez pas sérieusement, dis-je.

– Bien sûr que si. Tout le monde pense à ça. Vous, par exemple, vous avez bien dû penser à la façon dont vous aimeriez mourir.

Mes espoirs d'un trépas acceptable pourraient se résumer en un seul mot : soudain. Mais cela ne suffisait pas à Marius. Le vieux vautour s'intéressait aux détails, au lieu et aux circonstances et, comme je ne pouvais pas lui fournir ces informations, il secoua la tête d'un air désapprobateur. Comment ! C'était là une des très rares certitudes de l'existence et j'y accordais moins d'importance qu'à ce que j'aurais pour le dîner. Lui, en revanche, avait fait ses projets : un plan parfait, l'ultime triomphe, un assortiment de délices que personne ayant la chance d'être présent n'oublierait jamais. Dans son enthousiasme, il aurait aussi bien pu décrire un plaisir auquel il s'attendait depuis des années – ce qui, si tout se passait conformément à ses espérances, serait en effet le cas.

La première condition essentielle était un beau jour d'été, un ciel d'un bleu profond, pâlissant dans la chaleur de midi, une légère brise, le murmure d'un chœur de cigales dans les buissons fournissant la musique de fond. La mort sous la pluie, disait Marius, avait de quoi gâcher une occasion de réjouissance. La seconde condition indispensable, c'était un bon appétit, car Marius avait décidé que ses derniers moments sur terre, il les passerait à déjeuner à la terrasse ombragée d'un restaurant.

Un restaurant trois étoiles, naturellement, et avec une cave contenant des vins de prix et d'une inconcevable élégance : un bourgogne blanc aux reflets dorés, un grand cru de bordeaux, un château-yquem fin XIXe, des champagnes millésimés des plus anciens vignobles. On les choisirait tous, sans se soucier du prix, quelques jours avant le déjeuner. Cela donnerait au chef le temps de composer un repas tout aussi exquis en guise d'accompagnement. Marius leva son verre de gros rouge à 10 francs, but une gorgée, haussa les épaules et continua.

Une agréable compagnie était importante également en ce jour particulier et Marius avait déjà choisi un hôte qui convenait, Bernard, un ami de longue date. Pas seulement un ami, mais une légende locale, un homme connu pour sa répugnance à mettre la main à la poche de crainte de déranger son argent, un homme qui avait élevé la frugalité à la hauteur d'un art. Depuis tout le temps qu'ils se connaissaient, Marius ne se rappelait que deux occasions où Bernard avait réglé l'addition au café, et encore était-ce parce que les toilettes étaient occupées, le privant ainsi de sa voie d'évasion habituelle à l'heure de vérité. Mais c'était un bon compagnon, grand connaisseur d'histoires, et les deux hommes pourraient échanger leurs souvenirs pendant des heures, devant les mets et les vins.

Quant au repas – le *menu de mort* –, Marius en était encore à peaufiner l'exacte procession des plats. Pour alerter le palais, il pourrait y avoir quelques fleurs de courgette frites. Du foie gras, évidemment. Peut-être une charlotte d'agneau de Sisteron à l'aubergine, ou du pigeon au miel épicé, ou peut-être encore du porc cuit lentement dans la sauge (Marius ne demandait qu'à laisser le choix au chef), et puis du fromage de chèvre rôti au romarin suivi d'une tarte aux cerises à la crème anglaise, à moins que ce ne soit une soupe de pêches fraîches et de verveine...

Il s'arrêta, le regard tourné vers ce futur banquet, et je me demandai comment il allait trouver le temps ou l'envie de mourir quand tant de choses sur la table réclamaient son attention. Il secoua brièvement la tête pour revenir à l'apogée du déjeuner.

– Voilà comment ça va se passer, dit-il. Nous avons terminé un repas mémorable, nous avons bu comme des rois, nous avons ri et échangé des histoires, menti sur nos succès auprès des femmes, nous nous sommes juré une amitié éternelle et nous avons vidé la dernière merveilleuse bouteille. Pourtant l'après-midi ne fait que commencer. Nous ne sommes pas encore tout à fait prêts à partir. Encore un verre ou deux pour apaiser l'estomac et que pourrait-il y avoir de mieux qu'un cognac 1934, l'année de ma naissance ? Je lève la main pour appeler le garçon – et alors, *paf !*

– *Paf ?*

– Une crise cardiaque. (Marius s'affala sur la table, tournant la tête pour lever les yeux vers moi.) Je meurs sur le coup, mais le visage souriant. (Il eut un clin d'œil.) Parce que c'est Bernard qui se retrouve avec l'addition...

Il se rassit sur sa chaise et se signa :

– Vous voyez, ça, c'est une belle mort.

Plus tard ce jour-là, j'emmenai les chiens se promener sur le plateau de Claparède, au-dessus de Bonnieux. Le soir tombait vers l'est, et une lune presque pleine se levait sur les montagnes, pâle et laiteuse sur le fond bleu du ciel, faisant un contrepoint au soleil qui déclinait à l'ouest. L'air, chaud et sec, portait l'odeur piquante de la sarriette qui pousse dans les coins de terre entre les rochers. Le seul bruit était celui du vent, et le seul souvenir visible d'une présence humaine, c'étaient quelques mètres d'un mur de pierre effondré parmi les buissons. C'est peut-être la même vue depuis des centaines, peut-être des milliers d'années, et cela rappelait le bref instant que représente une vie humaine.

Je songeai aux cent vingt-deux ans de Mme Calment alimentés au chocolat, aux cigarettes et aux panacées que divers experts provençaux m'avaient recommandées pour mener une longue vie en bonne santé. Quelques gousses d'ail crues, chaque jour une cuillère à café de poivre de Cayenne prise dans un verre d'eau, des infusions de lavande, et l'incomparable lubrifiant de l'huile d'olive. Aucun de mes experts n'avait mentionné le foie gras, ce qui était une déception : mais ils n'avaient pas parlé non plus d'un ingrédient plus essentiel encore, la *joie de vivre*, le don de tirer plaisir du simple fait d'être en vie.

On peut la voir et l'entendre, exprimée d'une douzaine de façons différentes : le plaisir d'une partie de cartes au café, les échanges bruyants et bon enfant au marché, le bruit des rires à une fête de village, le bourdonnement d'impatience dans un restaurant au début d'un déjeuner dominical. Il existe une formule pour avoir une vie longue et heureuse, peut-être n'est-ce pas plus que cela : manger, boire et être joyeux. Surtout, être joyeux.

La découverte de l'huile

Je suis né en Angleterre en plein Moyen Âge de la gastronomie, à une époque où la plupart des bonnes choses à manger étaient soit introuvables soit rationnées. Le beurre et la viande étaient dispensés par portions d'une dizaine de grammes une fois par semaine quand on avait de la chance. Un œuf frais était un rare régal. On trouvait les pommes de terre sous forme de poudre qu'il fallait mélanger avec de l'eau pour obtenir une boue tiède et d'un blanc douteux. Lorsque, à l'âge de six ans, on m'offrit ma première banane de l'après-guerre, je ne savais absolument pas comment l'éplucher. Le chocolat était un luxe inconcevable. Quant à l'huile d'olive, elle n'existait pas.

Elle finit par faire son apparition comme une curiosité venant du mauvais côté de la Manche, absolument impropre à la consommation avec le poisson et les frites, sans parler du roast-beef et du Yorkshire pudding. Un cuisinier aventureux et saisi de l'envie d'acheter ce liquide suspect et exotique ne pouvait espérer se le procurer que dans la chaîne des pharmacies *Boots*. Dans ce genre d'officine, entre les sirops contre la toux, les nettoyants pour appareils dentaires, les lotions pectorales et les shampooings antipelliculaires, on pouvait finir par découvrir une petite fiole toute simple, d'aspect médicinal, portant une étiquette indiquant

« Huile d'olive ». On n'estimait pas nécessaire de faire figurer le moindre détail : le pays d'origine, le nom du producteur, ou l'endroit où l'huile avait été pressée. Et pas question assurément de quoi que ce soit qui puisse exciter l'imagination britannique, telle la mention « extra-vierge ». L'huile d'olive n'était qu'un produit, pas même un produit courant.

Aujourd'hui, après avoir été plus ou moins confinée pendant plus de deux mille ans dans le sud de l'Europe, l'huile d'olive s'est répandue vers le nord, jusqu'à ces contrées froides aux ciels gris, où les oliviers refusent très raisonnablement de pousser. Elle a également traversé l'Atlantique, encore que les premières olives aient connu des débuts peu prometteurs à leur arrivée en Amérique : on les noyait dans des verres de Martini-gin glacé.

Heureusement pour nous tous, le monde est aujourd'hui un lieu plus civilisé. On peut encore trouver des olives derrière le comptoir, mais l'huile a connu une grande promotion, en accédant d'abord à la cuisine, et plus récemment aux tables des restaurants désespérément à la mode, comme ceux qui proposent une carte séparée des eaux minérales. Dans ces établissements souvent extrêmement guindés, les chefs tiennent à mentionner le nom de l'huile qu'ils ont élue et l'extra-vierge tient la place d'honneur dans plus d'un assaisonnement de salade maison. Un petit coup d'alcool avant le dîner, ça ne se fait plus. Ce qui se fait, ce sont des soucoupes d'huile qu'on « sauce » avec du pain. Hélas, il ne faudra sans doute pas longtemps avant que les snobs de l'huile commencent à renvoyer aux cuisines la soucoupe originale de *frantoio* toscan pour exiger le *corni cabra* de Tolède, bien moins connu – donc infiniment plus apprécié par les amateurs de standing.

Ce déferlement croissant d'huiles constitue une innovation encourageante pour votre cœur et vos artères, ainsi que pour vos papilles gustatives. Les médecins sont d'accord – dans la mesure où il leur est possible de l'être – pour reconnaître que l'huile d'olive est bonne pour vous. Elle facilite la digestion, combat le mauvais cholestérol, ralentit le vieillissement de la peau, des os et des articulations, et on dit même qu'elle protège contre certaines formes de cancer. Autrement dit, on peut la savourer sans éprouver de sentiment de culpabilité ni de remords gastronomique, et la consommation mondiale ne cesse d'augmenter.

Mais ici, en Provence, les spécialistes de l'huile éprouvent une légère irritation, un peu de dépit gastronomique, à constater que la meilleure huile d'olive est presque toujours associée à l'Italie. Étant donné les faits, ce n'est guère surprenant. L'Italie produit 25 % de l'huile provenant des pays du bassin méditerranéen et, pendant des années, les producteurs italiens – « ces moulins à paroles toscans » comme les appelle Régis – l'ont commercialisée avec succès en déployant des trésors d'imagination. La Provence, en revanche, ne représente pas plus de 3 % du total méditerranéen et a donc fait montre d'une modestie bien inhabituelle concernant ses efforts.

Je suis tombé sur ces chiffres de production en poursuivant une ambition qui me tenaille depuis des années. Un matin, il y a longtemps, en regardant la pente ensoleillée plantée d'oliviers, j'ai songé quel délice ce serait d'avoir une oliveraie – même une petite, pour amateur – qui serait bien à moi et que je pourrais admirer chaque jour. J'aimais l'aspect préhistorique des troncs, la générosité avec laquelle s'étendaient les branches et la façon dont les feuilles changeaient de couleur dans le vent, passant du vert au gris argenté tout en bruissant dans l'air. Mais prendre du plaisir à contempler un arbre n'était que le début. Au long des années, je suis devenu accro au goût des olives : seules ou bien en *tapenade* noire et crémeuse tartinée sur des œufs de caille, dans les tartes et les salades, dans les daubes, ou piquées dans des miches de pain. Et puis il y a l'huile. Nous cuisinons à l'huile d'olive, nous en ajoutons une cuillerée dans nos soupes, nos fromages de chèvre marinent dans l'huile d'olive, et voilà que je me suis mis à en boire un petit verre chaque matin avant le petit déjeuner. C'est un des goûts les plus anciens, les plus purs du monde, un goût qui n'a pas changé depuis des milliers d'années.

L'idée d'avoir à ma disposition toutes les joies de l'olive, à quelques pas, dans le champ derrière la maison, était si excitante que je réussis à oublier un problème évident : les arbres que j'admirais et que je convoitais, ces éternels monuments à la nature, rabougris et ridés, avaient au moins chacun cent ans. Si je plantais de jeunes arbres – disons des arbres de cinq ans, guère plus que des pousses –, il me faudrait ajouter un siècle supplémentaire à ma vie pour être sûr d'en savourer les résultats. Je suis d'un tempérament optimiste, mais il y a quand même des limites.

Ce fut Régis qui tenta de me révéler mon erreur, comme il le fait si souvent. Si je voulais des arbres vénérables – âgés de cent à trois cents ans –, il connaissait un homme de Beaumes-de-Venise qui pourrait m'aider. Il y a, à proximité de Beaumes-de-Venise, un microclimat, un coin de terre où les oliviers poussent au flanc des collines en rangs serrés, et l'ami de Régis se ferait un plaisir de déterrer pour moi quelques vieux spécimens de qualité supérieure. Il faudrait juste, précisa Régis, respecter deux conditions mineures : le règlement devrait se faire en espèces et la livraison des arbres avoir lieu de nuit.

– Pourquoi donc ? demandai-je. Les arbres ne sont pas à lui ?

Régis écarta les mains devant lui, paume vers le bas, et les agita comme s'il essayait de garder son équilibre.

– Pas exactement, dit-il. Mais ils vont l'être. Il les héritera de son père.

– Il faut d'abord que son père meure ?

– *Tout à fait*, admit Régis. C'est pourquoi il faut les déplacer de nuit, pour que les voisins ne voient rien. Le vieux n'en saura rien. Il ne sort jamais.

À vrai dire, je n'aimais pas beaucoup l'idée d'une oli- veraie illicite : je demandai donc à Régis s'il connaissait un vendeur d'arbres plus respectable.

– Oh, il y en a, dit-il. Mais il faut être prudent. Ils importent les arbres. (Il haussa les sourcils et secoua la tête.) Vous ne voudriez pas des arbres *italiens*, n'est-ce pas ?

Au ton de sa voix, on aurait dit qu'ils étaient forcé- ment atteints de quelque maladie incurable. Mais, tout simplement, ils n'étaient pas français et, pour Régis, cela annulait toute possibilité sérieuse.

Bref, il me fit comprendre que je n'étais pas du tout sûr de ce que je voulais De vieux arbres, assurément. De beaux arbres. Mais quel genre d'arbres ? J'avais lu suffisamment pour savoir qu'il existait une douzaine au moins de variétés différentes en Provence, certaines plus petites que d'autres, certaines résistant mieux au froid extrême et aux attentions importunes de la mouche de l'olive, d'autres enfin qui donnaient une récolte plus abondante – autant d'utiles informations sur le sujet, mais auxquelles il manquait le genre de détails indispensables pour un éventuel planteur d'oli- ves. Ce qu'il me fallait, c'était quelqu'un qui pourrait dire à un novice un peu perdu s'il fallait planter du *salo- nenque*, de la *picholine* ou de l'*aglandau*, quand et où le faire, et comment mettre les engrais et pailler. Ce qu'il me fallait, c'était un professeur d'olives.

Il n'est pas difficile en Provence de trouver des experts. Tous les cafés que je connais en sont pleins, mais le hic est d'en trouver un dont les connaissances soient à la hauteur de son enthousiasme. Cette fois, la chance me sourit. Un de mes amis connaissait un homme – *un homme sérieux* – qui avait une petite entreprise en plein développement, consacrée à l'huile d'olive, et pas seulement l'huile de sa Haute-Provence natale. Il avait commencé à faire pour l'huile d'olive ce que les négociants ont traditionnellement fait pour le vin : trouver la meilleure parmi des centaines de planteurs et des milliers d'oliveraies répandues autour du bassin méditerranéen. Son domaine comprenait l'Andalousie, la Catalogne, la Crète, la Galilée, la Grèce, la Sardaigne, la Toscane, les monts de l'Atlas : partout où l'on faisait de la bonne huile. Son nom était Olivier, ce qui convenait à merveille, sa société s'appelait Oliviers & Co. et il avait son bureau dans le village de Mane, non loin de Forcalquier.

C'est un petit village, et le siège de l'entreprise est modeste : une vieille maison de pierre, simple et solide. Les bureaux sont au premier et un magasin se trouve au rez-de-chaussée, où le visiteur peut flâner parmi une sélection internationale d'huiles. Non seulement flâner, mais déguster : des bouteilles et des cuillères à dégustation au manche court, en porcelaine, sont disposées sur la table pour qu'on puisse en prendre une gorgée avant d'acheter. Vous pourrez, par exemple, comparer une huile d'Andalousie avec une huile en provenance de Chianti ou une autre de la vallée des Baux : toutes huiles extra-vierges de première pression, chacune confectionnée à partir d'un type d'olive différent, chacune avec son bouquet et sa saveur bien différents, à la couleur particulière, toute une gamme de nuances délicates, allant du vert jade à un or transparent. Les huiles d'olive, comme je le découvris durant ma première demi-heure, peuvent être de caractère aussi varié que les vins. Même mon palais, un organe dont j'avais tristement abusé ce matin-là avec de trop nombreuses injections de café turbocompressé, parvenait à les distinguer. Les similitudes avec le vin étaient soulignées par les notes de dégustation accompagnant chaque huile. Elles étaient rédigées dans un langage qui gardait des échos de la cave : un soupçon de citron vert et de bourgeon de cassis, d'artichaut et de poivre, de fines herbes – des mots et des phrases qu'on pourrait entendre lancés par ces superbes vieillards au nez fleuri qui tiennent cour dans les caves de Châteauneuf-du-Pape. La seule différence majeure, c'est qu'il est inutile de mettre de côté quelques caisses d'huile pour adoucir votre vieillesse ; contrairement à bien des vins, l'huile ne s'améliore pas avec les années : l'huile jeune est la meilleure.

Le palais bien lubrifié et les dents encore nappées d'huile, je montai au premier étage pour rencontrer Olivier. Brun, le cheveu court, le nez chaussé de lunettes, il a un air tranquille d'universitaire et un langage érudit comme je le constatai quand je lui demandai de m'expliquer un mot qui m'intriguait depuis le premier jour où je l'avais vu s'étaler sur une bouteille d'huile de Lucca en Italie : *extra vergine.*

Je n'avais jamais compris comment quelque chose pouvait être extra-vierge. Cela me paraît aussi incongru que d'évoquer une femme « extra-enceinte ». Comment peut-il y avoir des degrés dans la virginité ? J'avais supposé que c'était un de ces envols d'autopromotion italienne – ma vierge est mieux que la tienne –, qui n'avait d'autre propos que de paraître impressionnant sur une étiquette.

Olivier me regarda, amusé, par-dessus la monture de ses lunettes.

– En fait, déclara-t-il, il y a trois stades de virginité. Toute huile d'olive contient des acides gras libres. Pour

203

être qualifiée d'extra-vierge, une huile doit contenir moins de 1 % de ces acides. Plus de 1 % mais moins de 1,5 %, et vous avez une *vierge fine*. Tout ce qui est au-dessus, jusqu'à 3,3 %, ne mérite que le qualificatif de vierge. Vierge *ordinaire*, ajouta-t-il en souriant. Vous comprenez ?

Il continua à parler des crus de l'huile d'olive, des processus de vieillissement par lesquels passent les huiles depuis la pression (je fus heureux d'apprendre que l'extra-vierge se conserve plus longtemps que les vierges de moindre acabit), et nous en arrivions tout juste aux eaux plus profondes des traits organoleptiques – pour vous et moi les caractéristiques du goût – quand Olivier regarda sa montre et m'annonça qu'il était temps de partir.

La leçon se poursuivit tandis que nous roulions vers Forcalquier pour nous acquitter de la partie essentielle du processus d'enseignement à la française, un long déjeuner, soigneusement conçu. Je savais déjà que l'huile d'olive est bonne pour la santé en général, mais je n'avais aucune idée de certaines de ses applications plus raffinées. Par exemple, l'huile battue avec un jaune d'œuf constitue un masque facial garanti pour nourrir les peaux les plus sèches. Un peu d'huile avec un filet d'essence de romarin dissipe les crampes et les courbatures musculaires. Un mélange d'huile et de menthe verte en friction sur les tempes fait merveille, dit-on, pour les migraineux. Pour ceux qui risquent de souffrir d'un excès de mets et de boissons, une cuillerée à soupe d'huile pure avalée avant tout festin recouvre la paroi de l'estomac, atténue la gueule de bois et assure un transit intestinal sans heurt et bien ordonné. L'huile d'olive promet aussi de soulager la constipation aussi bien que cette maladie particulière aux Français, la crise de foie. (Une rébellion du foie suivant une surcharge de nourriture bien riche et l'absorption peu judicieuse d'une seconde bouteille d'un vin généreux.) Comme elle conserve vos intestins dans un état de fonctionnement absolument parfait, une généreuse dose quotidienne d'extra-vierge vous aide donc à vivre plus vieux. Dans l'ensemble, Olivier parvenait à donner à l'huile d'olive le statut d'une panacée pour toutes les affections qui peuvent atteindre l'homme, à l'exception d'une jambe cassée.

Peut-être s'agit-il là de prétentions exagérées, mais je ne demandais qu'à le croire. Il y a tant de choses dans la vie que j'aime, du soleil aux cigares, qui, me dit-on, sont mauvaises pour moi, qu'un plaisir sain est un délice trop rare. Bref, je n'avais pas l'intention de contester lorsque nous arrivâmes à Forcalquier et que nous traversâmes la grande place pour nous rendre dans un restaurant au nom étrange, *Le Lapin Tant Pis*, dont j'aimerais avoir le chef, Gérard Vives, pour voisin. Le chef se joignit à nous pour déjeuner, ce qui est toujours un signe rassurant, ainsi que deux collègues d'Olivier. Je me retrouvai – et ce n'était pas la première fois – comme un ignorant au milieu d'experts.

Olivier exhiba une bouteille de sa dernière découverte, une huile régionale en provenance des Mées, et il nous fallut la goûter avant d'entamer sérieusement le déjeuner. Je m'attendais un peu à voir des cuillères à dégustation en porcelaine jaillir des poches, mais la technique ici était un peu plus rustique. On distribua du pain, cet irrésistible pain un peu élastique qui cède sous une douce pression des doigts. On arracha des quignons à la miche et je regardai les professionnels qui m'entouraient utiliser leur pouce pour pratiquer de petites indentations dans leur pain. La bouteille circula et on emplit d'huile les indentations. Les têtes se baissèrent, on approcha les nez pour humer le bouquet. Puis, à petites gorgées contenues, comme un oiseau qui picore, on goûta l'huile, la gardant en bouche et la faisant tourner autour des dents du fond avant de l'avaler. Ensuite, on mangea le pain, on se lécha les pouces, et on en reprit.

Ce n'est qu'une des nombreuses méthodes de dégustation et une des plus simples. En Corse, par exemple, on dépose quelques gouttes d'huile dans le creux de la main et on la réchauffe avec un doigt. On se lèche ensuite soit la main soit le doigt : cela dépend des Corses, m'a-t-on dit. Il y a aussi la méthode de la patate : on répand l'huile en bruine sur des morceaux de pommes de terre cuites à la vapeur, on avale un morceau de pomme entre deux dégustations pour se nettoyer le palais. Dans tous les cas quelques profondes inspirations sont recommandées pour que l'air vienne dans votre bouche se mêler à l'huile, ce qui libère tous les traits organoleptiques. Ça a l'air très facile jusqu'au moment où l'on essaie. Vous découvrez, rapidement, et à votre grand embarras, qu'il faut une certaine pratique avant de maîtriser l'art de garder l'huile dans votre bouche entrouverte sans baver. Quand des goûteurs sont rassemblés, on peut toujours reconnaître un débutant à son menton huileux : en l'occurrence, le mien.

Mais du moins réussis-je à en garder assez en bouche pour l'apprécier : une huile merveilleuse, épicée, avec un petit soupçon d'amertume poivrée au dernier moment. Olivier m'expliqua qu'on l'avait obtenue en pressant trois variétés différentes – *aglandau*, *picholine* et *bouteillan* –, toutes résistantes à la mouche de l'olivier et assez robustes pour survivre aux hivers souvent rigoureux de Haute-Provence. Le genre d'olives que je devrais peut-être songer à planter.

De fil en aiguille, comme c'est souvent le cas au cours d'un excellent déjeuner de quatre plats, quand nous eûmes terminé, j'avais été invité à faire la connaissance des arbres qui avaient produit l'huile en question. La meilleure époque serait celle de la récolte, me dit Olivier, vers la Sainte-Catherine, fin novembre. Il pouvait même me trouver un guide – un homme de passion et de *grande valeur* – qui m'instruirait tout en me faisant visiter les oliveraies.

Je retrouvai Jean-Marie Baldassari à son bureau d'Oraison. C'était un homme qui inspirait d'emblée la sympathie : amical, détendu, et avec cet air calme que j'ai déjà remarqué chez des gens qui travaillent au rythme de la nature et des saisons. Il préside le syndicat local des huiliers et je ne tardai pas à découvrir que l'amour de sa vie professionnelle, c'était l'olivier. Un arbre d'une grande intelligence, déclara-t-il, un chameau parmi les arbres, capable d'emmagasiner assez d'eau pour supporter de longues périodes de sécheresse, un arbre presque éternel. Il y en avait autour de Jérusalem, me dit-il, dont on estimait l'âge à quelque deux mille ans.

En Provence, l'olive a connu des temps difficiles, et elle a souffert aussi bien de l'homme que de la nature : gelées anormales d'une mémorable brutalité de l'hiver de 1956, ou vieille tendance des fermiers à remplacer les oliveraies par des vignobles plus rentables. (Depuis 1929, le nombre d'oliviers en Provence est tombé de huit à deux millions.) Et puis il y a le manque de soins en général. On en voit les victimes aux flancs de collines abandonnées et envahies de mauvaises herbes, leurs troncs étranglés par des pieds de lierre, des arbres entiers disparaissant presque sous les ronces et apparemment étouffés. Chose étonnante, ils survivent. Coupez le lierre et les ronces, débroussaillez la base du tronc, élaguez les branchages et, dans un an ou deux, il y aura des olives. Ce chameau intelligent, semble-t-il, est pratiquement indestructible, capable de reprendre vie après avoir connu le pire des cauchemars pour un arbre. Je comprenais pourquoi Jean-Marie l'admirait tant.

Même si l'on redonnait une santé parfaite à tous les arbres abandonnés de Provence, la production d'huile serait encore infime comparée à celles de l'Italie et de l'Espagne (que j'ai entendu un jour décrite comme le « Koweit de l'huile d'olive »). Si la Provence ne peut rivaliser en quantité, elle doit donc le faire en qualité. Et comme pour presque tout en France de particulièrement bon à manger ou à boire, cela signifie une classification extrêmement appréciée : l'A.O.C. ou *appellation d'origine contrôlée.*

Une A.O.C., c'est un peu comme la garantie d'un fabricant, avec cette différence importante que les fabricants ne peuvent pas se la décerner eux-mêmes. Il faut une sanction officielle : mener des expériences, examiner à la loupe les conditions de production, remplir des piles de formulaires et, bien entendu, organiser des dégustations. J'aime à penser que travailler pour les gens de l'A.O.C. est une occupation où on est presque aussi bien nourri que quand on est inspecteur pour le Guide Michelin. Le règlement est très strict, quel que soit le produit : vins, fromages ou poulets. Ils doivent venir de la région indiquée (c'est l'origine) et la qualité doit être d'un niveau suffisamment élevé pour mériter cette distinction. C'est un système qui encourage l'excellence, protège des imitations et permet aux clients de savoir exactement à quoi s'attendre pour le prix. Deux huiles provençales, celle de Nyons et celle des Baux, ont déjà le statut d'A.O.C., et les huiles de Haute-Provence les ont rejointes à la fin de 1999.

– *Bon*, fit Jean-Marie. Voilà pour les faits et les chiffres. Je pense que vous aimeriez voir l'huile maintenant.

Il y a sept pressoirs en activité en Haute-Provence et notre première halte fut au moulin des Pénitents, à côté des Mées. Roulant vers le nord par des routes droites et désertes, nous nous dirigions vers la montagne de Lure, ornée sur sa crête de neige hivernale. C'était un jour clair et froid et je n'enviais pas les cueilleurs d'olives qui étaient sur les collines depuis le début de la matinée. Il faut cinq kilos pour faire un seul litre d'huile et aucune des machines qu'on a inventées jusque-là ne parvient à cueillir le fruit sans endommager l'arbre. Il faut donc cueillir les olives à la main. Je me demandai combien de temps les doigts pouvaient tenir avant de geler. Comme disait Jean-Marie, il faut aimer les arbres pour faire ce travail.

Pour une olive récemment cueillie, le choc, après une brève existence de calme et de tranquillité, doit être considérable. On a beau l'arracher de l'arbre avec tendresse, dès ce moment-là, la situation se dégrade rapidement : les olives sont jetées dans un sac, entassées dans une camionnette et livrées à la cacophonie d'une chambre de torture mécanique. Elles sont d'abord lavées, puis écrasées, puis pressées avant d'être entraînées dans le tourbillon d'une centrifugeuse.

Pour les êtres humains, le niveau sonore d'un pressoir à huile signifie que toute communication doit se faire sous la forme d'un rugissement poussé à moins de quinze centimètres de l'oreille, ce qui constituait un léger handicap pour mon éducation. Malgré tout, Jean-Marie parvint à percer ce vacarme et à me guider depuis le début du processus jusqu'à la fin : des sacs d'olives attendant leur tour devant la laveuse à une extrémité jusqu'au flux d'huile d'un doré verdâtre se déversant à l'autre extrémité. Il flottait dans l'air une odeur merveilleuse, riche, onctueuse et prometteuse, une odeur tiède que j'associe toujours à la lumière du soleil.

Nous observâmes le trajet des olives : dépouillées de leurs feuilles et de leurs branchages, lavées et luisantes, elles passaient au stade suivant, le broyage, qui en fait une sorte d'épaisse pâte sombre.

– Vous vous demandez sans doute ce qu'il advient des noyaux, dit Jean-Marie.

Ah, les noyaux ! Ils s'avèrent être plus utiles et jouer un plus grand rôle qu'on ne pourrait le croire. À une époque, le sentiment prédominait chez certains producteurs d'olives d'avant-garde que la qualité de leur huile serait améliorée si l'on extrayait les noyaux et que l'on ne pressait que la chair, ce qui voulait dire un surcroît de complications et de dépenses. Mais ils découvrirent que l'huile ainsi fabriquée ne se gardait pas. Il existe un conservateur naturel contenu dans les noyaux et, faute de cela, l'huile ne tarde pas à rancir. Il ne faut jamais trifouiller la nature, conclut Jean-Marie. Dieu sait ce qu'Il fait.

Nos tympans vibrant encore du fracas des machines, nous gagnâmes la réception où deux producteurs étaient accoudés au comptoir. L'un d'eux, jovial et les joues rouges, était retraité, mais il était passé voir comment se présentait la récolte.

– *Alors*, dit-il à l'autre producteur, *ça coule ?*

D'après ce que j'avais vu à côté, l'huile coulait comme un jeune torrent, mais ça ne se faisait manifestement pas d'en convenir. L'autre producteur fronça les sourcils et agita la main d'un petit geste hésitant qui voulait dire que les choses pourraient être pires.

– *Eh*, dit-il. *Quelques gouttes.*

La femme derrière le comptoir souriait, et quand je lui demandai si la récolte était bonne cette année, elle acquiesça en désignant un grand flacon de verre. Il était empli d'un échantillon de la première huile de la saison, de l'*aglandau* pure. Quand je levai la bouteille vers la lumière, l'huile était si épaisse qu'elle avait presque l'air solide.

– C'est l'huile de M. Pınatel, dit-elle. Nous gardons tous les lots séparés. Je pourrais vous dire d'où vient chaque huile : peut-être pas l'arbre, mais sans doute le champ. Comme le vin.

Il était temps de poursuivre. Jean-Marie – peut-être le seul Français vivant à travailler durant le déjeuner – avait des affaires d'huile à régler, et nous convînmes de nous retrouver au début de l'après-midi pour une visite guidée des oliveraies. Je devais l'attendre au café de Dabisse, le *Bar moderne*.

Les bistrots de campagne ont tendance à refléter le caractère du pays et les surfaces dures et nues du *Bar moderne* avaient un peu de l'austérité d'une colline éventée de Haute-Provence. Des rafales d'air glacé s'engouffraient par la porte avec l'entrée de chaque client, pour être remplacées par des bouffées d'air chaud quand on échangeait des salutations et que les conversations s'engageaient. Les hommes qui passent leur vie de travail à l'extérieur, où le discours doit tenir compte de l'éloignement et du fracas des tracteurs, semblent acquérir des voix puissantes. Ils s'interpellent dans des grondements de tonnerre et leur rire retentit comme de petites explosions.

Il y avait ce jour-là un intéressant assortiment de coiffures portées par des représentants de trois générations différentes. L'homme le plus âgé de l'assistance, penché dans le coin sur son pastis, entourant son verre d'une main protectrice, arborait un couvre-chef qui aurait pu appartenir à un chef de char russe durant la Seconde Guerre mondiale : une création en toile d'un vert olive sombre, avec de longs rabats qui pendaient comme des oreilles de cocker de chaque côté de son visage au teint coloré hérissé d'une barbe blanche. Ses compagnons plus jeunes portaient soit des casquettes soit des bonnets de laine : l'un avait les deux, la casquette enfoncée par-dessus son bonnet. Seul le jeune homme derrière le comptoir, avec sa casquette de base-ball, avait fait quelques concessions à la mode.

Sur l'écran du téléviseur, installé en encorbellement sur le mur du fond, les habitants d'une autre planète grimaçaient et gambadaient dans une succession de clips musicaux sous l'œil indifférent de la clientèle. Un chien faisait la tournée des tables dans l'espoir d'obtenir un morceau de sucre. Je bus un verre de vin rouge bien frais et regardai par la fenêtre le ciel qui s'assombrissait soudain. Le soleil avait disparu. Un banc de nuages couleur d'étain était arrivé, poussé par le vent, et il allait faire un froid mordant sur les collines.

On me remit aux bons soins de M. Pinatel qui, planté à l'entrée d'une vieille grange en pierre, humait l'air. Après avoir serré une main tannée, je montai dans sa camionnette et nous prîmes un étroit chemin de terre qui passait devant une pommeraie décorative : des rangées d'arbres, décharnés et sans feuilles, chacun relié à son voisin par des hamacs en filet aux mailles fines. De loin on aurait dit que quelqu'un avait commencé à faire un emballage cadeau pour tout le verger mais s'était désintéressé du projet avant d'y apporter les ultimes touches ornementales.

– C'est pour protéger les fruits quand il y a de la grêle, dit M. Pinatel. S'il n'y a pas ces filets, les compagnies refusent d'assurer la récolte. (Il poussa un grognement et secoua la tête.) Ah, les assurances ! Heureusement que nous n'avons pas à faire pareil pour les olives.

Je compris ce qu'il voulait dire quand, laissant le verger derrière nous, nous pénétrâmes dans un océan d'oliviers. Ils s'étendaient par milliers au flanc de la colline, comme des sculptures primitives et feuillues se dressant sur le sol nu et rocailleux. La plupart d'entre eux étaient là depuis deux cents ans, les vétérans depuis deux fois plus. La cueillette rapportait quelques centaines de milliers d'olives et chacune d'elles devait être arrachée des branches à la main.

Nous nous arrêtâmes à l'extrémité d'une longue avenue d'arbres où les cueilleurs étaient à l'ouvrage : des hommes et des femmes des villages voisins en train de faire ce que leurs arrière-arrière-grands-parents avaient fait avant eux. En ce temps-là, quand on voyageait à pied ou à dos de mule, la cueillette des olives était un des rares moments de l'année où les habitants des villages isolés avaient un prétexte pour se réunir. C'était l'occasion pour les jeunes gens de rencontrer des jeunes femmes, et des liaisons romanesques se nouaient souvent sous les arbres. Un sac d'olives devait avoir le même effet qu'un bouquet de roses rouges. L'amour s'épanouissait, des mariages étaient conclus. Le premier enfant mâle était souvent prénommé Olivier.

Les coutumes ont pu changer, tout comme les outils des cueilleurs. Mais la technique de cueillette n'a guère évolué depuis deux mille ans. Pour cueillir les olives, on étale sur le sol, autour de la base de l'arbre, la bâche, une gigantesque feuille de plastique. On retire les olives des branches avec un outil qu'on pourrait imaginer voir utiliser pour peigner un très gros animal poilu : un peigne à manche court, large d'une vingtaine de centimètres, avec une rangée de dents émoussées. Quand on a peigné les branches inférieures, le cueilleur atteint le haut de l'arbre en grimpant sur une échelle triangulaire, large au bas, étroite en haut. Quand il est sur l'échelle, la moitié du corps du cueilleur disparaît : on ne voit plus qu'une paire de jambes jaillissant du feuillage, comme de bizarres excroissances, la plupart d'entre elles vêtues de jeans. Par-dessus la rumeur du vent, j'entendais le « plop » régulier des olives tombant sur la bâche et de temps en temps un juron, lorsqu'une branche venait gifler une joue glacée. C'était un lent travail dans le froid.

En rentrant chez moi à la fin de la journée, les mains et les pieds se dégelant lentement dans la chaleur de la voiture, je n'avais pas de mal à comprendre ce qui avait poussé de si nombreux fermiers à abandonner l'olive en faveur du raisin. Un vignoble vous donnera un rapport plus rapide sur votre investissement : au bout de trois ans environ, vous voilà à flot et les conditions de travail sont plus agréables. À l'exception de la taille, presque tout le travail un peu dur se fait le soleil sur les épaules, ce qui est plus plaisant aussi bien pour les os que pour le caractère. Et, pour peu que le vin soit assez bon, les hommes qui les cultivent peuvent gagner convenablement leur vie. Avec les olives, c'est une autre histoire. Je l'ai entendue maintes et maintes fois : personne ne s'enrichit en cultivant des olives.

Je me rendis compte que l'affection que je portais aux olives était fondée sur l'émotion plutôt que sur des raisons pratiques. Ce qui m'attirait, c'était l'histoire des arbres, leur résistance obstinée aux catastrophes naturelles et leur refus de mourir. Jamais je ne me lasserai de regarder leurs feuilles étinceler au soleil et les muscles de leurs troncs massifs gonflés et tordus dans l'effort de s'arracher à la terre. Ces sentiments, je l'avais toujours pensé, étaient bien ceux d'un amateur attiré par le pittoresque. C'était une surprise et un grand plaisir de découvrir que sur ces collines glacées, des fermiers réalistes les partageaient. Il faut aimer les arbres pour faire ce travail.

Vendredi matin à Carpentras

J'ai souvent remarqué en voyageant dans le Vaucluse de petits champs plantés de quelques rangées éparses de bébés chênes protégés par de sévères pancartes en caractères noirs sur fond jaune : *Défense de pénétrer sous peine de sanctions correctionnelles graves*, attirant l'attention du lecteur sur les articles 388 et 444 du Code pénal. Je n'ai aucune idée de ce que pourraient être les châtiments. Peut-être un voyage menottes aux mains jusqu'à l'Île du Diable, ou bien des amendes prodigieuses et l'emprisonnement dans une station thermale. Je frémis devant ces redoutables possibilités.

Si je prends, moi, ces avertissements au sérieux, il est clair que ce n'est pas le cas de tout le monde : les avis sont couramment volés, barbouillés ou utilisés comme cibles par les chasseurs. Mais, théoriquement, vous pourriez être poursuivi pour les avoir ignorés et vous être aventuré dans le champ. Car c'est, ou ce sera – si Dieu, le temps et les caprices du terrain et des spores le permettent –, un champ précieux, un champ où la richesse gît à quelques centimètres à peine sous la surface. Un champ de truffes.

Il y a peu, nous avons eu la bonne fortune de passer quelque temps dans une maison située en bordure du souverain de tous les champs de truffes : un domaine entier en fait, un secteur de plus de quarante hectares.

C'était de loin l'exemple le plus impressionnant que j'aie jamais vu de la détermination de l'homme à cultiver la truffe noire, horriblement onéreuse et notoirement capricieuse – la « divine tubercule » qui fait frissonner d'impatience les gourmets alors même qu'ils cherchent leur portefeuille.

Nous nous étions liés d'amitié avec les propriétaires, Mathilde et Bernard, qui nous racontèrent un peu de l'histoire du domaine. C'était un pâturage accidenté quand le père de Bernard en cerna les possibilités et l'acheta voilà bien des années, mais c'était un homme qui savait envisager l'avenir avec patience. Il était prêt à attendre ses truffes. Il devait aussi être optimiste, car les truffes noires ont une mentalité à elles et ont tendance à pousser là où elles veulent plutôt que là où elles sont censées le faire. Tout ce qu'on peut espérer, c'est aider à créer les bonnes conditions, à croiser fermement les doigts et à attendre cinq, dix ou quinze ans.

Ce qui fut fait. On planta vingt-cinq mille chênes truffiers sur un terrain en pente bien drainé et on posa plusieurs kilomètres de conduits d'irrigation. Un investissement impressionnant, tout le monde en convenait, même si le système d'irrigation amusait beaucoup les gens du pays à l'époque. Qui avait jamais entendu parler d'arroser des chênes truffiers comme des géraniums ? C'était de l'argent jeté par les fenêtres. Il le regretterait.

Mais le père de Bernard s'était livré à une étude très approfondie des soins et de l'alimentation des chênes truffiers et il savait que les arbres avaient besoin de rafraîchissement durant la chaleur de l'été. Il voulait laisser le moins possible au hasard et à la nature, et il avait installé son système d'irrigation comme assurance contre la sécheresse. Dans les années anormalement sèches, quand les orages d'août n'arrivaient pas comme ils auraient dû, ses arbres avaient quand même de l'eau. Lors des hivers qui suivaient les sécheresses, quand les autres grattaient la terre sans rien trouver, il avait des truffes. Les gens du pays cessèrent de rire. Et, lui faisant une sorte de compliment équivoque, certains d'entre eux commencèrent à braconner.

Protéger une grande étendue de terre un peu perdue des incursions sournoises pose des problèmes considérables. Ils étaient d'autant plus aigus dans ce cas que les braconniers opèrent en général de nuit. Leurs chiens, dressés à flairer la truffe, n'ont pas besoin de voir : leur nez les emmène là où il faut. Comme ils travaillent dans le noir, l'excuse traditionnelle du braconnier qu'on arrête et qu'on interroge – « Je faisais juste faire une promenade à Fido » – est moins que convaincante. Deux heures du matin est une drôle d'heure pour aller faire un tour. Mais il est vrai que, travaillant dans l'obscurité, le braconnier est très rarement pris. Parfois on l'entend, de temps en temps on l'aperçoit, mais on le coince rarement. Que peut-on faire ?

On essaya toutes sortes de mesures de dissuasion. Les avis menaçants de poursuites et d'amendes se révélèrent inutiles. Une succession de veilleurs de nuit renonça à couvrir un aussi vaste territoire. On enrôla des oies pour former un système d'alarme mobile, mais elles se révélèrent salissantes et inefficaces. (Certaines d'ailleurs ne vécurent pas longtemps, puisqu'elles étaient faciles à tuer et assez bonnes à manger.) Après l'expérience des oies, on érigea des clôtures de barbelés à hauteur d'homme. Mais les braconniers eurent tôt fait d'acheter des pinces coupantes.

Pour finir, une équipe de quatre chiens de garde – d'énormes bêtes de la taille de bergers allemands et très rapides – vint s'installer et opérer sur la propriété. Confinés durant la journée dans leur chenil, on les lâche la nuit dans le domaine. Ils ont été dressés à ne pas agresser le braconnier mais à concentrer leurs attentions sur son chien, et la méthode est efficace. Ayant à choisir entre la retraite ou la mort, le chien du braconnier se souvient tout d'un coup d'un rendez-vous urgent et détale. Sans les facultés de détection du chien pour le guider, le braconnier est impuissant. Il peut creuser toute la nuit sans rien trouver de plus que quelques poignées de terre. Autant rentrer chez soi.

Un bon chien truffier, c'est de l'or en barre, comme nous le vîmes un après-midi au début de la saison. C'était une chienne d'une race incertaine, grisonnante et moustachue, basse sur pattes comme le sont les meilleurs chiens truffiers et totalement absorbée par son travail. Nous la suivîmes tandis qu'elle avançait lentement sous les arbres, baissant la tête, le nez au vent, en agitant la queue. De temps en temps, elle s'arrêtait et, avec une étonnante douceur, se mettait à gratter le sol : jamais pour rien. Il y avait toujours une truffe juste sous la surface, qu'on extrayait avec un petit pic en forme de U tandis qu'elle venait flairer la poche de son maître pour avoir sa récompense, un petit morceau de gruyère.

La saison de la truffe s'étend à peu près du premier gel jusqu'au dernier et, durant le plus clair de cette période, la cuisine de la ferme de Mathilde et Bernard s'emplit d'un air délicieusement parfumé. L'odeur des truffes, riche et puissante, vous accueille sitôt le seuil franchi et peut-être aurez-vous la chance qu'on vous offre une des spécialités de la maison. C'est la Rolls Royce des beurres : des couches alternées de beurre et de lamelles de truffes fraîches, étalées sur du pain grillé, parsemées de grains de gros sel et accompagnées d'un verre ou deux de vin rouge. Si cela ne vous met pas en appétit pour le déjeuner, rien n'y parviendra.

Vers la fin de chaque semaine en saison, on peut voir dans le coin de la cuisine deux vastes paniers de paille, le contenu protégé par un linge humide. Ce sont les truffes qu'on a ramassées au cours des sept derniers jours, prêtes pour le marché du vendredi matin à Carpentras et cette semaine, Bernard m'a confié une tâche importante. Je dois être le porte-truffes officiel, celui qui a la charge des paniers.

Nous partîmes à sept heures, roulant presque à l'aveuglette à travers les bancs de nuages bas qui s'installent souvent sur les collines en hiver. Nous descendions vers la route de Carpentras quand le soleil commença à percer, ne laissant que des effilochages de nuages qui n'étaient guère plus que des taches basses sur un ciel aussi bleu qu'en juillet. Nous aurions droit à une de ces journées d'hiver d'une éblouissante clarté où le paysage donne l'impression d'avoir été astiqué.

La voiture embaumait mais dans une atmosphère un peu humide. Je demandai à Bernard pourquoi il fallait conserver les truffes ainsi et il m'expliqua les périls de l'évaporation. Dès l'instant où on les extrait de la terre, les truffes commencent à sécher, à se déshydrater : pis encore, à perdre du poids, parfois jusqu'à 10 %. Comme les truffes se vendent au poids, ces 10 %-là, comme disait Bernard, c'était de l'argent qui se volatilisait !

À huit heures et demie, nous étions à Carpentras. En même temps, nous sembla-t-il, que tous les amateurs de truffe du Vaucluse. Il devait bien y en avoir une centaine, un petit rassemblement humain d'un côté de la place Aristide Bruant à part cela déserte. Le marché se tient chaque vendredi matin de novembre à mars, le Q.G. étant, comme on pourrait s'y attendre, installé au bar le plus proche. Ceux qui étaient arrivés de bonne heure, réconfortés par un café, avec un doigt de quelque chose d'un peu plus fort pour lutter contre le froid du matin, commençaient à quitter le bar pour faire la tournée des tréteaux dressés dehors. Bernard en fit autant.

Je le suivis avec les paniers, feignant la nonchalance, comme si j'avais l'habitude de trimballer des milliers de francs recouverts de linges humides.

Un des agréments du marché de Carpentras c'est qu'il n'est pas exclusivement réservé aux professionnels. Quiconque a une truffe à vendre peut tenter sa chance auprès des *courtiers*, des agents qui achètent pour leurs clients de Paris ou du Périgord – et je regardai un vieil homme se couler jusqu'à la table où l'un d'eux se préparait à faire des affaires.

Le vieil homme jeta un coup d'œil alentour avant de tirer de sa poche quelque chose d'enveloppé dans du papier journal. Il déballa l'objet, une truffe de belle taille, qu'il présenta au creux de ses mains jointes. Était-ce pour la dissimuler aux regards inquisiteurs de la concurrence ou pour en rehausser l'arôme ? Je ne savais pas très bien.

– *Tenez, sentez*, dit le vieil homme. Je l'ai trouvée au fond du jardin.

Le courtier se pencha sur la truffe pour inhaler, puis regarda le vieil homme, son visage exprimant une totale incrédulité.

– Bien sûr, dit-il. En promenant le chien.

Là-dessus, leurs négociations furent interrompues par l'arrivée d'un gendarme qui fendit la foule jusqu'au moment où il trouva un espace dégagé devant les tables. D'un geste ample et cérémonieux, il leva le bras gauche pour pouvoir consulter sa montre. S'étant assuré que l'heure avait officiellement sonné, il porta un sifflet à ses lèvres et lança deux coups brefs.

– *Le marché est ouvert*, annonça-t-il.

Neuf heures sonnantes.

Il était assez facile de repérer les gros vendeurs, les *trufficulteurs* avec leurs gros sacs ou leurs paniers recouverts de tissu et les courtiers installés à leurs tables. Mais pas moyen de savoir si d'autres acheteurs anonymes faisaient ce matin-là leur ronde. Carpentras est un marché connu et il se peut toujours que quelqu'un soit venu là acheter pour des restaurants à trois étoiles. Donc, si vous êtes abordé par un homme exprimant son intérêt pour le contenu de votre panier, ce n'est pas seulement une bonne manière mais peut-être une bonne affaire que de lui proposer de humer la marchandise.

Sur un signe de tête de Bernard, je retirai le linge et brandis un de nos paniers sous le nez d'un gentleman élégamment vêtu, à l'accent parisien. Sa tête disparut presque à l'intérieur du panier et je voyais ses épaules se soulever et s'abaisser tandis qu'il prenait une série de profondes inspirations. Il réapparut, souriant et hochant la tête, puis choisit une truffe qu'il se mit à gratter avec précaution de l'ongle de son pouce jusqu'au moment où la couleur et les veinules blanches sous la surface commencèrent à apparaître. En règle générale, plus la truffe est foncée, plus elle est parfumée et désirable, et donc plus chère, car le prix est lié au parfum. Autrement dit cela coûte les yeux de la tête de s'en mettre plein les trous de nez, pour parler un peu vulgairement.

Le gentleman acquiesça une nouvelle fois en reposant la truffe. Il semblait fortement impressionné. J'attendais de voir les billets apparaître.

– *Merci, messieurs*, dit-il et il s'éloigna.

Nous ne l'avons jamais revu. De toute évidence, ce n'était qu'un amateur de truffes, un renifleur et un gratteur plutôt qu'un acheteur. Chaque marché apparemment en a un.

Bernard a, en fait, des clients réguliers avec lesquels il traite depuis des années et nous devions aller les voir, dès l'instant où acheteurs et vendeurs auraient cessé de tourner les uns autour des autres assez longtemps pour établir le cours du jour. Mais, pour l'instant, déchargé de mes responsabilités, je pouvais rôder, regarder et écouter.

Il y a toujours quelque chose de furtif dans le commerce des truffes. On garde le secret sur ses sources d'approvisionnement. On paie essentiellement en espèces sans que personne donne le moindre reçu. Il n'existe ni protection ni garantie. Les irrégularités du marché – parfois indélicatement décrites comme des filouteries – ne sont pas rares. Cette année-là, comme pour confirmer les pires craintes de M. Farigoule, voilà que les abominables Chinois intervinrent sur le marché français. Leur arme secrète, c'est la *Tuber himalayensis*, un champignon oriental qui a l'aspect et même l'odeur de l'authentique *Tuber melanosporum* de Provence. Il y a toutefois deux différences importantes : l'imposteur chinois vend son produit pour une fraction du prix de la truffe authentique et celui-ci, m'a-t-on dit, a le goût de copeaux de caoutchouc.

Théoriquement, en les disposant côte à côte, on ne risquerait absolument pas de confondre les variétés. Mais ce qui s'est passé, à en croire la rumeur qui court sur le marché, c'est que certains commerçants sans scrupule ont mélangé les deux – quelques truffes authentiques dans un chargement d'imitations chinoises – tout en faisant payer le prix fort. S'il devait y avoir une excuse pour une éventuelle réapparition de la guillotine, c'en serait assurément une.

Pendant la première demi-heure, j'avais noté qu'achats et ventes se faisaient avec une certaine lenteur. Malgré tout, on marmonnait pas mal entre courtiers et fournisseurs, on discutait pour convenir d'un prix au kilo. Comme il n'y a pas de prix officiel, tout est négociable. Et puis, si un vendeur n'est pas satisfait du cours de Carpentras, il a toujours la possibilité de faire une meilleure affaire au marché du samedi à Richerenches, plus au nord. Ça ne paie donc pas de se précipiter. Ce ne fut qu'une fois les premières grosses transactions conclues que le cours du jour commença à se fixer autour de 2 700 francs le kilo.

Ce fut le signal pour les portables de sortir des poches, sans doute afin de relayer la nouvelle à tous les coins du monde de la truffe, et on pouvait être sûr que le cours ne resterait pas à ce chiffre bien longtemps. À mesure que les truffes voyagent vers le nord, leur valeur s'accroît énormément et, lorsqu'elles atteignent Paris, le prix risque d'avoir doublé.

Les affaires commençaient à reprendre. Je me trouvais auprès d'un des courtiers, occupé à griffonner quelques notes, quand je sentis une présence derrière moi : je me retournai pour heurter le nez d'un homme qui regardait par-dessus mon épaule pour voir ce que j'écrivais. Il croyait, j'en suis sûr, que j'étais en possession d'un secret et de précieux renseignements confidentiels. Comme il aurait été déçu s'il était parvenu à déchiffrer mes gribouillis en anglais ! Il n'aurait rien trouvé d'autre que quelques observations sur la tenue des élégants négociants en truffe.

Ils portaient des bottes poussiéreuses aux semelles épaisses, de gros blousons avec des poches intérieures bourrées d'enveloppes brunes pleines de billets, des bérets – dont l'un avec un ingénieux système de rabats sur les oreilles –, des casquettes de yachting modifiées, un feutre noir à large bord, de longues écharpes portées dans le style attaque de banques, enroulées autour du cou de façon à dissimuler le visage jusqu'au niveau des yeux. Tout cela créait une ambiance sinistre qui ne se dissipait que quand il fallait abaisser les écharpes afin de découvrir le nez pour le reniflement rituel.

La plupart des hommes et des femmes étaient entre deux âges et avaient une apparence rustique, mais il y avait quelques exceptions remarquables : des jeunes gens vêtus de cuir, au visage dur, aux cheveux coupés en brosse et avec des boucles d'oreilles. Les gardes du corps, pensai-je, en cherchant un renflement visible sous leur blouson, sans doute armés et dangereux, manifestement là pour protéger les liasses de billets de 500 francs qui s'échangeaient de main en main. Après les avoir observés quelques instants, il m'apparut clairement qu'ils tenaient compagnie à leur vieille mère tandis qu'elle marchandait une demi-douzaine de truffes minuscules dans un sac en plastique boueux.

Bernard décida qu'il était prêt à vendre et nous trouvâmes un de ses contacts réguliers derrière une petite table au bord de la foule. Comme les autres courtiers, il avait un matériel où se mêlaient l'antique et le moderne : une balance romaine portable comme on en utilise depuis un certain nombre de siècles et une calculatrice électronique de poche. On examinait la couleur des truffes, on les humait et on les transférait des paniers dans un sac aux mailles de coton. On accrochait le sac au crochet de la balance, et on faisait coulisser le poids de cuivre le long de la réglette jusqu'au moment où le fléau de la balance était à l'horizontale. Bernard et le courtier examinèrent l'instrument, se regardèrent en hochant la tête. On se mit d'accord sur le poids. Le courtier entreprit alors de communier avec sa calculatrice avant de pianoter sur le clavier. Il montra les chiffres à Bernard, en cachant l'écran d'une main comme s'il lui montrait une photographie polissonne. Nouveaux hochements de tête. On convint du prix. Un chèque fut rédigé. (Bernard a le plus grand respect pour la légalité dans un commerce aux lois un peu floues et il ne traite jamais en liquide.) Le travail de la matinée était terminé.

– Maintenant, dit Bernard, au cabaret !

Et nous nous frayâmes un chemin à travers la cohue jusqu'au café. Il régnait là un bruit considérable, malgré la technique des conversations furtives qu'utilisaient nombre de négociants en truffe. Ils semblaient incapables de dire quoi que ce soit sans se protéger la bouche de la main, sans doute pour faire pièce aux gens aux oreilles indiscrètes comme moi. Des renseignements inestimables, comme l'état de leur foie ou les prévisions météorologiques, sont donc à l'abri des oreilles à l'affût : du moins serait-ce le cas s'ils ne hurlaient pas derrière l'écran de leur main.

La combinaison des accents régionaux, des phrases à moitié avalées, la barrière toujours présente de la main devant la bouche rendaient les conversations difficiles à suivre : je ne réussis à comprendre que deux d'entre elles. La première était plus facile, car elle s'adressait directement à moi. On venait de me présenter à un des négociants, un robuste gaillard au ventre imposant et à la voix qui convenait à sa taille. Il me demanda ce que je pensais du marché et je lui dis que j'étais impressionné par les sommes d'argent qui circulaient. Il acquiesça de la tête, son regard parcourut la salle et il se pencha plus près, une main contre le coin de sa bouche au cas où un indiscret surprendrait son chuchotement de force 10 :

– Je suis riche, vous savez. J'ai cinq maisons.

Avant de me laisser le temps de répondre, il était parti vers l'extrémité du comptoir pour faire le siège d'un petit homme en lui passant un énorme bras autour des épaules tout en se baissant, une main sur la bouche, afin de lui communiquer quelques renseignements d'un caractère hautement confidentiel. C'est, je suppose, une habitude acquise après bien des années dans un négoce où l'on a le culte de la discrétion, et je me demandai si elle s'étendait jusqu'à sa vie domestique. Sa femme et lui avaient-ils jamais une conversation normale ou bien était-ce toujours une succession de murmures, de clins d'œil et de coups de coude ? Je les imaginais à la table du petit déjeuner : « Psst... Une autre tasse de café ? – Pas si fort. Les voisins pourraient entendre. »

La seconde révélation de la matinée concernait un article vraiment remarquable du matériel des truffiers : quelque chose, je crois, que seul un esprit français aurait pu concevoir. Un négociant qui prétendait l'avoir vu en action le décrivit avec des gestes éloquents et en renversant à la ronde une certaine quantité de vin.

L'appareil avait été fabriqué pour un vieil homme – un très vieil homme – qui était né et avait grandi dans les environs de Carpentras. La truffe avait été sa passion pendant toute sa vie adulte. Il attendait avec impatience l'arrivée des premières gelées et il passait ses hivers sur les premiers contreforts du mont Ventoux avec son chien. Chaque vendredi, il se rendait au marché, son sac de toile bourré de la cueillette d'une semaine. Après avoir vendu ses truffes, il rejoignait les autres au café, juste le temps d'avaler rapidement un verre, toujours une Suze, avant d'aller reprendre sa chasse. Pour lui, une journée qu'on ne consacrait pas à la poursuite des truffes était une journée perdue.

Le temps passa et le corps du vieil homme finit par payer le prix de toute une vie passée à se pencher et à s'accroupir dans des conditions pénibles, à s'exposer pendant toutes ces années aux vents qui soufflent de Sibérie et qui peuvent glacer les reins d'un homme. Son dos finit par céder. Il devait le garder absolument droit. Tout écart par rapport à la perpendiculaire était un supplice et même marcher lui coûtait de douloureux efforts. Ses jours de chasseur de truffe étaient terminés.

Sa passion néanmoins le tenait toujours et il avait la chance d'avoir un ami qui chaque vendredi l'amenait au marché. C'était mieux que rien, assurément, mais ces visites hebdomadaires devinrent vite une source de frustration. Il pouvait regarder les truffes. Il pouvait les gratter. Il pouvait les renifler mais – comme il ne pouvait pas se courber –, il ne pouvait renifler que celles qu'on lui plaçait dans la main ou qu'on lui mettait sous le nez. Il se prit de plus en plus à regretter ce grisant plongeon qui lui faisait piquer une tête dans un panier pour baigner dans l'arôme qui avait été un élément si plaisant de sa longue existence. Ses collègues du café réfléchirent au problème.

Ce fut, me dit-on, un ancien combattant de la Seconde Guerre mondiale qui trouva l'idée, fondée très vaguement sur la conception du vieux masque à gaz. C'était un *museau télescopique*. À une extrémité, une esquisse de masque recouvrait le nez et la bouche, avec un large élastique pour le fixer à la tête. Le masque se prolongeait par un tube en toile, plissé comme le soufflet d'un accordéon, et tout au bout se trouvait la narine artificielle, un entonnoir en aluminium. Grâce à cette ingénieuse extension de son nez, le vieil homme pouvait aller de panier en panier, inhalant tout son soûl en gardant le dos bien droit. Le triomphe de la médecine pratique sur la cruelle adversité. Comme j'aurais aimé le voir en action !

À onze heures, le marché était terminé. Une grande quantité des truffes achetées était déjà embarquée sur des trains, dans une course contre l'évaporation en quittant la Provence pour Paris. Ou, parfois, pour la Dordogne, où on les présenterait comme originaires du Périgord. Les truffes de cette région sont considérées comme supérieures – comme le melon de Cavaillon ou le beurre de Normandie –, elles coûtent donc plus cher. Mais les statistiques du café – auxquelles j'ai tendance à accorder un grand crédit – affirment que jusqu'à 50 % des truffes vendues dans le Périgord proviennent du Vaucluse, où les prix sont plus bas. Naturellement, comme bien des choses dans le négoce de la truffe, c'est purement officieux. Une demande de confirmation sera accueillie par un haussement d'épaules innocent et un air ignorant.

Je ne connais qu'une conclusion appropriée à une matinée passée sur un marché aux truffes : c'est un déjeuner aux truffes. Vous seriez certainement bien servi dans un restaurant spécialisé comme *Chez Bruno*, à Lorgues (le « temple de la truffe »), mais Lorgues, c'est loin de Carpentras. Apt est plus proche et là, vous trouverez le *Bistrot de France*, un charmant restaurant plein d'animation sur la place de la Bouquerie. Des affiches aux murs, des nappes en papier sur les tables, un petit comptoir accueillant juste à l'entrée pour ceux en proie à une soif impérieuse, l'odeur de bonnes choses qui flotte dans l'air : c'est un endroit merveilleux et chaleureux pour se retrouver après des heures passées à piétiner dans le froid. Et d'autant plus appréciable que, en saison, il y a toujours un plat aux truffes particulièrement succulent au menu.

Nous arrivâmes juste avant douze heures trente pour trouver le restaurant déjà bourré des clients hivernaux, des gens de la ville et des villages voisins, parlant la langue de l'hiver, le français. (En été, vous avez plus de chance d'entendre du hollandais, de l'allemand et de l'anglais.) En face de l'entrée se trouvaient deux messieurs assis côte à côte mais déjeunant séparément, chacun à sa table d'une personne. C'est un arrangement civilisé que je vois très rarement ailleurs qu'en France et je me demande pourquoi. Peut-être les autres nationalités ont-elles plus fortement cet instinct social primitif qui les pousse à manger en petits troupeaux. Ou bien peut-être, comme l'estime Régis, un Français s'intéresse-t-il plus à la bonne cuisine qu'à la mauvaise conversation et saisit-il toutes les occasions qui se présentent de savourer un repas en solitaire ?

Le garçon, grand et maigre, avec une voix comme du gravier tiède, nous conduisit jusqu'à une table et nous fit une petite place auprès d'un couple absorbé par les joies glissantes d'huîtres crues sur un lit de glace. Un coup d'œil au bref menu manuscrit nous rassura : l'établissement était encore approvisionné en truffes. Tout ce que nous avions à faire, c'était de prendre une décision sur le premier plat et, comme nous étions déjà venus, nous savions qu'il importait d'être prudent. Le chef est un adepte de la *cuisine copieuse* – on sert de plantureuses portions de tout ce qu'il cuisine –, et rien n'est plus facile que d'être dépassé par les événements avant le plat principal.

Les artichauts nous parurent sans risque. Ils arrivèrent, une demi-douzaine, *à la barigoule*, avec du persil, du céleri, des carottes et du jambon dans un bouillon tiède et aromatisé à vous réchauffer le cœur. Les clients de la table voisine attaquaient maintenant leur plat principal, un ragoût de bœuf, en se servant de leurs fourchettes pour couper la viande et en utilisant des morceaux de pain comme des couverts comestibles, pour pousser chaque bouchée sur la fourchette. Sans doute cela ne se fait-il pas dans le grand monde, mais c'est bien pratique si on veut déguster une daube sans en sacrifier le jus.

Un des signes les plus manifestes qu'un établissement est bien tenu et dirigé par des professionnels, c'est le synchronisme qui régit les mouvements des serveurs, le rythme du déjeuner. Si le service est trop lent, on a tendance à manger trop de pain et à boire trop de vin. Ce n'est pas bien, mais le contraire est pire. Si le service est trop rapide, si le garçon rôde et s'affaire autour de moi en essayant de me ravir mon assiette avant que je l'aie saucée, si je sens son souffle sur ma nuque et ses doigts qui pianotent sur le dossier de ma chaise pendant que je choisis un fromage, ça gâche tout. C'est à peine si mon palais a le temps d'apprécier une saveur qu'il lui faut s'habituer à la suivante. Je me sens bousculé et indésirable. Le déjeuner se transforme alors en une épreuve de vitesse.

Les pauses sont essentielles : quelques minutes entre les plats pour permettre à l'appétit de se raviver et à l'impatience de s'installer, l'occasion de savourer l'instant, de regarder alentour et de tendre l'oreille. J'adore recueillir des bribes des conversations des autres et parfois je suis récompensé par d'insolites découvertes. Ma préférence va à ce que j'entendis énoncé par une femme, un peu forte mais bien faite, assise à une table voisine et dont j'appris qu'elle était propriétaire du magasin de lingerie local. « *Beh oui*, dit-elle à son compagnon en soulignant son propos d'un geste de sa cuillère, *il faut du temps pour la corseterie.* » Ça ne se discute pas. Je notai dans ma tête de ne pas me précipiter la prochaine fois que j'achèterais un corset, et je me carrai sur ma chaise pour laisser le serveur m'apporter le plat principal. C'était une brouillade de truffes – le mélange classique d'œufs légèrement brouillés piquetés de lamelles de truffes noires et servis dans une haute casserole en cuivre qu'on laissa entre nous sur la table. Nous étions deux. Il y avait largement assez de brouillade pour trois, sans doute pour prévenir toute évaporation qui aurait pu se produire pendant le trajet depuis la cuisine. Fourchette dans une main, pain dans l'autre, inclinant avec reconnaissance la tête en direction de saint Antoine, patron des cueilleurs de truffes, nous commençâmes à manger.

La saveur d'une truffe est la prolongation de son parfum, complexe, un peu terreux, ni champignon ni viande, quelque chose d'intermédiaire. Je ne connais rien qui ait comme elle un goût de plein air et on retrouve en bouche un délicat contraste entre la texture croquante de la truffe et la suave douceur des œufs. On trouve des truffes dans des douzaines d'autres recettes plus élaborées, depuis des raviolis de milliardaires jusqu'à un poulet du dimanche, mais je ne crois pas qu'on puisse l'emporter sur la simplicité. Les œufs, brouillés ou en omelette, constituent la base idéale.

À nous deux, nous réussîmes à venir à bout de la portion de la troisième personne. Et nous nous reposâmes. La spécialiste locale en corsets parlait des bienfaits d'une position correcte. La base de son argumentation, exposée entre des bouchées de crumble aux pommes et de crème, était qu'on pouvait manger ce qu'on voulait dès l'instant qu'on s'asseyait bien droit et qu'on portait des sous-vêtements suffisamment fermes qui vous soutenaient bien. Je me demandai si les rédactrices de *Vogue* savaient cela.

Le tempo du restaurant s'était ralenti. Les appétits étaient satisfaits, même si quelques clients plus ambitieux donnaient encore quelques signes de vie pour choisir un dessert. J'estimai que je devais prendre une lichette de fromage, un rien, juste un petit quelque chose pour terminer le dernier verre de vin. Mais les portions modestes ne figuraient pas au menu. Un Banon tout entier, un fromage des environs de Forcalquier, arriva, une sorte de palet enveloppé dans des feuilles de châtaignier séchées liées avec du raphia : ferme à l'extérieur, pour s'amollir par degrés successifs jusqu'à un cœur presque liquide, salé, crémeux et fort. Je ne sais comment, mais il disparut aussi.

Un repas d'une admirable simplicité. Rien d'autre que d'excellents ingrédients et un chef ayant assez d'assurance et de bon sens pour ne pas en étouffer les arômes sous des sauces et des garnitures inutiles. Choisissez bien, servez en abondance, respectez les saisons, voilà sa formule. Quand les truffes sont fraîches, servez des truffes. Quand les fraises sont à leur mieux, servez des fraises. Cela pourrait, je suppose, être considéré comme une façon un peu démodée de tenir un restaurant. Après tout, dans ces temps de modernisme, tout, de l'asperge au gibier, arrive sur la table par avion et est disponible tout au long de l'année. Dieu sait d'où proviennent tous ces produits – de serres, d'usines alimentaires ou d'un autre hémisphère, j'imagine –, mais, quoi que vous vouliez, vous le trouvez, en y mettant le prix. Ou, plus précisément, plusieurs prix.

De toute évidence, cela coûte plus cher. Ce ne sera pas aussi frais que les produits locaux, malgré les miracles du transport frigorifique et d'un procédé que j'ai entendu décrire comme la maturité à retardement. Et, le pire de tout, c'est qu'on ne tient aucun compte du calendrier, si bien qu'on n'a plus aucun frisson d'impatience, plus rien des plaisirs que l'on peut trouver à goûter le premier plat somptueux de l'année d'un délicat mets saisonnier. C'est bien dommage de manquer cela.

Le printemps arrive. Bientôt les courtiers de Carpentras vont ranger leurs balances et leurs calculatrices, le gendarme va pouvoir accorder quelque repos à son sifflet, le marché va fermer. Les braconniers et leurs chiens vont sans nul doute se livrer à quelque autre activité scélérate. Le chef du *Bistrot de France* va changer son menu : on ne reverra pas de truffes fraîches avant la fin de l'année. Mais je me fais une fête d'attendre. Même pour des truffes, je suis heureux d'attendre.

Pouces verts et tomates noires

Cela doit faire au moins vingt ans que, comme une plante grimpante coûteuse et délicate, le jardinage chic a commencé à se répandre à travers les plaines et les vallées du Luberon.

Il est arrivé dans le sillage des réfugiés qui fuyaient chaque année les climats humides et froids du Nord.

Sans nul doute, ils aimaient leur second foyer en Provence. Ils aimaient la lumière et la chaleur sèche. Et pourtant, en regardant autour d'eux, une fois dissipé l'attrait de la nouveauté d'un soleil constant et prévisible, ils découvraient qu'il leur manquait quelque chose. Le paysage – surtout les gris et les verts des roches calcaires érodées par les intempéries et les chênes rabougris – est frappant et souvent spectaculaire. Mais il était aussi... ma foi, un peu *nu*.

Bien sûr, il y avait de la lavande, du genêt et du romarin, des vignes et des cerisiers, peut-être même un ou deux amandiers poussiéreux et obstinés. Mais cela ne suffisait pas à calmer leur envie d'avoir quelque chose d'un peu plus luxuriant. Les réfugiés commencèrent à se languir des couleurs voyantes et des plantations ornementales. Ils avaient la nostalgie de leurs tonnelles ombragées et de leurs plates-bandes. Ils voulaient ce qu'ils appelaient un vrai jardin : un déferlement de roses, de grandes brassées de glycines pour adoucir toute cette pierre, des arbres notoirement plus grands. Alors, méprisant courageusement les conditions locales, ils entreprirent de dessiner des oasis décoratives parmi les champs rocailleux et les coteaux en terrasse.

Le climat, le sol et le manque d'eau étaient des problèmes majeurs. La nature humaine, nullement disposée à attendre pour avoir des résultats, en était un autre. Les jardins créés à partir de rien peuvent mettre de vingt à vingt-cinq ans avant d'atteindre le stade souhaitable et photogénique d'une maturité luxuriante. Les platanes, les chênes et les oliviers exigent beaucoup plus de temps. La recette classique pour avoir une pelouse – semer, puis passer la tondeuse et le rouleau pendant deux cents ans – met encore à plus rude épreuve la patience de l'amateur de jardins. De toute évidence, la nature manquait tristement d'énergie et d'entrain : on ne pouvait pas la laisser agir à sa guise ; qui a envie de passer toute une succession d'étés entouré de brindilles ?

L'impatience des étrangers provoqua tout d'abord l'ahurissement des gens du pays. À quoi bon se hâter, pourquoi tant de précipitation ? Dans une société agricole, accoutumée au lent cortège des saisons et à un taux de croissance annuelle qui se mesure en millimètres, l'idée ne serait jamais venue de bricoler le rythme de la nature. Mais il ne leur fallut pas longtemps pour s'y mettre et l'envie qu'avaient les réfugiés d'obtenir des résultats rapides finit par se révéler être une bénédiction. À vrai dire, elle a donné naissance à toute une industrie : des jardins en kit, expédiés et montés avec une célérité étonnante, une habileté stupéfiante et, il faut le dire, à des prix qui ne l'étaient pas moins.

Le plus souvent, le processus commence au niveau du sol. Avant qu'on puisse planter quoi que ce soit se pose le problème de savoir ce qu'il faut planter, et tout de suite, on se heurte à la différence qui existe entre un sol fertile et de la bonne vieille terre aride. Les premiers forages exploratoires dans le futur jardin ne sont guère encourageants. On trouve un sol maigre, desséché, avec plus de cailloux qu'autre chose, parsemé des restes abandonnés par le précédent propriétaire : fragments de vaisselle, bidons d'huile rouillés, roues de bicyclette tordues, bouteilles de pastis, une botte dépareillée en complète décomposition. Ça ne va pas du tout. Ce qu'il vous faut, monsieur, pour le jardin de vos rêves, ce sont des tonnes – de nombreuses tonnes – d'un bon terreau bien riche. Et, évidemment, puisque l'eau est l'âme même d'un jardin, un système d'irrigation pour empêcher la terre de se dessécher. C'est seulement alors que nous pourrons nous attaquer aux plantations.

On sent tout de suite se profiler l'ombre de la faillite et, pour certains, c'est le moment de redécouvrir les charmes simples du thym et de la lavande qui parviennent à exister et même à prospérer sans qu'on ait à importer de la terre ni de l'eau. Mais d'autres, des esprits plus courageux, plus visionnaires, plus déterminés ou tout simplement des gens plus riches, aspirent un bon coup, fouillent au fond de leurs poches et se lancent.

Les bulldozers pour niveler le terrain arrivent les premiers, laissant derrière eux de gigantesques talus de rochers et de racines et les débris de buissons qui ont eu l'infortune de se dresser sur la voie du progrès. Ces vilaines bosses, il faut s'en débarrasser. L'équipe de terrassiers est alors suivie de convois de camions – de camions où s'entasse de la terre extraite d'un endroit lointain et plus fertile, des camions bourrés de rosiers, de lauriers-roses, de sacs d'engrais, des camions avec des pelouses roulées comme des tapis, des camions chargés de buis et de houx superbement taillés en cônes et en sphères. Et puis il y a la pierre angulaire de l'architecture du jardin : les arbres. Il n'est pas rare de voir des forêts en mouvement se balancer au long des routes avant de s'engouffrer par de discrets passages : des platanes afin de tracer une longue et majestueuse allée jusqu'à la maison, des oliviers pour garder la piscine, des tilleuls, des cyprès et des châtaigniers pour charmer le regard un soir d'été. Ils ont tous largement passé l'adolescence pour aborder la maturité, leurs racines emballées dans des bacs géants enveloppés dans de la grosse toile. C'est un spectacle impressionnant. Ce sera un jardin impressionnant – et une facture qui ne le sera pas moins.

Avec les années, les pépiniéristes ont poussé à travers la Provence comme les bourgeons du printemps. Ils sont même plus nombreux que les agents immobiliers : par centaines, ils occupent onze colonnes serrées dans les pages jaunes de l'annuaire téléphonique du Vaucluse. Leurs locaux vont d'une cabane au bord d'un petit champ à des installations plus élaborées qui se dressent au milieu d'hectares envahis de plantations et ce fut dans l'un d'eux que je m'en allai chercher l'inspiration et un pot de géraniums.

L'empire jardinier de M. Appy se situe au pied de Roussillon, un village dont la couleur évoque le teint congestionné d'un visage qui a pris trop de soleil : un village cuit, rougeaud, bâti avec la pierre provenant de carrières d'ocre voisines. Lorsqu'on descend la colline et qu'on prend la route de Gordes, la terre de couleur rouge vire au brun, et les vignes s'alignent à travers les champs en rangées impeccables en même temps que le terrain s'aplanit. Puis, au loin, on aperçoit la courbe d'un toit transparent qui se dresse au-dessus de la cime des arbres. Décrire cela comme une serre ne serait pas lui rendre justice. L'édifice a la taille d'un hangar : on pourrait y laisser mûrir un bébé Boeing en attendant que la chaleur lui fasse pousser des ailes et il y aurait encore de la place pour loger au fond une modeste jungle. Par ce brûlant après-midi, on humait même l'odeur d'une jungle. L'atmosphère était humide et étouffante, on sentait la fertilité dans l'air et je n'aurais pas été surpris d'apercevoir un singe – poussant à n'en pas douter des cris avec un accent provençal – en train de me dévisager à l'abri d'un buisson d'azalées.

Il est rare de voir une telle concentration de verdure, autant de nuances de vert, chaque feuille luisant de santé – yuccas, gardénias, figuiers aux frêles troncs ridés, plantes annuelles et vivaces, arbustes d'une incroyable perfection. J'avais la certitude que, par une journée calme, on pouvait bel et bien les entendre pousser – dans un chuchotement moite – mais les journées ici sont rarement aussi calmes. Des hommes ne cessent d'évoluer entre les longues rangées avec des brouettes et des bacs de plantes. Des paysagistes évoquent avec leurs clients des perspectives et prennent des notes, passant de temps en temps les doigts dans la chevelure d'une fougère particulièrement gâtée par la nature. Des camionnettes et des voitures vont et viennent par l'entrée, chargées de futurs massifs de fleurs et d'arbustes ornementaux. C'est une entreprise remarquable, ce qu'on pourrait imaginer de plus éloigné de la nature à l'état brut, un gigantesque étalage de culture disciplinée. Et ce n'est là que la serre principale.

Les specimens plus importants, plantés en pleine terre, se trouvent de l'autre côté de la route. C'est le rayon forestier, où on trouvera des oliviers centenaires et des cyprès hauts de six mètres, par rangées entières, voisinant avec à peu près toutes les autres essences qui peuvent survivre en Provence. D'un côté, c'est le centre ornemental, empli de houx taillés en boules, en pyramides et en oiseaux un peu trapus à long col. Je vis là un extraordinaire buisson auquel on avait donné la forme d'un serpent. Il devait bien avoir un mètre cinquante de haut et, d'après mes estimations d'amateur, au moins soixante ans. Mon expérience du buis m'a montré qu'il pousse d'environ trois centimètres par an. Mais il est vrai que je n'ai pas les pouces verts de M. Appy.

Il est généralement là, affable et prodigieusement informé, évoluant entre ses plantes et ses clients, prodiguant des conseils sur tout, depuis la farine d'os jusqu'à l'élimination des limaces, vous aidant à charger votre voiture tout en vous gratifiant d'un cours accéléré sur la taille des rosiers. Il a l'œil remarquablement pétillant et, à en juger par l'importance de son entreprise, il a bien des raisons d'avoir le regard pétillant. Il mérite sa réussite. Je ne connais pas de meilleur endroit où aller si vous voulez faire d'un coin de garrigue peu prometteur un petit chef-d'œuvre de verdure, ou même un grand chef-d'œuvre, un Versailles moderne.

Je ne suis pas un enthousiaste des jardins à grande échelle. Je ne peux m'empêcher d'admirer l'effort, l'optimisme, l'investissement, l'art du pépiniériste et les résultats finaux qui sont souvent superbes. J'en ai vu certains dont on jurerait qu'on a planté tout ça au XIXᵉ siècle et non pas il y a quelques années. Mais aurais-je envie d'un jardin comme ça, qui a constamment besoin d'un paillis de billets de 500 francs ? Je ne crois pas. Ce serait un travail à plein temps et une responsabilité sans fin d'essayer de maîtriser la nature et je sais que c'est elle qui finirait par l'emporter : elle a plus d'énergie que moi, et elle ne s'arrête jamais pour déjeuner.

J'ai décidé voilà quelque temps que Versailles, ce n'était pas pour moi. Je me contenterais volontiers de quelque chose de moins grandiose et de plus gérable, et j'ai eu la chance de trouver exactement l'homme qu'il fallait pour m'aider.

Jean-Luc Danneyrolles est un spécialiste du potager. D'autres experts en jardinage et artistes paysagistes vous font pâmer avec leurs descriptions de perspectives et de charmilles, d'allées recouvertes de feuillage et de tilleuls qui s'entrelacent : Jean-Luc, lui, peut s'extasier devant une carotte.

C'est par un ami que j'entendis pour la première fois parler de lui. Tous deux faisaient une promenade hivernale quand Jean-Luc s'arrêta soudain devant un chêne apparemment ordinaire, battu par le vent et rabougri comme des centaines d'autres. Mais il avait remarqué une surface de terre, à peu près circulaire et qui semblait brûlée, entourant la base de l'arbre. Se mettant à quatre pattes, il flaira le sol, gratta la surface, renifla encore. Puis il se mit à creuser avec ses mains, très doucement, et remonta une truffe.

Après avoir entendu l'histoire, j'avais hâte de le rencontrer. J'imaginais une créature mythique, moitié homme, moitié limier, une version humaine d'un des chiens truffiers de Bernard, bas sur pattes et hirsute, sans doute avec un gros museau humide. Quand nous fîmes enfin connaissance, la réalité était infiniment plus séduisante : des cheveux noirs et drus, des yeux bruns au regard pénétrant et un sourire à faire honneur à un dentiste d'Hollywood. Il avait un côté humain rassurant. Et pourtant, en le connaissant mieux, je remarquai chez Jean-Luc quelque chose qui le distinguait des autres hommes, même de ceux qui collaborent avec la nature pour gagner leur vie. Il a une étrange affinité avec la terre : on dirait qu'il peut voir à travers. Il peut, par exemple, traverser un coin de terre que des centaines ont foulé avant lui et découvrir quelque chose que personne d'autre n'a trouvé.

Un jour, nous étions dans son bureau – un bureau de jardinier, avec des bottes dans un coin, des sachets de graines dans un meuble à tiroirs et l'odeur saine et un peu âcre des bûches d'eucalyptus brûlant dans un poêle en fonte – lorsqu'il me demanda si j'aimerais voir ce qu'il appelait ses icônes. C'étaient de petits fragments d'histoire, tous découverts par Jean-Luc dans les champs autour de sa maison. C'est un endroit qu'il décrit comme une *poubelle antique*, un dépôt où on trouve tout un bric-à-brac perdu ou jeté au cours de quelque six mille ans d'habitation humaine.

Il prit une collection de têtes de hache en miniature, dont certaines n'étaient pas plus grosses qu'une boîte d'allumettes. C'étaient des pierres ramassées voilà long-temps dans le lit de la Durance, puis taillées, aiguisées et polies jusqu'à leur donner l'éclat discret de l'ardoise huilée. On aurait dit des bébés tomahawks, trop petits manifestement pour avoir servi d'armes. C'étaient, en fait, des outils fabriqués par l'homme du néolithique, l' « inventeur de l'agriculture », et qu'on utilisait, comme une débroussailleuse d'aujourd'hui, pour nettoyer les taillis. Le jardinage devait être une occupation bien plus silencieuse à l'âge de pierre.

Jean-Luc étala d'autres découvertes sur la table et nous changeâmes de civilisation. Il y avait des pièces de monnaie romaines, aux bords légèrement élimés par le passage des siècles, mais arborant encore des effigies reconnaissables. Sur l'une, quelques caractères lisibles permettaient d'identifier le profil un peu effacé comme étant celui de César Auguste ; sur une autre, on dis-tinguait la forme d'une femme assise auprès d'une amphore. Il y avait un fragment de statue : un doigt de marbre grandeur nature. Il y avait un cube parfaitement taillé en mosaïque bleu nuit. Et puis des douzaines de morceaux de terre cuite, certains portant le nom de leur fabricant romain, d'autres simplement marqués d'une large empreinte bien droite, laissée par un pouce romain.

– Qu'est-ce que vous pensez de ça ? fit Jean-Luc en souriant, tout en me lançant à travers la table un morceau de poterie presque carré et plat, plus petit que la paume de ma main.

C'était une étude minuscule mais aux détails bien nets d'un couple nu – représenté la tête baissée, sans doute pour sauvegarder leur réputation – et surpris en plein exercice d'acrobatie sexuelle : une plaisanterie grivoise romaine. Était-ce une partie d'un plat qu'on sortait dans les occasions appropriées ? En quelles occasions d'ailleurs ? Pour des orgies ? Des mariages ? Des bar-mitsva ? Ou bien était-ce tout simplement typique du style de l'époque, le genre de raffinement décoratif banal que toute famille respectable de la bourgeoisie romaine se faisait un plaisir de disposer sur la table quand les voisins venaient dîner ?

C'était une étrange impression que de tenir cet objet dans ma main et d'apercevoir en même temps par la fenêtre le monde moderne : des poteaux téléphoniques, une voiture, une chaussée goudronnée. L'homme avait vécu ici, exactement là où nous étions assis, pendant des milliers d'années, laissant derrière lui des vestiges du genre de ceux qu'on expose dans les musées : des œuvres d'art et des objets usuels, souvent fascinants et parfois magnifiques. Je n'arrivais pas à imaginer que les vestiges du XXᵉ siècle – fragments de plastique et de métal et tout un assortiment de souvenirs nucléaires – présenteraient le même intérêt.

Je demandai à Jean-Luc comment il pouvait expliquer qu'il trouve ce qui avait échappé à l'œil d'autres gens. « *C'est le regard du jardinier* », dit-il. L'œil du jardinier, qui étudie la terre au lieu de la regarder. Je sais que ce n'est pas aussi simple que cela, mais il affirme que si. Pour lui, l'archéologie à mi-temps n'est qu'une distraction.

Son travail, ce sont les légumes. Presque chaque samedi matin, il est à son éventaire du marché d'Apt où il vend ses produits. Tous cultivés *à la façon biologique* – c'est-à-dire sans les bienfaits douteux des produits chimiques. Pas de pesticide, pas de désherbant, pas de cocktail pour stimuler la pousse, rien qui vienne modifier la nature. Lorsque je racontai à Jean-Luc que j'avais vu en Californie un magasin – je crois que cela s'appelait une boutique végétale – vendant des tomates de forme carrée pour qu'on puisse mieux les ranger dans le réfrigérateur, il resta silencieux. Mais son expression était assez éloquente.

Cela faisait des années qu'il cultivait naturellement ses légumes bien avant que la nature devienne à la mode. Les articles enthousiastes sur le retour à la terre ont tendance à l'irriter. Les jardiniers sérieux, dit-il, n'ont jamais quitté la terre. Mais le renouveau d'intérêt pour les aliments biologiques ont fait de lui une sorte de gourou du légume en France. Il est l'auteur d'un élégant petit ouvrage sur les oignons et l'ail – le premier livre de gastronomie que j'aie vu où l'on trouve des tuyaux sur la façon de chasser les vampires – et il vient d'en terminer un autre sur les tomates. Maintenant, on le réclame de partout pour créer des potagers. Il dessinera votre potager, il plantera ce qu'il faut et vous dira comment faire pousser tout cela. Si vous le lui demandez gentiment, il pourra même venir déguster quelques légumes avec vous.

Son client le plus célèbre est Alain Ducasse, aujourd'hui le chef le plus décoré de France avec six étoiles au Michelin : Ducasse a un restaurant à Paris (trois étoiles), un autre à Monte-Carlo (trois étoiles) et, depuis peu, un troisième en Haute-Provence, à Moustiers-Sainte-Marie. C'est là, à Moustiers, que Jean-Luc a dessiné et planté un potager digne d'un prince de la gastronomie : non pas un banal carré de terre où s'alignent conventionnellement petits pois, haricots et laitues, mais un havre moderne pour quelques légumes anciens et presque oubliés.

Ceux-là, il les trouve dans toute la région. Il en a parfois découvert qui poussaient à l'état sauvage dans les champs ou qui luttaient pour survivre parmi les mauvaises herbes d'un potager abandonné depuis longtemps. Il a des contacts avec d'autres jardiniers, bien plus vieux que lui, qui lui donnent des graines descendant de graines que leur ont données des jardiniers encore plus âgés. Il étudie les ouvrages classiques comme *Les Plantes potagères*, de Vilmorin, publié en 1890, qui décrit les légumes que consommaient nos ancêtres. Il a redécouvert ainsi un lointain et tendre cousin du panais, toute une gamme d'herbes aromatiques et une étrangeté qui, à mon avis, pourrait avoir un grand avenir.

Ce légume a la forme instantanément reconnaissable et la texture d'une tomate, mais c'est une tomate noire. Ou bien, selon l'éclairage sous lequel on la regarde, une tomate d'un violet foncé qui n'est pas sans rappeler la couleur d'une aubergine. Le goût est délicat, peut-être un peu plus fort que celui d'une tomate rouge, et l'effet visuel est sombre et spectaculaire. Je la vois très bien devenant la coqueluche de chefs qui ont un faible pour les grandes assiettes blanches et les salades pittoresques. Avec un peu de chance, cela pourrait même provoquer la faillite de la tomate carrée.

La dernière fois que j'ai vu Jean-Luc, il préparait une exposition pour un festival de jardinage qui devait se tenir à Chaumont. Il avait conçu le potager parfait et, avant de s'attaquer au projet grandeur nature, il avait disposé un modèle réduit sur une feuille de contreplaqué, un chef-d'œuvre miniature de dessin de jardin.

Il y aurait cent cinquante variétés de plantes réparties sur quatre carrés : herbes, légumes à fleurs, légumes à fruits et tubercules, chaque carré circonscrit par sa propre petite bordure de buis. Les allées de gravier séparant les carrés dessinaient une croix. Au centre, là où les sentiers se croisaient, il y aurait un arbre découvert par Jean-Luc, le squelette d'un vieil olivier tué par le gel durant l'hiver de 1956. Et tout au bout, la gloriette, une version anoblie de la cabane de jardin, avec un toit pointu.

Les divers éléments étaient représentés sur la maquette principale par des modèles encore plus réduits. Des papiers de soie de différentes couleurs en rangées de touffes microscopiques indiquaient les différents légumes : une couche de petits cailloux représentait les allées, un bouquet de brindilles l'arbre, tout à l'échelle dans un jardin qui témoignait de la passion bien française pour l'alignement, l'ordre et la symétrie. Lâchez un Français dans la nature à l'état sauvage et la première chose qu'il voudra faire, c'est l'organiser : il verra ensuite s'il y a des moyens d'en tirer quelque subsistance. Le potager satisfait ces deux exigences : une beauté et une joie pour le dîner.

Je dois avouer que j'adorerais avoir un jardin pareil et je demandai à Jean-Luc s'il envisagerait d'en dessiner un pour nous : quelque chose de modeste, un coin grand comme un mouchoir de poche où nous pourrions héberger tomates noires et tendres navets.

Il me répondit qu'il y penserait bien volontiers à son retour de New York. Sa femme et lui allaient passer une semaine là-bas ; ce serait leur premier voyage en Amérique, et ils ne savaient absolument pas à quoi s'attendre. Je lui avais acheté un plan de Manhattan et, pendant qu'il l'examinait, j'essayai de penser à des coins de la ville qu'il pourrait trouver particulièrement intéressants.

Mais où envoyer un jardinier professionnel lors de sa première visite à New York ? Central Park me paraissait une suggestion évidente et ses dimensions assurément – presque deux fois celles de la principauté de Monaco – ne manqueraient pas d'impressionner Jean-Luc. Mais je me demandais si son âme de jardinier ne serait pas choquée par son étendue même, le caractère sinueux et incertain de ses sentiers, l'absence de lignes droites, les arbres indisciplinés, l'absence générale de toute ordonnance. Et puis il faudrait le mettre en garde contre les périls auxquels on s'expose à rôder dans le parc, depuis des hot-dogs redoutablement indigestes jusqu'à des agresseurs sur Rollerblades.

Mais je pensais qu'il aimerait la façon dont la nature était maîtrisée le long de Park Avenue, avec ses plantations printanières de fleurs et, tout juste visible bien au-dessus du flot des voitures, les futaies aériennes des jardins suspendus sur les toits de milliardaires.

Quant aux légumes, il découvrirait qu'ils étaient plus gros, plus brillants et plus nombreux qu'il n'en avait l'habitude. Il trouverait tout en n'importe quelle saison. Et il aurait son premier contact avec les marchands de légumes coréens qui semblent avoir mis la main sur le commerce des primeurs à Manhattan. Malheureusement, échanger des impressions avec des collègues poserait quelques problèmes, même si j'aimais l'idée d'un Coréen et d'un Provençal essayant de discuter des subtilités de la courgette, sans le secours d'une langue commune.

Au bout du compte, je me limitai à un seul conseil. Si Jean-Luc voulait voir cultiver de la verdure – quelque chose de vraiment bien vert –, l'endroit où aller, c'était Wall Street.

Il leva les yeux du plan, secouant la tête d'un air étonné, ravi de la grille symétrique du centre de Manhattan.

– Je ne m'étais jamais rendu compte que c'était si logique, dit-il, si facile.

– C'est amusant aussi, dis-je. Très amusant. Mais, après la Provence, toute cette précipitation va vous faire un choc. Tout le monde est pressé.

– Pourquoi ?

Il y a des fois où la seule réponse est un haussement d'épaules.

Post-scriptum

Voilà onze ans, plus par hasard que par un geste délibéré, j'ai écrit *Une année en Provence*. Il serait surprenant que des changements ne se soient pas produits depuis cette date, et on a écrit, notamment dans la presse britannique, que j'avais apporté ma contribution à ces changements. Un de mes crimes est d'avoir encouragé les gens à visiter la région. Trop de gens – *beaucoup* trop de gens –, s'il faut en croire les rapports. Pis encore, c'étaient des gens comme on n'en voulait pas. Un article de journal particulièrement dément prétendait que mon livre avait encouragé de pleins cars de hooligans en rupture de matches de football (une tranche de population qui n'est pourtant pas connue pour sa passion de la lecture) à fondre sur le Luberon. Gorgés de bière et bouillonnant d'intentions violentes, nous assurait-on. On évoquait avec jubilation les horreurs du pillage, de la débauche et du saccage. Mais, comme personne n'avait pris la peine d'informer les hooligans, ils ne sont pas venus. Fin de l'histoire.

Elle fut vite remplacée par des récits d'invasion, pour la plupart rédigés d'un repaire à quinze cents kilomètres de là, de l'autre côté de la Manche, déplorant la fin de la Provence comme région préservée. Il était intéressant de comparer ce que disaient ces articles avec ce que je voyais en regardant par la fenêtre. Le plus souvent, j'apercevais une route déserte et une vallée qui ne l'était pas moins. Mais guère de hordes déchaînées.

Aujourd'hui, onze années plus tard, pas grand-chose n'a changé. Les vignobles du voisinage se sont considérablement améliorés et le choix de restaurants est plus étendu. En juillet et en août, les visiteurs se pressent dans certains des villages les plus en vogue, comme Gordes et Bonnieux. Mais il n'existe pas de ces affreux monuments dédiés au tourisme de masse – ces hôtels de trois cents chambres et ces colonies en copropriété –, et il n'y en aura pas aussi longtemps que resteront en vigueur les règlements sur la construction. La Provence est toujours magnifique. De vastes espaces sont encore sauvages et déserts. On trouve encore ici la paix et le silence qui, dans le monde moderne, sont en train de devenir des articles en voie de disparition. Les vieux font toujours leurs interminables parties de pétanque. Les marchés restent aussi pittoresques et bien approvisionnés que jamais. On a de l'espace pour respirer et l'air est pur.

Avant tout, ce sont les gens qui font un pays, et les habitants de la région ne semblent absolument pas avoir changé. Je suis heureux d'avoir cette occasion de les remercier de la chaleur de leur accueil et de leurs innombrables bontés. Grâce à eux, nous avons vraiment eu le sentiment de rentrer chez nous.

Table

Bébé contrôle
Ramsay, 1982

Chilly Billy, le petit
Flammarion-Père Castor, 1985

Chic
Hors collection, 1992

Conseils pour les petits
dans un monde trop grand
Seuil, « Petit Point », 1993

Et moi, d'où viens-je ?
Christian Bourgois, 1993

Une année en Provence
NiL Éditions, 1994
Et Seuil, « Points », n° P 252

Une année de luxe
Hors collection, 1995

Provence toujours
NiL Éditions, 1995
Et Seuil, « Points », n° P367

Hôtel Pastis
NiL Éditions, 1996
Et Seuil, « Points », n° P506

Une vie de chien
NiL Éditions, 1997
Et Seuil, « Points », n° P608

La Provence à vol d'oiseau
Gründ, 1998

La Femme aux melons
NiL Éditions, 1998
et Seuil, « Points », n° P 741

Le Diamant noir
NiL Éditions, 1999
et Seuil, « Points », n° P 858

Aventures dans la France gourmande
NiL Éditions, 2002

COMPOSITION : S.N. FIRMIN-DIDOT AU MESNIL-SUR-L'ESTRÉE
DÉPÔT LÉGAL : AVRIL 2002. N° 47196 (58608)